Max Oban

Die Botschaft des Mörders
Paul Pecks siebter Fall

D1724701

Die Paul Peck-Krimireihe:

Tod in Salzburg
Mozarts kleine Mordmusik
Leichen im Keller
Das fünfte Kreuz
Der Totenmann
Mord in zwei Teilen

Max Oban arbeitete nach seinem Studium in Wien und Karlsruhe im Management eines internationalen Konzerns in Deutschland, Teheran und Österreich. Max Oban lebt heute in Salzburg und in der Wachau.

Max Oban

Die Botschaft des Mörders

Paul Pecks siebter Fall

© Verlag federfrei
Marchtrenk, 2020
www.federfrei.at

Umschlagabbildung: © Torkhov - Adobe Stock
Lektorat: F. Burgstaller
Satz und Layout: Verlag federfrei
Druck und Bindung: Skalaprint

ISBN 978-3-99074-113-9

»In der Theorie sind Theorie und Praxis dasselbe.
In der Praxis sind sie es nicht.«
A. Einstein

»Je niedriger ein Mensch in intellektueller Hinsicht steht,
desto weniger rätselhaft ist für ihn die Welt.«
A. Schopenhauer

»Je älter ich werde, desto mehr lerne ich,
dass ich umso weniger lerne, je älter ich werde.«
Paul Peck

PAUL PECK UND DIE BEIDEN M
W
N
O
Mattighofen
Schalc
KFZ-Reparatur-Wenz
Untere Austraße 36
MORDREVIER 1
SALZBURG &
UMGEBUNG
Bezirks-Alten- und Pflegeheim
Obertrumer See
Grabensee
Matt-see
Mattse
R.I.P Belinda
Café Bazar
Staatsbrücke
Mozartsteg
Gisela-Kai
Ghs. Wilder Mann
Sophias Book-Shop
Dom
Festung
Rainerkaserne
Aigner-Straße
Klausbach
Glasenbach Klamm
Lettenbach
Pecks Sinnier-Baum
önchs-rg

PROLOG

Vielleicht wäre all das heute nicht geschehen, aber die Erregung und die Sehnsucht nach der Lust waren so verdammt heftig. Durch die Vorhänge schimmert das erste Licht des Morgens. Vor dem Fenster erschien das Morgengrauen wie eine kahle, steinerne Felswand. Merkwürdig ist das alles, was gestern geschehen war, als ob eine seit langem verheilte Wunde wieder aufbrach und zu bluten begann. Ohne weh zu tun. Nur mit Lust und Erregung einhergehend.

Immer stärker weicht die Dunkelheit vor dem Fenster der Helligkeit. Die Gedanken wandern zu ihr, überwältigt von der Gewissheit, dass der Tag des Handelns gekommen war. Immer deutlicher steigt in der Erinnerung das Bild des jungen Mädchens auf, lieblich und schmerzhaft verführerisch.

Was wurde nicht schon in Balladen und Minnegesängen verherrlicht – die romantische Liebe, die erneuernde Kraft des Frühlings und liebliche Landschaften in fernen Ländern. Jetzt war es an der Zeit, einen Minnegesang dem Mädchen mit dem Namen Lotte zu widmen, beginnend mit der Erregung, die sich bis zum Höhepunkt steigert und schließlich unendliche Ruhe und Zufriedenheit verspricht. Lotte. Zwischen all den Leuten im Supermarkt war der Name ans Ohr gedrungen, nur wenige Schritte hinter ihr stehend. Als sie vorbeiging, lag ihr Duft Augenblicke lang in der Luft. Schmerzhaft der Biss auf die Lippen, um sich in dem Gewühl der Menschen, die im Geschäft herumstanden, nicht zu verraten. Lotte hatte sich vorgebeugt und ihre Adresse der Verkäuferin zugeflüstert. Lotte mit dem schlanken Hals. Die Erregung kann nur mit dem Tod der Hauptperson enden. Nicht ihr schlanker Körper ist es, nicht ihre sinnlichen Lippen oder die schulterlangen, blonden Haare. Immer wieder schweifte der Blick zu ihrem langen, schlanken Hals. Erregung, die sich durch das langsame Zudrücken steigert. Zudrücken, bis sie die Kontrolle über ihren Körper verliert. Zudrücken, bis die Erlösung kommt, sich die Verkrampfung löst und die Benommenheit verschwindet und der Lust Platz macht.

Regen klatscht gegen das Fenster, sodass kaum ein Blick auf die andere Straßenseite möglich ist. Einsamkeit. Unruhe. Wie fremd in der eigenen Wohnung. Das schlechte Wetter wird alles schwieriger machen. Lotte … der Gedanke an sie kehrt wie ein Bumerang zurück. Der große Tag. Wieder läuft die Erregung durch den Körper. Nein, der Regen macht nichts schwieriger, er wird sogar für mehr Sicherheit sorgen. Bei Regen laufen alle mit gesenkten Gesichtern unter ihren Schirmen durch die Straßen und keiner wird die Absichten und Gefühle erkennen. Dieser Gedanke zaubert ein Lächeln auf die Lippen. Natürlich, ein Restrisiko blieb. *No risk, no fun*, sagte die Mutter in so einem Moment. Ein dummer Zufall zum Beispiel könnte die Pläne zunichtemachten, trotz der getroffenen Vorsichtsmaßnahmen und der akribischen Vorbereitung. Oder ein mehr oder weniger gravierender Fehler, eine kurzzeitige Unachtsamkeit, sodass sie die Verfolgung aufnehmen konnten. Nein, kein weiterer Aufschub. Heute war der Tag des Handelns gekommen. Zu lange war es hinausgezögert worden. Jetzt gab es kein Halten mehr. Überfallsartig kam die Lust auf einen Schnaps zurück. Später vielleicht ein paar Gläser. Als Belohnung. Nach der erlösenden Tat. Aufregend würde es sein. So wie immer. Zuerst die zaghafte Gegenwehr, dann ein kräftiges Treten oder Schläge mit ihren kleinen Fäusten. Ganz sanft, zärtlich sogar. Wie von selbst schlingen sich meine Finger um ihren schlanken Hals, die Gegenwehr genießend, ihr Schreien, das in ein Wimmern übergeht und die verzweifelten Versuche, sich loszureißen. Tränen der Freude, während die Daumen gegen ihren Kehlkopf drücken, bis sie den Kopf in den Nacken wirft. Aus ihrem Mund kommt noch ein Röcheln und dann mit dem bewährten finalen Würgegriff der Garaus. Kein Schreien mehr. Keine Gegenwehr. Das ist der Moment für die letzte, unendliche Zärtlichkeit. Ganz nahe kommen. Hautnah. Ihren Geruch aufnehmen und die Panik der letzten Verzweiflung in vollen Zügen genießen. Die intime Panik. Dann das Aufrichten und mit geschlossenen Augen den Höhepunkt genießen. Erregung und Lust.

1. Kapitel

Nur unter Anwendung eines Tricks war es Leopold Funke gelungen, in das Archiv im Keller des LKA Salzburg zu gelangen. Seit seiner Pensionierung vor mehr als zwei Jahren war ihm der Einlass zu den weitläufigen Kellerräumen verwehrt. Heute war ihm der Zutritt nur deshalb gelungen, weil sich Georgius Dolezal, sein Nachfolger beim LKA, auf Mallorca-Urlaub befand. Saufen und Partyurlaub am Ballermann. Das passte zu dem Typen.

Seit mehr als zwei Stunden saß Leopold Funke im Halbdunkel des Archivs und blätterte in einem der staubigen Aktenordner, deren Rücken mit dem Titel MATTSEEMÖRDER beschriftet waren. Er überflog die Namen der Opfer, die ihm bis heute schmerzhaft deutlich im Gedächtnis geblieben waren, obwohl zwischenzeitlich zwanzig Jahre vergangen waren. Alles Mädchen, die zwischen siebzehn und fünfundzwanzig Jahre alt waren, Schülerinnen, Sekretärinnen, Studentinnen. Und eine Prostituierte. Lange Zeit hatte er gemeinsam mit einem halben Dutzend seiner Leute nach dem Serienmörder gefahndet, der das gesamte Land in Atem gehalten hatte.

Auf einer der Seiten war ein Zeitungsartikel eingeklebt, der den traurigen Fall der Lotte Reinfels schilderte, deren Leiche von spielenden Kindern in einem abgelegenen Waldstück in der Glasenbachklamm gefunden wurde. *Tod durch Erwürgen* lautete die Überschrift.

Funke erinnerte sich gut an das Aussehen des Mädchens, den Tatort und die langwierigen Untersuchungen. Hunderte Zeugen wurden befragt, Spuren gesichert, Meldedaten geprüft und Autofahrer befragt, die zu den fraglichen Zeiten unterwegs waren. Müde und niedergeschlagen blätterte er sich durch den staubigen Aktenordner. Für Funke war es eine Reise zurück in die Vergangenheit, als die Welt noch analog war, ohne Standortdaten von Handys zur Erstellung von Bewegungsprofilen und wenig Unterstützung durch überregionalen Austausch forensischer Daten. Während er in den Aktenordnern blätterte, tauchte der Begriff *DNA-Analyse* nur einmal auf. Erst kurz vor der Jahrtausendwende, erinnerte er sich, wurde die DNA-Datenbank des Bundeskriminalamtes als Pilotprojekt und mit bescheidenen Mitteln gestartet.

Der Staub kitzelte ihn in der Nase und er musste kräftig niesen. Draußen legte sich langsam die Dämmerung über die Stadt und Funke rückte seinen Stuhl näher ans Fenster. Sie hatten den Mattseemörder trotz intensiver Ermittlungen nie gefasst. Funke machte sich Vorwürfe, damals versagt zu haben. Ein Polizeibeamter hat immer ein schlechtes Gewissen, wenn er in Pension geht und ungeklärte Fälle zurück lassen muss. Zusammengesunken kauerte er auf dem harten Stuhl und sah sich um. Hier im Keller lagerten die verstaubten Aktenordner, gefüllt mit den Unterlagen über mindestens sechs ungeklärte Mordfälle. *Cold Cases.* Mit Unbehagen erinnerte er sich an diese Zeit zurück, an den Druck der Öffentlichkeit und die massiven Vorwürfe, mit denen die Presse über sie herfiel. Eine stressvolle Zeit war es gewesen, in der seine Leute neben den Serienmorden noch an einer Handvoll anderer Fälle gearbeitet hatten. Während einer davon bereits vor Gericht verhandelt wurde, nachdem der Täter endlich gestanden hatte, war bei Lotte Reinfels in der Glasenbachklamm gerade die Leichenstarre eingetreten.

Warum saß er überhaupt hier im Keller und blätterte in den alten Akten? War es die unangenehme Erinnerung an die ungelösten Morde oder eher Langeweile, die ihn viel zu oft überfiel, seit seine Frau gestorben war? Nächste Woche jährte sich Hannas Todestag zum ersten Mal. Sie hätte ihm wahrscheinlich ausgeredet, einen ganzen Tag in staubigen Polizeiakten zu wühlen. Noch dazu mit Selbstvorwürfen und schlechtem Gewissen. Hanna fehlte ihm.

Verschwommene Bilder vom Begräbnis schoben sich vor sein geistiges Auge. Der Sarg, in dem die Leiche seiner Frau lag, fuhr ruckartig, so als ob die Seilmechanik nicht in Ordnung wäre, in die Grube hinunter. In diesem Moment war die Sonne durch die Wolken gebrochen, doch sie hatte ihn nicht erwärmen können. Er erinnerte sich, dass er erschrak, als die Erde, die seine Tochter in die Grube warf, auf das Holz krachte.

In all den Monaten seit dem Tod seiner Frau hatte er gelernt, mit den kleinen Dingen, die ihn täglich an sie erinnerten, gelassen umzugehen: Ihre Brille, die er in einer Schublade fand, die gefütterten Handschuhe oder ihre rote Lieblingsweste. In den ersten Wochen nach der Beerdigung wäre er nicht in der Lage gewesen, diese Gegenstände woanders hinzulegen oder gar wegzuwerfen. Sie waren es doch, die ihn in ganz persönlicher Weise an sie erinnerten, das Loch am Zeigefinger eines der Handschuhe und Hannas Duft, wenn er die Weste an sein Gesicht drückte.

Er stellte den Aktenordner auf den Boden neben seinen Sessel und sah Hannas Gesicht vor sich. Jedes Detail. Ganz deutlich. Sie lag mit eingefallenen Wangen in den zerdrückten Polstern ihres Krankenbettes. Mit einer unendlich langsamen Bewegung beugte er sich nach vor und hoffte, ihren Atem zu hören. Es war dämmrig im Zimmer, er strich über ihre Hand und ihr feuchtes Gesicht. Dann hörte er sie atmen. Sie schläft, dachte er. Es ist noch nicht zu Ende. An einem Dienstag hatten sie ihn angerufen. Um die Mittagszeit herum. Es war auf einer Fortbildung in Wien gewesen, wo ihn das Telefonat erreichte und er alles stehen und liegen ließ und nach Hause fuhr. »Es geht ihr schlechter«, sagte der Arzt, der einen Kaugummi im Mund hatte und stakkatohaft darauf herumkaute. In diesem Moment dachte er zum ersten Mal, dass er sie bald verlieren würde. Neben ihrem Bett lag ein Roman von Thomas Manns »Der Zauberberg.« Funke erinnerte sich, dass er das Buch dort öffnete, wo sich das Lesezeichen befand. Der Absatz, den Hanna zuletzt gelesen hatte, beschrieb, wie der junge Held in dem Roman gerade sein eigenes Röntgenbild betrachtet und sich mit bangen Gefühlen seiner Sterblichkeit bewusst wird.

Es war kalt im Kellerarchiv und Funke fror. Seine Gedanken lösten sich von Hanna und machten eine Reise zurück in die Gegenwart und zu den Aktenordnern über den *Mattseemörder*. Er fand eine Auflistung aller Mordopfer, die sie damals dem Serienkiller zugeschrieben hatten, heftete das Blatt vorne ein und klappte den Aktenordner zu, was eine Staubwolke auslöste.

*

Von Sophias Buchgeschäft am Waagplatz bis zum ›Wilden Mann‹ brauchte Peck fünf Minuten. In der Getreidegasse standen eine Menge Touristen vor dem SPAR-Supermarkt, der vor einigen Jahren in Mozarts Geburtshaus eröffnet wurde und fotografierten sich gegenseitig.

Drei Stunden hatte Peck geholfen, eine gefühlte Tonne neu angelieferter Bücher ins Geschäft zu tragen und unter Sophias Anweisungen sachgerecht in die Regale zu schlichten. Nach Abschluss der schweißtreibenden Arbeit kam es zum Eklat. Sophia zeigte auf Pecks Hemd, das um den Bauch spannte und warf ihm vor, einige Kilos zugenommen zu haben.

»Ich diskutiere nicht mit Leuten, die anderer Meinung sind«, sagte er und verließ protestierend das Buchgeschäft. Er musste ihr versprechen, ein scharfes Gewichtsziel in seine guten Vorsätze fürs neue Jahr aufzunehmen.

Dass das neue Jahr bereits mehr als vier Monate alt war, spielte für Sophia keine Rolle. Auf den nächsten Metern versuchte er die um sein Körpergewicht kreisenden Gedanken zu verdrängen, als er in dem zum ›Wilden Mann‹ führenden Durchhaus auf eine altertümliche Waage stieß. Einwurf ein Euro. Er sah sich um und da niemand in der Nähe war, holte er eine Münze aus der Geldtasche und kletterte auf die Waage, die augenblicklich begann, unfreundliche Brummtöne von sich zu geben. Zwei Karten kamen zum Vorschein.

Verblüfft starrte er auf die erste, die in lesefreundlichem Großdruck darauf hinwies, dass er 72 Kilogramm wog. Ein

Ding der Unmöglichkeit, sagte er sich, hatte ihn doch Sophia vor zwei Tagen auf die in ihrem Badezimmer stehende Waage gezwungen, die dreißig Kilo mehr anzeigte, obwohl er nur mit einer extra leichten Unterhose bekleidet war. Beruhigt steckte er die Karte in die Hosentasche. Endlich hatte er den Beweis, dass Sophias Waage nicht ernst zu nehmen war. ›Sie sind intelligent und gebildet‹, stand auf der zweiten Karte. ›Sie haben einen geraden und ehrlichen Charakter, was von anderen jedoch oft falsch eingeschätzt wird‹.

Erstaunt schob Peck auch diese Karte ein und fand es bewundernswert, wie treffsicher er von einem leblosen Automaten beurteilt wurde.

Das Gasthaus ›Zum Wilden Mann‹ war ziemlich voll. Peck blieb in der Tür stehen und sah sich nach einem Platz um. Er kannte kein anderes Lokal in Salzburg, wo es so selbstverständlich war, sich an einen Tisch dazuzusetzen, auch wenn dort bereits Gäste saßen. Peck liebte den *Wilden Mann*, der versteckt in einem der Durchhäuser zwischen der Getreidegasse und dem Hanuschplatz lag. An einem der Tische am Fenster aßen zwei ältere Männer mit offensichtlicher Begeisterung einen Schweinsbraten. Freundlich luden sie ihn ein, sich zu ihnen zu gesellen.

Nachdem er die Bestellung bei dem Kellner in der Lederhose deponiert hatte, legte er sein Notizbuch auf den schweren Holztisch und überlegte sich Neujahrsvorsätze, die zwar problemlos umzusetzen waren, aber bedeutungsvoll genug erschienen, um sie Sophia vorzulegen. ›Meine Ziele für das neue Jahr‹, schrieb er in Schönschrift auf die erste Seite und begann mit ›Weniger Bücher kaufen‹. Ein Vorsatz, den er jedes Jahr an die erste Stelle gesetzt hatte, genauso ernst gemeint wie ergebnislos. Wenn er es sich recht überlegte, fanden sich jedes Jahr in seinen Gute-Wünsche-Listen noch mehrere, genauso ergebnislose Vorsätze.

»Es ist Ende April«, hatte Peck Sophia vorgehalten, »viel zu spät für Neujahrsvorsätze!«

»Ich kann nichts dafür, wenn du der Realität hinterherhinkst«, hatte sie geantwortet. »Außerdem ist es für die Formulierung lebensverbessernder Zielvorstellungen nie zu spät. Ich erwarte deine konkreten Vorschläge bis morgen. In schriftlicher Form natürlich.«

In schriftlicher Form natürlich. So hatte es früher in der Firma Pecks Chef immer formuliert.

Die nächsten beiden Ziele hießen: ›Minus zehn Kilo‹ und ›Rasch einen neuen Auftrag bekommen‹. Peck hatte seit einigen Wochen keinen neuen Fall übertragen bekommen. »Es wird Zeit für einen neuen Auftrag«, hatte Sophia nervtötend oft wiederholt. »Du bist die meiste Zeit zu Hause, wo du beginnst, mir auf die Nerven zu gehen.«

Das dritte Ziel formulierte er folgendermaßen: *Auf der Suche nach der verlorenen Zeit* lesen. Die über viertausend Seiten von Marcel Proust standen bereits im Vorjahr auf seiner Liste, bis heute ohne nennenswerten Erfolg. Die ersten fünfzig Seiten des ersten Bandes hatte er bisher geschafft. Es lag seit Monaten auf seinem Nachtkästchen. Verkehrt herum.

Wie sollte er die übrigen Pflicht-Vorsätze mit Sophias Erwartungen in Übereinklang bringen? Gerade hatte er die ersten Überlegungen gestartet, als der Kellner den Teller brachte, der genauso groß wie das Schnitzel war. Rasch klappte er das Notizbuch zu. Schnitzel geht vor Zielvorstellung. Von einem gesunden Mann kann keiner erwarten, Vorsätze zu formulieren, die mit der Reduzierung seines Körpergewichts zusammenhingen, wenn sich ein verlockendes Wilder-Mann-Schnitzel vor ihm auf dem Teller räkelte.

Es schmeckte genauso wie früher das Schnitzel bei seiner Mutter: nicht zu dick, nicht zu saftig, mit Ribislmarmelade, Reis und einem unvergleichlichen Geschmack. Seufzend lehnte er sich nach den ersten Bissen zurück und schwelgte in alten Erinnerungen. Das Wiener Schnitzel als Rückschau auf seine Kindheit. Wie bei Marcel Proust und seinem muschelförmigen Kuchen, den die Franzosen *Madeleine* nennen. Was für Proust die Madeleine, war für ihn das Wiener Schnitzel. Er ertappte sich, dass er den Teller mit der goldbraunen Pracht vor sich anlächelte.

Während der nächsten zehn Minuten saß Peck am Tisch, motiviert über den Schnitzelteller gebeugt, ohne die Geräusche und Gespräche an den Nebentischen wahrzunehmen. Eine heisere Stimme riss ihn aus seinen Gedanken.

»Ich hoffe, ich störe nicht.«

Peck sah hoch und sah Leopold Funke vor sich stehen, einen dicken Aktenordner unter dem Arm geklemmt.

»Du siehst müde und staubig aus«, sagte Peck.

Funke legte den Ordner auf die Holzbank und setzte sich. »Beides stimmt.«

»Wie hast du mich hier im Wilden Mann gefunden?«

Funke grinste. »Wenn du nicht im Café Bazar bist, sitzt du hier vor einem Schnitzel, dachte ich. Und ich habe richtig gedacht.«

Die beiden älteren Männer hatten in der Zwischenzeit ihre Schweinsbraten verdrückt und waren dabei, die Rechnung zu bezahlen. Mit einer freundlichen Handbewegung lud Peck Funke ein, Platz zu nehmen.

»Willst du was essen?«

»Ich war am Grünmarkt.« Funke grinste. »Burenwurst und ein kleines Bier.«

Peck deutete auf sein Notizbuch. »Sophia hat mich beauftragt, über meine guten Vorsätze nachdenken.«

»Wir haben bald Anfang Mai. Und? Sag mir das Ziel Nummer eins.«

»Meines oder was mir Sophia einreden möchte?«

Funke machte eine wegwerfende Handbewegung. »Bis zu ihrem Tod hat meine Frau Hanna, Gott hab sie selig, zwei Mal täglich über mein Gewicht gemeckert. Heute redet mir keiner mehr drein. Ich manage mein Gewicht selbst. Eigencontrolling nennt man das.«

»Bei mir ist das ein *Controlling by Sophia*. Sie hätte am liebsten, dass ich kein Essen mehr genieße, sondern nur noch Kalorienzahlen konsumiere. Im Moment zwingt sie mich, taffe Gewichtsziele in die guten Vorsätze für das neue Jahr einzubinden.« Er sah Funke hoffnungsvoll an. »Wie funktioniert das mit dem Eigencontrolling?«

Funke schob den Ärmel seines Sakkos zurück und zeigte auf einen silbernen Armreif. »Das ist mein Hi-Tec-Fitnessarmband. Es ermittelt automatisch die zurückgelegten Schritte und zeigt mir an, wieviel Bier ich noch trinken darf. So reduziere ich mein Gewicht.«

»Wegen des schweren Armbandes.«

»Wegen der Schritte. Eine artgerechte Menschenhaltung, sagt die Wissenschaft, erfordert täglich mindestens zehntausend Schritte.«

»Verstehe ich nicht. Einer macht kurze Trippelschritte, der andere ...«

»Deshalb kann ich die Schrittlänge hier einstellen«, unterbrach Funke und deutete auf das Armband.

»Und?«, fragte Peck, »wieviel hast du abgenommen?«

»Zwei Kilo zugenommen. Vermutlich habe ich die Schrittlänge falsch eingegeben. Das habe ich jetzt korrigiert.«

»Schrittlänge falsch eingegeben ... das ist Schummelei! Leo, du betrügst dich selbst.« Peck legte das Schildchen mit dem Aufdruck ›72 kg‹ auf den Tisch. »Ich habe mein Eigencontrolling outgesourct. An intelligente Gewichts-Automaten. Unbestechlich und nachprüfbar.«

Funke gab einen ärgerlichen Grunzlaut von sich und bestellte mittels einer pantomimischen Geste beim Kellner noch ein Bier. »Meine Frau hätte da ganz anders reagiert.«

»Du meinst, wenn deine Frau noch lebte, könntest du auf so ein Armband verzichten?«

Funke nahm einen großen Schluck, dann wandte er seinen Kopf und sah Peck einen Augenblick starr an. »Hanna war eine ganz besondere Frau. Weißt du übrigens, dass sie sich sehr für Esoterik interessiert hat? Ihr Spezialgebiet war Channeling.«

»Channeling heißen die Arbeiten am städtischen Kanalsystem.«

»Paul, bleib seriös. Channeling nannte es Hanna und im Club, dem sie angehörte, gibt es eine Reihe von Leuten, die behaupten, Kontakt in eine andere Welt aufnehmen zu können.«

»In eine andere Welt? Was war das für ein Club, in dem deine Frau Mitglied war?«

»Den Club gibt es heute noch. Die nennen sich SFS.«

»SFS steht wofür?«

»Das steht für Spiritistischer Freundeskreis Salzburg. Übrigens habe ich Hanna ein paar Mal begleitet.«

»Du? In einem spiritistischen Zirkel? Heißt das, du glaubst an diesen … esoterischen Unsinn?«

Funke hob langsam die Schulter und zog die Mundwinkel nach unten. »Was die Leute dort machen, ist nicht immer als Unsinn einzustufen. Wie lässt Shakespeare seinen Hamlet sagen …?«

»Oh Gott«, stöhnte Peck. »Jetzt kommt das mit der Schulweisheit.«

»Jedenfalls gab es ein oder zwei Mal Kontakte des SFS zur Kripo.«

»Lässt sich die Polizei von Spiritisten beraten?«

»Mein damaliger Chef hatte ein Faible für Übersinnliches. Und bei einigen Fällen ließ er sich von den Esoterikern, wie du sie nennst, beraten. In den alten Unterlagen kann man das nachlesen.« Funke deutete auf den Aktenordner, der neben ihm auf der Bank lag.

»Was macht ein Pensionist mit so einem schweren Trumm Papier? Mit dem schleppst du hier mehrere Kilo Staub in die Gaststube.«

Funke schob Pecks leeren Schnitzel-Teller zur Seite, hievte den aufgeklappten Ordner auf den Tisch und zeigte auf die erste Seite. »Das hier ist nicht Esoterik, sondern pure Realität. Leider … das ist die Liste meiner unaufgeklärten Morde.«

»Der Mattseemörder«, las Peck laut die Überschrift vor. »Ich erinnere mich an die Mordserie. Das muss fünfzehn Jahre her sein.«

»Zwanzig«, korrigierte Funke. »Von Zeit zu Zeit wache ich in der Nacht auf und muss an diese Liste denken.«

Peck sah zuerst auf Funke, dann auf den vor ihm liegenden Aktenordner. »Ist das hier dein verkörpertes schlechtes Gewissen?«

»Sechs ungeklärte Mordfälle ... junge Mädchen, die brutal ermordet wurden.«

Peck überlegte einen Augenblick, was er erwidern sollte. Er betrachtete Funkes blasses, faltiges Gesicht. Seit dem Tod seiner Frau führte der Mann ein einsames Leben, zumindest kein glückliches. Zuviel Freizeit und zu wenig Hobbys. In Peck stiegen Vorwürfe hoch. Er hätte sich mehr um Funke kümmern müssen.

»Ich verstehe dich«, sagte Peck. »Es stört einen Polizisten, wenn er bei seiner Pensionierung ungeklärte Fälle zurücklässt.«

»Stören ist das falsche Wort ... es ist eher Hilflosigkeit und Wut, verstehst du? Und das Gefühl, versagt zu haben.«

»Du hast nicht versagt. Was fängst du mit den alten Akten an? Willst du jetzt, wo du deine Pension genießen kannst, nochmal auf Mörderjagd gehen? Trag den Ordner zurück in den Polizeikeller und genieß die Ruhe. Sei froh, dass du den Ermittlungsstress los bist.«

»Ruhe genießen!« Funke rief es so laut, dass die anderen Leute besorgt oder beunruhigt herübersahen. »Wenn ich das schon höre. Ich pfeife auf die Ruhe.«

»Was hast du vor?«

Funke klopfte auf den aufgeschlagenen Ordner. »Ich habe alle achtzehn Aktenordner aus dem Keller zu mir nach Hause getragen.«

»Achtzehn Ordner? Und was sagt dein Nachfolger bei der Kripo dazu?«

»Georgius Dolezal? Der ist auf Urlaub. Deshalb kam ich auch in das Archiv, ohne dass es jemand gemerkt hat.«

»Und jetzt?«

»Ich lese zu Hause alle achtzehn Ordner durch, sämtliche Zeugenaussagen, verdächtige Spuren und Indizien.«

»Indizien? Jetzt nach zwanzig Jahren? Als ehemaliger Profi weißt du genau, wie oft Mordfälle ungelöst bleiben, wenn sie nicht innerhalb der ersten vierundzwanzig Stunden aufgeklärt werden.«

»Es gibt auch Ausnahmen.«

Peck legte seine Hand auf den Aktenordner. »Achtzehn Stück gibt es über diesen Fall?«

»Nicht ein Fall. Sechs Morde … vielleicht sind es sogar sieben. Leider fehlen in den Unterlagen ein paar Seiten. Als ich das bemerkt habe, stieg mein Blutdruck auf Rekordhöhe. Das sind die Schlampereien, die ich früher meinen Leuten ständig um die Ohren gehauen habe.«

»Und warum kommst du mit diesem staubigen Ordner zum Wilden Mann und erzählst mir das alles?«

Funke griff in die Plastiktasche neben sich. »Ich habe dir ein Geschenk mitgebracht.«

Langsam zog er eine Flasche *Lagavulin* aus der Tasche und stellte sie vor Peck auf den Tisch.

»Warum ein Geschenk?«

»Weil ich dich um deine Unterstützung bitte.«

»Unterstützung … wobei?«

»Auf der Suche nach dem Mattseemörder.«

*

»Seit dem Tod seiner Frau zieht er sich mehr und mehr zurück. Funke versteckt seine Gefühle hinter einer Mauer, die er um sich errichtet hat.«

»Wenn er dein Freund ist, dann hilf ihm, die Mauer niederzureißen.« Sophia legte ihr Buch zur Seite und nahm einen Schluck aus dem Weinglas.

»Er macht den Eindruck, als ob mit dem Tod seiner Frau auch

ein Teil von ihm gestorben ist. Er raucht wie ein Schlot und trinkt zu viel.«

Sophia nickte. »Er ist einsam.«

»Was ich bisher nicht wusste … seine Frau war Mitglied in einem spiritistischen Zirkel und wie mir scheint, hat sie Funke esoterisch infiziert. Spiritistischer Freundeskreis Salzburg … Kennst du diesen Verein?«

Sie schüttelte den Kopf. »Funke und Esoterik? Das kann ich mir nicht vorstellen.«

»Ist aber so. Er sprach von spirituellem Leben und Holismus.«

»Ich habe in meinem Geschäft viele Bücher über die sogenannte ganzheitliche Lebensweise. ›Man muss es gelesen haben‹, steht im Klappentext, um zu kapieren, was Holismus ist und was es heißt, spirituell zu leben.«

»Soweit ich Funke verstanden habe, pflegt man in dem Verein eine Kontaktaufnahme mit dem Jenseits.«

»Unsinn.«

»Hab ich auch gesagt. Doch vor zwanzig Jahren soll sogar die Kripo mit diesem esoterischen Verein zusammengearbeitet haben.«

»Mit welchem Ziel?«

»Keine Ahnung.« Peck klopfte auf den Aktenordner auf seinem Schoß. »Das sind die unaufgeklärten Mordfälle aus Funkes Vergangenheit, über die er nächtelang nachgrübelt. Er durchwühlt das Polizeiarchiv und holt sich alte Akten mit nach Hause.«

Sophia deutete auf den Ordner. »Und du schleppst Funkes Staubfänger in mein Haus.«

»Ich lese mich gerade ein.«

»Entweder deine Putzfrau saugt vorher die Akten, oder du trägst sie alle in dein Büro.«

Peck zeigte auf den Ordner. »Den Mattseemörder nannte ihn die Presse.«

»Haben die Morde in Salzburg stattgefunden?«

»Drei oder vier Leichen hat man in den Waldgebieten rund

um die Glasenbachklamm gefunden, die übrigen Tatorte liegen im Innviertel in Oberösterreich.«

»Salzburg und Innviertel … da sind hundert Kilometer dazwischen.«

»Kannst du dich an die Mordserie nicht erinnern?«

»Dunkel.«

»Zwanzig Jahre her. Die Morde waren damals das Tagesgespräch bei uns. Blutige und grausame Fotos, die durch die Presse gingen und im Fernsehen gezeigt wurden.«

Peck, der in seinem Lieblingssessel saß, nahm einen Schluck aus dem gut gefüllten Glas Lagavulin, stellte mit einem erleichterten Seufzen den Aktenordner weit von sich auf den Fußboden und griff zu dem neben der Leselampe liegenden Buch mit dem Titel ›Auf dem Weg zu Swann‹.

»Wie du siehst, lese ich keine kriminellen Akte mehr, sondern widme mich ab sofort der schöngeistigen Literatur. Damit weise ich auf meine Neujahrsvorsätze hin.«

»Du sprichst von deinen hoffnungslos verspäteten Vorsätzen, für deren Umsetzung du gerade noch sieben Monate zur Verfügung hast.«

»Ich bin wild entschlossen, sie zeitnah umzusetzen.«

»Zeitnah …« Sophia lächelte mitleidig und murmelte ein paar Worte, die gottseidank zu undeutlich waren, um sie zu verstehen. Er verspürte keine Lust, nachzufragen.

»Funke ist alt und langweilig geworden«, sagte Peck nach einigen Minuten.

»Er sollte sich eine anregende Beschäftigung suchen.«

»Eine Frau vielleicht.«

»Eine Frau ist keine Beschäftigung.«

»Funke will den Fall des Serienkillers neu aufrollen.«

»Und du … rollst du mit?«

Peck zuckte mit den Schultern. »Sieben ermordete Mädchen, sagt Funke.«

»Gib es zu! Du hast Funke bereits versprochen, ihn zu unterstützen.«

Peck zögerte mit der Antwort. »Richtig versprochen … das kann man so nicht sagen.«

»Wenn ein Mann behauptet, dass man das so nicht sagen könne, dann könnte man es natürlich so sagen, aber er will nicht.«

»Du klaubst Worte.«

Sie schüttelte den Kopf. »Privatdetektive leben davon, dass sie bezahlte Aufträge übernehmen. Wo sind bei diesem Fall deine Einkünfte?«

»Funke hat mit Naturalien bezahlt.«

»Naturalien?«

Er deutete auf die Whiskyflasche auf dem kleinen Tisch.

Sophia zog die Stirn kraus. »Früher hast du für deine detektivischen Dienstleistungen ein hohes Honorar verlangt. Jetzt tust du's schon für eine Flasche Whisky. Du verlierst an Standing, mein Schatz.«

»Funke ist mein Freund.«

»Und Lagavulin dein Lieblingsgetränk. Übrigens brennt Braunschweiger darauf, für dich tätig zu sein.«

»Woher weißt du das?«

»Er war bei mir im Buchgeschäft.«

»Braunschweiger liest keine Bücher. Warum triffst du dich hinter meinem Rücken mit meinen Mitarbeitern?«

»Er ist mein Cousin. Und er hat ein Buch bei mir gekauft. So etwas tust du zum Beispiel nie.«

»Du hast mir verboten, Bücher zu kaufen.« Peck zog sein Notizbuch heraus und wedelte damit herum. »Meine guten Vorsätze für dieses Jahr. Hier! Ziel Nummer eins: Keine Bücher mehr. Die Regale sind bummvoll, sagst du immer.«

»Lass uns deine anderen Vorsätze durchsprechen. Das mit deinem Gewicht zum Beispiel.«

»Ich bin innen bei weitem nicht so dick wie außen; deshalb rede ich nicht mehr über mein Gewicht.« Mit einer entschlossenen Geste steckte Peck das Notizheft weg.

2. KAPITEL

Susanne Wenz war einundzwanzig Jahre alt, lebte bei ihren Eltern und arbeitete in einem Notariatsbüro mitten im Zentrum. Die Arbeit mit ihren Kollegen machte ihr Spaß und ihr gefiel das muntere Treiben in der Bezirkshauptstadt Ried im Innkreis, die doppelt so groß war wie das eher dörfliche Mattighofen, in der ihre Eltern lebten.

Am 25. Oktober, kurz nach neunzehn Uhr, verließ sie gemeinsam mit Erika, ihrer Arbeitskollegin, die Büroräume im zweiten Stock und gut gelaunt schlenderten die beiden die sonnige Straße entlang. Es war ein langer Arbeitstag gewesen, da die Verträge für zwei Erbschaften bis morgen fertig sein mussten und ihr Chef ihnen eine großzügige Überstundenzahlung versprochen hatte.

Viele Menschen waren unterwegs, Frauen mit großen Einkaufskörben, Kinder, allein oder an der Hand eines Erwachsenen und wichtig aussehende Männer mit schlanken Aktenkoffern. Der Weg zum Bahnhof Bad Ried war Susanne vertraut und sie wusste, dass in einer Stunde der Bus Richtung Mattighofen abfuhr. Wenn sie Erika nicht überredet hätte, mit ihr im Stadtcafé noch ein Glas Prosecco zu trinken, hätte sie den Bus locker erreicht. In der Volksfeststraße waren sie noch nicht einmal an der Berufsschule vorbei gekommen, als sie zweihundert Meter weiter vorne den Bus beobachtete, der blinkend aus der Haltebucht fuhr und sich laut hupend in den Verkehrsstrom einreihte. Nicht ärgern, sagte sie sich, weil sie wusste, dass es keine Probleme bereiten würde, per Autostopp nach Mattighofen zu kommen. Ein junges Mädchen nimmt gerne jemand im Wagen mit. In der Ausfahrtsstraße nach Westen war es dunkel. Sie blieb im Licht einer der Straßenlampen stehen und hob ihren Daumen, wenn sich ein Wagen näherte.

Ein paar Minuten später bremste neben ihr ein grauer Volkswagen. Das Fenster wurde heruntergelassen und da es im Inneren des Autos dunkel war, konnte sie den Fahrer nur undeutlich erkennen.

»Wohin soll's denn gehen?« Eine laute, männliche Stimme.

»Mattighofen.«

»Du hast Glück«, erwiderte der Fahrer. »Steig ein.«

Sie rutschte auf den Beifahrersitz und konnte jetzt seine lange Nase erkennen, auf der sich zwei hässliche Pickel befanden. Sie lächelte in sich hinein. Der Mann erinnerte sie an ihren früheren Deutschlehrer in der Hauptschule, was keine angenehmen Erinnerungen auslöste. Birni hatten sie den Lehrer genannt und sich bei jeder Gelegenheit über ihn lustig gemacht.

»Wie heißt du?«

»Susanne. Und Sie?«

»Was meinst du?«

»Ihren Namen, meine ich, ich bin Susanne ... und wie heißen Sie?«

»Josef«, sagte er zögerlich, als ob er erst nachdenken müsste, wie sein Namen lautete.

Der Mann stieg aufs Gas und nach einigen Minuten sah sie im Licht der Scheinwerfer das Schild »Mattighofen 32 km«.

»Josef«, sagte sie und betonte beide Silben des Namens mit einer kleinen Pause dazwischen. »Fahren Sie diese Strecke öfters?«

Wortlos schüttelte er den Kopf und starrte in die Dunkelheit. Zehn Minuten später nahm er an einer Kreuzung im Wald die rechts abbiegende Sonnleitner Bezirksstraße. War das die kürzeste Route nach Mattighofen? So genau kannte sie sich hier nicht aus. Dann passierten sie die Ausläufer des Kobernaußer Waldes, wo er mit einem Ruck in der Dunkelheit in einen Waldweg abbog und den Motor abstellte.

»Was soll das?« Instinktiv rutschte sie auf dem Beifahrersitz weg von ihm und lehnte sich zurück.

Dann ging alles ganz rasch. Der Mann legte einen Arm auf seine Kopfstütze, drehte sich zu ihr und beugte sich nach vor, bis sie seinen Atem riechen konnte.

»Was soll das?«, wiederholte sie, diesmal lauter. Ihre Stimme zittert.

Ohne auf sie zu hören, legt er seine Hand an ihren Nacken und drückt zu, was eine Schmerzwelle durch ihren Körper jagt. Verzweifelt versucht sie, sich aus seinem Griff zu befreien, doch er packt sie an den Haaren und umschlingt mit beiden Händen ihren Hals. Die Kraft, mit der er zudrückt, macht eine Gegenwehr unmöglich. Sie versucht zu schreien. Bringt keinen Ton heraus. Verzweifelt schnappt sie nach Luft, worauf der Mann den Druck noch verstärkt, und seine Daumen die Luftröhre *zusammendrücken. Sie fühlt noch, wie ihr mit rasenden Schmerzen die Augen aus dem Kopf traten, als sich die Dunkelheit über sie legt.*

*

Langsam öffnete Peck die Augen. Durch den Fensterausschnitt fiel sein Blick auf das sichtbare Himmelsviereck, einem Gemisch aus hellem und dunklem Grau. Bedeckter Himmel. Er sah auf die Uhr. Sophia stand seit einer Stunde in ihrer Buchhandlung. Schlechtes Gewissen überkam ihn, das ihn zwang, sich mehr oder weniger schwungvoll aus dem Bett zu heben.

Zehn Minuten später saß er bei einem langweilig gesunden Frühstück, das ihm Sophia verordnet hatte. Neben dem Müsliteller lag einer der Aktenordner, den Funke in Pecks Büro abgeliefert hatte.

Unkonzentriert überflog er die Wiedergabe hunderter Zeugenaussagen, las sämtliche Tatortberichte und forensischen Analyseergebnisse. Zwischendurch fanden sich eingeklebte Zeitungsartikel mit Fotos, marktschreierische Artikel mit Spekulationen über den Serienkiller. Die reißerische Bezeichnung *Mattseemörder* stammte aus der Feder eines Journalisten der Dröhnenzeitung. In Wort und vor allem in Bild wurden die grausamen Bluttaten vor den Lesern ausgebreitet, verbunden mit massiven Vorwürfen gegen die Polizei, die überfordert wäre und keine vorzeigbaren Fahndungserfolge zustande brächte. Peck mochte dieses Hetzblatt mit seinem Borderline-Journalismus nicht.

In der Zeitung fanden sich großformatige Fotos der Opfer, mit denen die Polizei um die Mithilfe der Bevölkerung bat. Wie üblich hatten sich einige halb oder ganz Verrückte bei der Polizei gemeldet und sich zu einer der Taten bekannt. Jeder einzelne konnte jedoch rasch ausgeschlossen werden. Keiner von ihnen kannte jene Details, über die nur der Täter informiert sein konnte und die von der Kripo nicht veröffentlicht worden waren.

Langsam klappte Peck den Aktenordner zu. *Entweder deine Putzfrau saugt die Aktenordner oder du trägst sie alle in dein Büro.* Die Putzfrau würde sich wahrscheinlich weigern, dachte er.

*

Nach drei Stunden Büroarbeit hatte er das Gefühl, dass der ganze Staub aus den Aktenordnern in seine Augen gewandert war. Dabei hatte er die Niederschriften über die einzelnen Mordfälle nicht einmal konzentriert durchgearbeitet. Nur die Geschichte der Susanne Wenz hatte er aufmerksamer gelesen. Auf dem vergrößerten Porträtfoto hielt sie den Kopf schief, die vollen Lippen glänzten, ihre dunklen Augen blickten den Betrachter leicht lächelnd und herausfordernd an. Susanne Wenz war einundzwanzig und arbeitete bei einem Notar in Ried im Innkreis. Walter und Katharina Wenz, ihre Eltern, bei denen sie wohnte, hatten sie Ende Oktober vor zwanzig Jahren als vermisst gemeldet. Susannes Leiche wurde am 29. Oktober von einem Ehepaar aus Linz entdeckt, die auf dem Hausruck-Kobernaußerwald Weitwanderweg unterwegs waren. Der leblose Körper lag in einem Graben abseits im Wald, zweihundert Meter von der Hubertuskapelle entfernt sowie drei Kilometer vor Auffang, einem zur Gemeinde Schalchen gehörigen Weiler. Letztmalig war das Mädchen von ihrer Mutter am 23. Oktober in der Früh lebend gesehen worden. Am frühen Abend, von Erika Klotz, einer im selben Notariatsbüro angestellten Kollegin, mit der sie noch ein Glas Sekt getrunken hatte.

Die Ermordete konnte aufgrund ihres Führerscheins identifiziert werden, wohnhaft bei ihren Eltern in der Unteren Austraße Nummer 96 am westlichen Ende Mattighofens.

Als Todesursache wurde Erstickung festgestellt, die spätere Obduktion ergab, dass das Zungenbein gebrochen war und der Mörder beim Erwürgen mit großer Kraft beide Hände benutzt haben musste. Ein Verletzungsmuster, das sich bei allen Opfern wiederholte. Der Mörder war vermutlich ein Mann. Oder eine kräftige Frau. Als Peck auf der nächsten Seite weitere grausame Details über den Zustand der Leiche las, merkte er, wie sein Herz schneller zu schlagen begann. Der Leichnam lag auf dem Rücken, die Oberschenkel gespreizt und die Strumpfhose wie Unterhose bis zu den Knien heruntergezogen. Auf einem der Tatortfotos sah man, dass die Bluse des Mädchens vorne aufgerissen war. Das Schlimmste kam, als er auf der nächsten Seite die eigenartig verrenkte Leiche in Großaufnahme sah, die Arme links und rechts weggestreckt. Nur die Hände fehlten. Der Mörder hat beide Hände abgetrennt, ein glatter, sauberer Schnitt, wie auf einem Hochglanz-Farbfoto deutlich zu sehen war. Zu deutlich. Peck fühlte, wie ihm schlecht wurde und er fing an, tief durchzuatmen. Rasch blätterte er um.

Nach einem Glas Wasser und einer Pause zwang sich Peck zu dem Aktenordner mit seinen bestialischen Inhalten zurück. Er blätterte zum nächsten Fall weiter und stellte fest, dass jeder Leiche die Hände abgetrennt worden waren. Einige Male fand sich in dem Ordner ein roter Zettel mit der Aufschrift GEHEIMHALTUNG, der darauf hinwies, dass keine detaillierten Informationen an die Presse gegeben wurden. Die Öffentlichkeit erfuhr nichts über den Zustand der Leichen und deren abgetrennte Hände. Angewidert schob Peck den Ordner ein Stück von sich weg. Warum tötet jemand ein junges Mädchen und trennt ihm dann beide Hände ab? Oder war es umgekehrt und der Mörder schnitt die Hände ab, während das Opfer noch lebte? Peck mochte das nicht zu Ende denken.

Allen Opfern wurden die Hände abgetrennt. Gab es weitere Ähnlichkeiten? Die meisten hatten braunes oder brünettes Haar, zwei waren blond. Er beschloss, Braunschweiger damit zu beauftragen, zu jedem einzelnen Mordopfer systematisch die Fakten zusammenzusuchen und tabellarisch darzustellen. Das Ziel war, weitere Gemeinsamkeiten zu erkennen, eventuell eine Antwort auf die Frage finden, nach welchen Kriterien der Mörder seine Opfer ausgewählt hat. Kannte er sie? Oder traf er die Mädchen zufällig, verfolgte sie kurz entschlossen, um sie zu töten? Arbeitete er mit Überlegung oder folgte er einer mörderischen inneren Stimme, die ihm das Töten befahl?

Die gerichtsmedizinischen Befunde zeigten, dass die Mädchen einen bestialischen Erstickungstod gestorben waren, ohne dass ein Sexualverkehr stattgefunden hatte. Dennoch konnten Spermaspuren am Körper oder an Kleidungsstücken der Opfer sichergestellt werden. Nach dem damaligen Stand der Analysetechnik ergab sich der Hinweis, dass der Täter die seltene Blutgruppe AB besaß. Peck, der davon wenig verstand, beschloss, das Thema Blutgruppen mit einem Fachmann zu besprechen.

Auf den nächsten Seiten war noch von einem verdächtigen Auto die Rede, das ein Zeuge gesehen haben will, eine Beobachtung, die offenbar zu keinem Ergebnis geführt hatte. Peck blätterte die Unterlagen vor und zurück, konnte jedoch keine weiteren Hinweise auf den Wagen finden, außer, dass es sich um einen silberfarbenen Ford Escort gehandelt haben soll. Der Zeuge, der das Fahrzeug gesehen haben will, hieß Daniel Leuger und wohnte in Auffang, rund zwei Kilometer von der Stadt Mattighofen entfernt. Ob ein Mann oder eine Frau am Steuer des Autos saß, konnte der Zeuge nicht mit Sicherheit sagen. Peck machte sich eine Notiz in sein kleines Büchlein. Er würde sowohl mit den Eltern von Susanne Wenz als auch mit dem Zeugen reden, der den silberfarbenen Ford Escort gesehen haben will. Irgendwo musste er ja anfangen.

Müdigkeit überkam ihn und seine Augen begannen zu tränen. Nicht übertreiben, sagte er sich und sah verzweifelt auf den halben Meter Ordner, die Funke in Pecks Aktenschrank gestellt hatte. Die würde er sich morgen vornehmen. Oder nächste Woche.

*

»Eines der ersten Opfer heißt Susanne Wenz.« Mit diesen Worten betrat Braunschweiger schwungvoll das Büro. »Dort würde ich anfangen.«

»Braunschweiger, Sie sind auf der Höhe der Zeit. Ich habe uns soeben telefonisch bei Susannes Eltern angekündigt. Mein Auto ist vollgetankt.«

In *Salzburg Mitte* leitete sie Pecks Navi auf die A1, kurze Zeit später verließen sie die Autobahn und folgten der Mattseer Landesstraße in stetig nordöstlicher Richtung.

»Zuerst sind wir bei den Eltern von Susanne Wenz angemeldet, danach reden wir mit dem Zeugen, der das verdächtige Auto gesehen haben will.«

Peck zog einen Zettel aus dem Handschuhfach. »Daniel Leuger heißt der Mensch. Ich habe nur eine vage Adresse, nicht mal eine Telefonnummer.«

»Vielleicht ist er längst gestorben.«

»Sie machen einem richtig Mut«, sagte Peck, während sie nach dem Ort Mattsee die Grenze zwischen Salzburg und Oberösterreich passierten.

»Ein verdächtiges Auto … Ich dachte, diese Susanne ist mit dem Bus gefahren«, sagte Braunschweiger.

»Die Polizei hat damals mit dem Fahrer des betreffenden Busses gesprochen, der sich jedoch nicht an Susanne erinnern konnte. Die haben sogar einige Fahrgäste aus dem Bus aufgetrieben. Keiner will das Mädchen gesehen haben.«

»Wie kam sie dann zum Tatort?«

»Zum Fundort der Leiche … ob das auch der Tatort ist, weiß keiner.«

»Und was bedeutet das?«

»Die Polizei glaubt, dass das Mädchen per Autostopp unterwegs und an den Falschen geraten war. Das hat sie übrigens mit den anderen Mordopfern gemeinsam.«

»Was?«

»Autostoppen.«

»Wir müssen systematisch starten«, sagte Braunschweiger, »sonst verlieren wir gleich zu Beginn den Überblick.«

»Braunschweiger, Sie gewinnen täglich an Format. Und die von Ihnen eingeforderte Systematik mündet in der Frage, welche Gemeinsamkeiten und Übereinstimmungen es bei den getöteten Mädchen gibt.«

»Wie meinen Sie das, Chef?«

»Susanne Wenz arbeitete als Büroangestellte in Ried, das erste Salzburger Opfer war Prostituierte und eine weitere aus dem Innviertel ging noch zur Schule. Gab es etwas, was sie gemeinsam hatten? Bisher habe ich in den Akten dazu keine Zusammenstellung gefunden.«

»Und ich soll …«

»Exakt. Alle Berichte zu den einzelnen Fällen mit Hirn und Aufmerksamkeit durchsehen. Kannten sich die Frauen? Besuchten sie gemeinsam ein bestimmtes Lokal oder den gleichen Fitnessclub? Geschahen die Morde stets am gleichen Wochentag? War der zeitliche Abstand zwischen den Morden immer der gleiche oder wurden die Intervalle kürzer?«

»Vielleicht war der Täter Astrologe und hat nur bei bestimmten Mondphasen gemordet.«

Peck sah zu Braunschweiger hinüber und lächelte. »Keine schlechte Idee. Prüfen Sie, in welche Schule die Mädchen gegangen sind, ob sie Smartphone-Junkies waren oder derselben WhatsApp-Gruppe angehört haben.«

»WhatsApp gab es damals noch nicht, Chef.«

»Das war auch nur beispielhaft gemeint.«

»Und das soll ich alles herausfinden?«

»Besorgen Sie sich ein großes Flipchart und beginnen Sie mit einer Riesentabelle. Alles übersichtlich und auf einen Blick. Dann finden wir Gemeinsamkeiten heraus.«

»Ich werde eine Excel-Tabelle erstellen«, sagte Braunschweiger. »Mir ist übrigens aufgefallen, dass sich in Funkes Aktenordnern alles analog und auf Papier abspielt.«

»Darüber habe ich mit ihm gesprochen. Die Mordserie ist zwanzig Jahre her. Erst ein Jahr nach den Bluttaten wurde bei der Polizei die papierlose Zeit ausgerufen.«

»Papierlose Zeit?«

»Zu diesem Zeitpunkt hat man begonnen, sämtliche Ermittlungsakten auf den vernetzten Computern für alle zugänglich zu machen. Allerdings hat noch keiner entschieden, die alten Akten rückwirkend zu digitalisieren.«

»Es gibt eine Schwierigkeit, Chef, an der mein logischer Geist zu scheitern droht.«

»Ihr logischer Geist?«

»Ja, Chef, die Frage ist, nach welcher Methode ich aktuell gewonnene Erkenntnisse bewerten muss, welche Bedeutung ich ihnen geben soll. Verstehen Sie?«

»Braunschweiger, ich empfehle Ihnen dazu das von mir entwickelte Dreistufen-Programm.«

Braunschweiger grinste.

»Da gibt es nichts zu lachen, Braunschweiger. Ich empfehle Ihnen folgende Vorgehensweise: In der ersten Stufe treffen Sie eine provisorische Annahme. Danach kommt die zweite Stufe, in der Sie die getroffene Annahme verifizieren und evaluieren, um sie dann in der dritten Stufe in die finale Conclusio überführen.«

Es war ein stark verwirrter Blick, den Braunschweiger ihm zuwarf.

»Finale Conclusio … verstehen Sie, Braunschweiger?«

»Wenn Sie mich so fragen … annäherungsweise.«

Auf der Suche nach der Hausnummer 36 bog Peck in die Untere Austraße ein, fuhr an einigen Vorort-Wohnblöcken vorbei, wendete an einer Kreuzung und parkte gegenüber einem Kinderspielplatz.

»Hier muss es sein.« Braunschweiger deutete auf ein Haus, auf dem das Schild AUTOREPERATUR WENZ angebracht war.

Mit einem freundlichen »Hallo!« betrat Peck die Werkstatt, in der ein Mann rücklings unter einem Mercedes älteren Baujahrs lag und umständlich hervorkroch, als er die Stimme hörte.

»Sind Sie der Chef?« Peck deutete auf den Schriftzug WENZ, den der Mann vorne auf dem dunkelblauen Overall trug.

»Jede Minute kostet in meiner Reparaturwerkstatt einein-halb Euro. Was wollen Sie?«

»Ich habe angerufen«, sagte Peck. »Ich glaube, es war Ihre Frau, mit der ich gesprochen habe.«

»Geht's um Susanne?«

»Nur ein paar Fragen. In zehn Minuten sind wir wieder weg.«

»Kostet nur fünfzehn Euro«, ergänzte Braunschweiger.

Im Hausflur roch es nach Kaffee. Der Mann führte sie in ein kleines, einfach ausgestattetes Wohnzimmer, in dem eine fünfzigjährige Frau stand und Peck die rechte Hand entgegen-streckte, die sie zuvor an ihrer Kittelschürze abwischte.

»Das ist mein Mitarbeiter Braunschweiger«, sagte Peck. »Danke, dass Sie Zeit für uns haben.«

»Zehn Minuten«, ergänzte Braunschweiger.

Während sie sich um den runden Tisch setzten, der in der Mitte des Zimmers stand, ging Frau Wenz in die Küche und kam mit einem ratternden Servierwagen zurück, auf dem eine bauchige Kaffeekanne und ein zuckerbestreuter Gugelhupf stand.

»Was wollen Sie von uns?«, fragte sie.

»Ein großes Stück Kuchen.« Braunschweiger deutete auf den Gugelhupf.

Die Frau hielt ihre Tasse in der Hand, trank aber nicht. »Es geht um unsere Tochter, nicht wahr? Gibt es Neuigkeiten?«

»Leider nein«, sagte Peck und sah die Enttäuschung im Ge-sicht des Ehepaars.

»Sind Sie von der Polizei?«, fragte Wenz, der die gestrickte Haube von seinem Kopf nahm und sie neben seine Kaffeetasse auf den Tisch legte.

»Wir arbeiten mit der Polizei eng zusammen und kümmern uns gerade um alte, unaufgeklärte Fälle.«

Wenz lehnte sich zurück und verschränkte die Arme vor der Brust. »Alte, unaufgeklärte Fälle. Jetzt, nach zwanzig Jahren? Was soll das bringen?«

Peck sah, dass der Frau die Tränen in die Augen stiegen. »Ich hatte so sehr gehofft ...«, sagte sie und eine Träne floss die Wange hinab.

Peck zog sein Notizheft aus der Innentasche seines Sakkos und blätterte darin. »Sie haben damals ... das war der 23. Oktober, der Polizei gesagt, dass ihre Tochter nicht nach Hause gekommen sei.«

Das Paar sah sich ratlos an, worauf die Frau ihre Kaffeetasse auf den Tisch stellte. »Das ist viele Jahre her. Susanne fuhr mit dem Bus aus Ried, wo sie arbeitete.«

»Nahm sie jeden Tag den gleichen Bus?«

Die Frau nickte.

»Meist den Bus, der hier um kurz vor sieben am Abend ankommt. Außer sie traf sich mit jemandem nach der Arbeit. Dann wurde es später.«

»Kam das oft vor?«

»Susanne war ein anständiges Mädchen«, sagte der Mann, worauf seine Frau bestätigend nickte.

»Wie alt war Ihre Tochter?«

Die Frau wischte mit dem Handrücken eine Träne weg, die ihr über die Wange lief. »Eine Woche nach ihrem Tod hätte sie den einundzwanzigsten Geburtstag gefeiert.«

»Ein junges Mädchen also ... In dem Alter hat man Freunde. Da geht man aus, zum Feiern, zum Tanzen.« Er blätterte in seinem Notizbuch. »In den alten Akten habe ich den Namen Erika Klotz gefunden. Den hatten Sie der Polizei genannt.«

»Erika«, wiederholte die Mutter gedehnt. »Wenn wir damals den Namen genannt haben, wird das seine Richtigkeit haben.«

»Erika war eine Arbeitskollegin. Ich erinnere mich«, sagte Walter Wenz. »Susanne hat sich einige Male mit ihr getroffen. Keine dicke Freundschaft.«

Die Frau nahm einen Schluck aus der Kaffeetasse und Peck sah, wie ihre Hand zitterte. Sie fühlt sich unbehaglich. Geht einem so etwas auch nach zwanzig Jahren noch nahe? Doch, entschied er, wenn jemand ins Haus platzt und Fragen zu der toten Tochter stellt, dann berührt es einen, auch wenn seitdem viele Jahre vergangen sind.

»Da gab es noch Martin«, sagte sie und sah in die leere Kaffeetasse, als ob darin die ganze Erinnerung zu finden wäre.

»Ach!«, rief Wenz. »Hör auf mit diesem Windhund. Den hat unsere Susanne so gut wie nie getroffen.«

»Ich habe die Akten genau studiert«, sagte Braunschweiger. »Von einem gewissen Martin steht da nichts.«

»Na und?« Wenz schälte sich aus dem Oberteil seines Overalls. Dem Herrn ist warm geworden, dachte Peck.

»Vielleicht waren meine Frau und ich vor zwanzig Jahren der gleichen Meinung wie heute.«

»Welche Meinung?«, fragte Peck.

»Dass es keinen Zusammenhang gibt zwischen diesem Martin und Susis Tod.«

»Sag nicht Susi.« Frau Wenz verzog das Gesicht. »Du weißt, das mag sie nicht.«

»Dieser Martin hat doch einen Nachnamen.«

»Du redest zu viel.« Mit grimmigem Gesicht sah Wenz auf seine Frau. »Wenn wir nun Unannehmlichkeiten bekommen, bist du schuld.«

»Also!« Braunschweiger klopfte mit dem Kugelschreiber ungeduldig auf die Tischkante. »Wie heißt der Herr?«

Frau Wenz seufzte. »Buchhandlung Kalupka. Martin ist der Besitzer.«

»Wo?«

»In Ried.«

»Und wo genau?«

»Wozu wollen Sie das wissen?«

»Vielleicht möchten wir Herrn Kalupka einen kurzen Besuch abstatten.«

»Siehst du«, brummte Walter. »Jetzt fangen unsere Probleme schon an.«

»Egal. Wir haben nichts zu verbergen.« Sie warf ihrem Mann einen trotzigen Blick zu und griff nach ihrem Handy. »Am

Riederbach. Die Buchhandlung liegt direkt beim Fluss. Besser kann ich's nicht beschreiben. War jahrelang nicht mehr dort. Wir lesen wenig.«

Während sie auf ihrem Handy herumwischte, sah sich Peck im Wohnzimmer um. Über der Couch an der Wand hing ein riesiges Ölgemälde, das viel zu groß für das Wohnzimmer war. Im Schrank standen filigrane Glasfiguren und andere kitschige Urlaubsandenken. Weit und breit kein Buch.

»Da!« Sie hielt ihm ihr Handy hin. »Die Buchhandlung Kalupka gibt es noch. Ob Martin noch im Geschäft ist, kann ich nicht sagen.«

»Wenn Sie hingehen, sagen Sie nicht, dass wir Ihnen den Namen genannt haben«, brummte ihr Mann.

»Ich habe noch eine Frage«, sagte Peck, während er sich erhob. »Da gibt es einen Zeugen, der einen verdächtigen Wagen gesehen haben will.« Er blätterte in seinem Notizbuch. »Daniel Leuger, wohnhaft in Auffang. Silberfarbener Ford Escort. An mehr konnte er sich wohl nicht erinnern.«

»Auffang ... das gehört zu Mattighofen.« Die Frau deutete mit der Hand Richtung Fenster. »Und an einen Daniel Leuger kann ich mich erinnern. Ich habe mit dem Mann gesprochen.«

»Du?«, fragte Herr Wenz mit lauter Stimme? »Wann und wo?«

Wie abwehrend hob sie beide Hände. »Viele Jahre her. Er hatte Äpfel zu verkaufen und so waren wir ins Gespräch gekommen.«

Frau Wenz begleitete Peck und Braunschweiger zur Tür. »Ich war lange nicht mehr in Auffang, aber ich erinnere mich.«

»Woran?«, fragte Braunschweiger.

»An diesen Leugner und an das Haus, in dem er wohnt. Gleich am Anfang der Siedlung. Erste Straße links. Wenn Sie mich hinterher zurückfahren, zeige ich Ihnen, wo er wohnt.«

»Das passt mir gar nicht, dass du jetzt noch dorthin mitfährst«, sagte Walter.

Sie machte wieder eine abwehrende Handbewegung. »Lass doch. Die ganze Sache ist zwanzig Jahre her.«

»Eben«, brummte er.

Braunschweiger setzte sich auf den Rücksitz und zu dritt verließen sie Mattighofen in nordöstlicher Richtung, bogen im Kreisverkehr rechts ab, bis sie zu einer Weggabelung kamen.

»Nicht der B 147 folgen«, sagte die Frau und wies mit dem Zeigefinger auf die Straße, »sondern da rechts weg.«

Gemeindeamt Schalchen stand auf einem gelben Gebäude und als sie an der Ortstafel *Auffang* vorbeifuhren, wies die Frau nach rechts. »Ich war lange nicht mehr da, aber hier muss es irgendwo sein.«

»Unsicherheit tönt aus Ihrer Stimme«, sagte Braunschweiger in singendem Ton.

Peck lachte. »Braunschweiger, Sie haben eine lyrische Ader.«

»Parken Sie hier«, sagte die Frau.

Sie stiegen aus und standen einige Augenblicke ratlos nebeneinander auf dem Gehsteig. Die Siedlung sah wie eine Ansammlung hingewürfelter Einfamilienhäuser aus, die sich alle langweilig ähnelten. Hier war überall derselbe Baumeister tätig gewesen. In jedem Vorgarten standen zwei Eiben, ein winterfester Lorbeerstrauch und einige Thujen, alle wahrscheinlich im selben Baumarkt gekauft.

Frau Wenz stemmte die Hände in die Hüften, sah ratlos nach links und rechts, dann schüttelte sie den Kopf und zeigte auf eine Baulücke auf der anderen Seite der Straße.

»Da muss das Haus gewesen sein, in dem dieser Daniel gewohnt hat.«

»Ich bin sehr konzentriert«, sagte Braunschweiger, beugte sich vor und legte die Hand über seine Augen. »Ich sehe kein Haus.«

»Aber da war ein Haus.«

In diesem Moment trat ein älterer Mann aus dem Haus nebenan und steuerte, einen Plastiksack in der Hand, den neben der Zufahrt stehenden Mülleimer an.

»Ich suche Herrn Daniel Leuger. Er soll gegenüber in dem Haus gewohnt haben.«

Der Mann hatte in der Zwischenzeit den Plastiksack in der Mülltonne entsorgt und sah verwirrt die Dreiergruppe an, die sich vor seinem Haus versammelt hatte.

»Daniel Leuger?« Er deutete auf die Baulücke gegenüber, auf dem Betonbrocken und ein graswachsener Erdhügel auf das frühere Haus hinwiesen. »Das Gebäude wurde zuerst verkauft und dann abgerissen. Es war älter als die anderen Häuser hier in der Siedlung und ziemlich baufällig.«

»Kannten Sie Herrn Leuger?«, fragte Peck.

»Nur vom Sehen her. Er war kein geselliger Typ. Ich habe mitbekommen, dass seine Frau gestorben war. Und kurz darauf ist er weggezogen. Nicht einmal verabschiedet hat er sich.« Mit einem Knall klappte der Mann den Deckel seiner Mülltonne zu und trat einen Schritt näher. »Wer sind Sie überhaupt? Und was wollen Sie von meinem früheren Nachbarn?«

Braunschweiger schob Peck zur Seite und drängte sich nach vorne. »Er hat mir meine Frau ausgespannt und jetzt möchte ich ihn zur Rede stellen.«

Der Mann neben der Mülltonne pfiff anerkennend durch die Zähne. »Daniel müsste jetzt achtzig sein. Die Frau hat er Ihnen ausgespannt … Donnerwetter, das hätte ich dem Schwerenöter nicht zugetraut.«

Sie gingen zum Auto zurück, nur Braunschweiger blieb zurück und schlenderte quer über das mit Unkraut überwucherte Grundstück.

»Tut mir leid«, sagte Frau Wenz. »Ich war lange nicht mehr hier und hatte keine Ahnung, dass Leugers Haus abgerissen wurde.«

Aus der Ferne sah Peck, wie Braunschweiger mitten auf dem Grundstück stehen blieb und sein Notizbuch zückte.

»Haben Sie eine Spur zu unserem Zeugen Daniel entdeckt?« Peck beobachte Braunschweiger im Rückspiegel, während er den Motor startete.

»Da lag eine Holztafel auf dem Sandhaufen.« Er wedelte mit seinem Notizbuch. »Auf der Tafel steht ›Wirtschaftsservice und

Immobilienbüro Hatzelgruber, Salzburg«. Vielleicht können die uns sagen, wo wir diesen Leuger finden.«

»Halten Sie mich auf dem Laufenden.« Frau Wenz gab Peck die Hand und kletterte aus dem Auto.

»Machen wir«, sagte Peck. »Wir sind seriöse Detektive.«

»Seriös und mit Durchblick«, ergänzte Braunschweiger.

Eine halbe Stunde später erreichten sie Ried im Innkreis, wo sie nach einigen Kreuz- und Querfahrten durch das Stadtzentrum die Buchhandlung in einem kleinen, dunkelgrün gestrichenen Haus neben der schmalen Holzbrücke über den Bach entdeckten.

BUCHHANDLUNG KALUPKA. In roten Klebebuchstaben prangte die Schrift auf der Schaufensterscheibe. Sie stiegen drei schief getretene Stufen hinunter und als Peck die Tür öffnete, hörte er einen Klingelton, der ihm merkwürdig vertraut vorkam, wie ein Klang aus fernen Kindertagen.

Ein muffiger Geruch lag in der Luft, der niedrige Raum war dämmrig und mit überquellenden, staubigen Bücherregalen zugestellt, sodass nur ein schmaler Pfad frei blieb, der sich im hinteren, fensterlosen Teil des Raumes verlor. Langsam folgten sie dem Gang, der auf ein Wandregal zulief, in dem neben hoch aufgeschichteten Büchertürmen eine steinerne Büste mit der Aufschrift GOETHE stand. Amüsiert ließ Peck seinen Blick durch den Raum schweifen, in dem sich mehrere tausend Bücher befinden mussten. Augenblicklich fühlte er sich wie zu Hause. Ein junger Bursche stürmte eine enggewundene Wendeltreppe herunter. Er mochte achtzehn oder neunzehn Jahre alt sein, schlank, blondes, streng zur Seite gekämmtes Haar und eine Menge Pickel im Gesicht.

»Was kann ich für Sie tun?« Er hob die beiden Hände und blieb in dieser Pose wie erstarrt stehen.

»Sie können Ihre Hände wieder nach unten geben«, sagte Braunschweiger. »Wir möchten Herrn Kalupka sprechen. Martin Kalupka.«

»Das möchten Ronny und ich auch … erst gestern sagte ich …«

»Moment!« Erstaunt beobachtete Peck, wie Braunschweiger die Gesprächsinitiative an sich riss. »Wer, frage ich erstens, ist Ronny und wo hält sich Martin Kalupka auf.«

Der Bursche grinste und ließ langsam seine Arme nach unten sinken. Offenbar fühlte er sich von Braunschweigers Worten angesprochen.

»Erstens: Ronny ist der Geschäftsführer der Buchhandlung und damit mein Chef; zweitens: Kalupka treibt sich in Amerika herum.«

»Und dieser Ronny …«

»Ist auf der Frankfurter Buchmesse.«

»Und Kalupka ist in Amerika.«

»Sagte ich bereits.«

»Wo in Amerika?«

Der junge Bursche zuckte mit den Schultern. »Keine Ahnung. Ich bin erst seit zwei Monaten hier. Soweit ich weiß, arbeitet Kalupka in einer großen amerikanischen Buchhandlung. In New York oder so. Im Büro müsste irgendwo seine Adresse liegen. Die Adresse der Buchhandlung, meine ich. Ich könnte nachsehen, für den Fall, dass es wichtig sein sollte.«

»Es sollte wichtig sein«, sagte Peck. »Würden Sie bitte nachsehen.«

»Wenn's denn der Wahrheitsfindung dient.«

Zehn Minuten später kehrte das Pickelgesicht zurück und hielt Braunschweiger einen Zettel hin, den dieser an Peck weiterreichte.

»Barnes & Noble«, las Peck laut vor. »World's Largest Bookstore, 555 5th Ave, New York, NY, +1 202-6007-3048.«

Als Peck und Braunschweiger im Auto saßen, hatte sich bereits die Dämmerung über die Landschaft gelegt.

Peck sah auf die Uhr. »Es ist jetzt achtzehn Uhr. Also Mittagszeit in New York.«

Er wählte die Telefonnummer und vernahm überraschend deutlich die Stimme eines Mannes. »Barnes and Noble. What can I do for you?«

Verdammt. Damit hätte er rechnen müssen. Der Mann sprach Englisch.

»I want to speak Mister Martin Kalupka«, sagte er nach kurzem Nachdenken.

Während die Stimme des Amerikaners glasklar und deutlich war, eröffnete sich für Peck der Sinn seiner Rede äußerst bruchstückhaft. Verdammt! Dabei war er früher in Englisch sattelfest gewesen, sowohl im Verstehen, als auch beim Sprechen. Wieder einmal musste er zur Kenntnis nehmen, dass sich die in der Jugend erlernten Fähigkeiten beim Älterwerden verkrümeln, wenn man sie nicht regelmäßig übt. Er schämte sich seiner Stottereien, die der Mann in der weit entfernten Buchhandlung erst verstand, als Peck sie mehrmals und in unterschiedlichen Satzstellungen wiederholte. Am meisten störte ihn Braunschweiger, der grinsend vom Beifahrersitz aus sein erbärmliches Gestammel verfolgte.

Peck beendete das Telefonat und warf sein Handy auf die rückwärtige Sitzbank.

»Braunschweiger, Sie grinsen in Situationen, in denen es nichts zu grinsen gibt. Der Mann verschluckte jede zweite Silbe und sprach in einem undeutlichen amerikanischen Slang. Und jetzt hören Sie mit Ihrem dummen Lächeln auf.«

»Chef, Sie glauben nicht, wie sehr ich auf Ihrer Seite bin. Ich bin gespannt, was Ihnen die Person im fernen Amerika verraten hat.«

»Martin Kalupka arbeitet nicht mehr dort. Er soll sich in einer Stadt mit dem Namen Wichita aufhalten.«

»Kenne ich«, sagte Braunschweiger. »Mein Lieblings-Wildwestroman hat den Titel ›Höllenfahrt nach Wichita‹. Hören Sie zu: Da kommt der Sheriff von Wichita eines Nachmittags in den Saloon …«

Peck rief Braunschweiger zur Ordnung. »Der Buchhändler in

New York hat verstanden, dass es für uns wichtig ist, Martin zu finden und er hat versprochen, ein paar Telefonate zu führen, um Martin aufzutreiben.«

»Dem gebe ich geringe Chancen«, sagte Braunschweiger. »Wichita liegt mitten in Kansas und Kansas ist ein riesiges Land. Das muss auch der Sheriff von Wichita zur Kenntnis nehmen, als er sich aufs Pferd schwingt und …«

»Braunschweiger!«

»Chef?«

»Der Amerikaner hat versprochen, mich anzurufen, sobald er herausgefunden hat, wo sich Martin Kalupka aufhält.«

»Und was machen wir nun?«

»Braunschweiger, zwei wichtige Aufträge warten auf Sie.«

»Ich höre.«

»Wirtschaftsservice und Immobilienbüro Hatzelgruber, Salzburg. Dank Ihrer Aufmerksamkeit haben wir eine gute Chance, Daniel Leugner zu finden, der seinerzeit den verdächtigen Wagen beobachtet haben will. Sein Haus stand direkt neben der Straße, nicht weit vom Tatort entfernt, an dem man Susanne Wenz' Leiche gefunden hat. Wenn wir Glück haben, lebt der Mann noch.«

»Und ist noch nicht dement«, ergänzte Braunschweiger.

»Braunschweiger, Sie sind ein Pessimist.« Peck blätterte in seinem Notizbuch. »Der Mann sprach von einem silberfarbenen Ford Escort … die Frage ist, warum ihm der Wagen oder der Insasse verdächtig vorkam. Hoffentlich kann er sich auch daran noch entsinnen.«

»Und weiter?«

»Was, weiter?«

»Chef, Sie sprachen von zwei Aufträgen für mich.«

»Erika Klotz. Sie war Susannes Arbeitskollegin in dem Notariat in Ried. Was hat sie gesehen, als sie Susanne am Abend zum Bus begleitet hat? Worüber haben die beiden gesprochen? Die beiden Mädchen waren noch in einem Café … haben sie dort jemanden getroffen?«

»Wie alt ist diese Erika?«, fragte Braunschweiger.

»Ungefähr so alt wie Susanne heute wäre. An die vierzig.«

»An die vierzig.« Braunschweiger machte einen träumerischen Blick zur Decke. »Kein schlechtes Alter für eine Frau.«

3. Kapitel

Früher hatte Braunschweiger lange Jahre damit verbracht, nach seinen persönlichen Lebenszielen zu suchen. Solche braucht der Mensch, las er in den Ratgebern, die er paketweise aus den Buchhandlungen nach Hause schleppte. *Erst die übergeordnete Zielsetzung, auf die der Mensch seine Planungen und Handlungen ausrichten kann, gibt dem Dasein Sinn.* Es war weiß Gott nicht einfach gewesen, den Empfehlungen der Buchautoren zu folgen. Die Suche nach dem Ziel des Lebens … bei ihm führte dies selten zu einer Bereicherung, sondern eher in einen unsäglichen Kampf mit sich selbst. Ständig unter Druck und dem Einsatz von Schweiß und Blut versuchte er, auf allen Gebieten hundert Prozent zu geben. Oder noch ein bisschen mehr, ständig getrieben, den Zielen hinterher zu hecheln. Aus jedem der einzelnen Zielsetzungen wucherten weitere Unterziele, Aktionspläne und To-Do-Listen.

Schließlich hielt er inne. Bestand nicht die Gefahr, dachte er, dass das gelobte Ziel im Leben zum Selbstzweck verkommt und man sich am Ende noch unfreier fühlt? Sich nicht knechtisch unterwerfen, sagte sich Braunschweiger eines Tages und warf alle Zukunftsplanungen über Bord. Lass alle Ziele los und öffne dich für das Leben. *Ich bin dann mal weg*, sagte sich Braunschweiger, schaltete wieder den Autopiloten ein und wanderte mit dieser neuen Einstellung im Herzen vor einem Jahr auf dem Jakobsweg bis zum Grab des Apostels Jakobus in Santiago de Compostela. Richtung Westen und ohne Zwang, zu einem bestimmten Datum dort anzukommen, was ihm unterwegs ermöglichte, kleine Nebenrouten einzuschlagen und sich länger an Orten aufzuhalten, wo es ihm gerade gefiel. Das wurde zu Braunschweigers neuer Philosophie: Man muss nicht immer ein konkretes Ziel vor Augen haben. Die grobe Richtung reicht.

Seit einem Jahr lebte er nach dem Motto: ›Der Weg ist das Ziel‹. Seitdem fühlte er sich reicher und produktiver. Weil ihm seine Tage nicht nur mehr Freude und Freiheit, sondern auch Überraschungen und Abenteuer brachten. Durch das Leben gehen, sagte er sich, ist wie ein Spaziergang durch eine unbekannte Gegend voller Abenteuer, unterschiedlicher Gestalten und interessanter Eindrücke.

Nur die beruflichen Spaziergänge gemeinsam mit Paul Peck bargen das Risiko, zurück in die hektische Zeit des Planens zu fallen. Peck war für ihn ein typischer Vertreter des unbedingten Leistungsprinzips und wurde nicht müde, Braunschweiger ein Vorgehen in vier Schritten zu empfehlen: Zielsetzung, Planung, Projektmanagement und Erfolgskontrolle. Das war nicht Braunschweigers Weg. Ohne Ziel zu sein, bedeutete für ihn zwar nicht, den ganzen Tag im Trainingsanzug faul auf der Couch herum zu liegen und Shopping-TV zu schauen, er wollte nur die innere Ruhe haben, um seinen eigenen Weg zu finden. Seit zwei Wochen überlegte Braunschweiger, wie er Peck von seinem Weg des Leistungsprinzips abdrängen und auf die richtige Bahn bringen könnte.

Wie sagte Peck gestern? *Braunschweiger, zwei wichtige Aufträge warten auf Sie.* Und Peck hatte Braunschweiger gezwungen, die beiden Punkte in sein Notizbuch zu schreiben, folgend dem ersten und zweiten Schritt: Zielsetzung und Planung.

Erika Klotz und Immobilienbüro Hatzelgruber, betreffend Daniel Leuger las Braunschweiger und überlegte, wie er die beiden Punkte mit Minimalaufwand abarbeiten könnte.

Erika Klotz erledigte er per Handy. Zwischen zwei Cappuccinos im Café Fürst telefonierte er so lange mit Adressaten in und um Mattighofen herum, bis ihn die Kellnerin sanft, aber deutlich darauf hinwies, dass sich die anderen Gäste gestört fühlen und das Kaffeehaus keine Telefonzentrale darstellte. Mit einer unwirschen Handbewegung verjagte Braunschweiger die Serviererin. Er konnte zufrieden sein, denn es war ihm gelungen, Erika Klotz im Büro einer Musikalienhandlung in Ried aufzutreiben. Schwieriger gestaltete sich das telefonische

Frage- und Antwortspiel mit ihr, als Braunschweiger auf den Abend des 25. Oktobers vor zwanzig Jahren zu sprechen kam. Zuerst war die Frau misstrauisch, schließlich könne jeder am Telefon behaupten, ein Herr Braunschweiger vom ersten Salzburger Detektivbüro zu sein. Mit viel Überzeugungskraft und seiner vertrauenserweckenden Stimme gelang es ihm, die Frau zu überreden, ihm einige Fragen zu beantworten.

»Ich habe zu dieser Zeit beim Notariat Dr. Geldwerter in Ried gearbeitet und Susanne war meine Kollegin im Sekretariat.«

»Sie haben damals der Polizei gesagt, dass Sie Susanne zum Bahnhof begleitet haben, unterwegs aber eingekehrt sind.«

»Ich erinnere mich. Unser Chef hat uns an diesem Tag gezwungen, länger im Büro zu bleiben.«

»In welchem Lokal waren Sie?«

»Susanne wollte ins Stadtcafé. ›Vielleicht ist Martin dort‹, sagte sie. Also gingen wir rein und haben einen Prosecco getrunken. Oder zwei.«

»Wer ist Martin?«

»Martin Kalupka.«

»Der Buchhändler?«

»Genau. Ein ungustiöser Mensch, wenn Sie mich fragen, aber Susanne stand auf den Typ.«

»Und? War Martin dort?«

»Ich kann mich nicht mehr erinnern. Weiß nur noch, dass wir einige andere Burschen getroffen haben.«

»Wen? Können Sie sich noch an Namen erinnern?«

»Hören Sie … das ist zwanzig Jahre her. Damals haben sich viele Männer für mich interessiert, wenn Sie wissen, was ich meine. Ich bin zwar heute immer noch hübsch… wenn Sie hier wären, könnten Sie sich davon überzeugen, aber Namen weiß ich keine mehr. Ich erinnere mich, dass Susanne ihren Bus versäumt hat. Glaube ich jedenfalls. Es ist alles so lange her. Ich hab sie erst wieder gesehen, als sie vor der Beerdigung aufgebahrt in der Friedhofskapelle lag. Blass war sie.«

»Dieser Martin von der Buchhandlung ... haben Sie den getroffen in der letzten Zeit?«

»Seit Jahren nimmer. In der Zeitung stand, er soll ausgewandert sein. Nach Amerika, oder so.«

Sie beendeten das Telefonat und Braunschweiger verließ das Café. Er überquerte den Mozartplatz, setzte sich kurz auf eine freie Bank und strich in seinem Notizbuch den Namen *Erika Klotz* durch.

Dann machte er sich auf den Weg zum Immobilienbüro Hatzelgruber, das sich auf der anderen Salzachseite in der Steingasse befand, direkt neben der einladend roten Lampe eines Bordells.

Mit männlich geprägtem Interesse machte Braunschweiger einen Seitenblick auf das verlockende Rotlicht vor der Tür des Nachbarhauses, dann betrat er das Büro des Immobilienhändlers. Vielleicht konnte ihm hier jemand Auskunft über Daniel Leuger geben. Oder zumindest über das mit Unkraut überwucherte Grundstück in Auffang.

*

Die Wanderkarte hatte den Maßstab 1:50.000 und war verhältnismäßig teuer gewesen. Peck beugte sich weit über die ausgebreitete Karte und verfolgte mit dem Finger den kurvigen Verlauf der Oberinnviertler Landesstraße von Mattighofen bis Maria Schmolln und weiter zur Hubertuskapelle, wo sich die Ausläufer des Kobernaußerwaldes weit nach Norden erstrecken.

Dort hatte man Susannas Leiche entdeckt. Er führte den Zeigefinger weiter nach Westen. Mit etwas Fantasie konnte er den Fleck auf der Karte östlich von Schalchen ausmachen, wo sich das Grundstück Daniel Leugers befand. Genauer gesagt, das Grundstück, auf dem sich früher das Einfamilienhaus befand, das Daniel Leuger gehörte, bis es vor kurzem abgerissen wurde.

Pecks Handy läutete und er vernahm die gelangweilt langsame Stimme Braunschweigers. Immer wenn er schleppend redete, hatte er eine wichtige Botschaft zu vermelden.

»Braunschweiger, was gibt's?«

»Chef, ich weiß, wo Daniel Leuger wohnt.«

»Wo?«

»In der Robert-Stolz-Straße Nummer 14.«

»Wo ist das?«

»Nummer 14? Das ist das Bezirksalten- und Pflegeheim Mattighofen. Daniel Leuger ist über achtzig und wohnt dort.«

»Sagt wer?«

»Sagt Herr Hatzelgruber, Chef und Inhaber des gleichnamigen Wirtschaftsservice- und Immobilienbüros. Ich komme soeben von dort.«

»Braunschweiger, ich muss Sie loben.«

»Warum tun Sie's dann nicht?«

»Wo sind Sie gerade?«

»Direkt neben einem einladendem Haus mit einer roten Lampe.«

»Bewegen Sie sich nicht von der Stelle, Braunschweiger, wo immer Sie auch sind, ich hole Sie ab und dann fahren wir ins Altersheim.«

»Im Altersheim brennt aber keine rote Lampe.«

»Braunschweiger, reißen Sie sich zusammen. Man muss Ziele haben im Leben. Eine rote Lampe ist kein geeignetes Ziel.«

»Wenn Sie meinen, Chef.«

*

Unser Bezirksalten- und Pflegeheim liegt in einer ruhigen Wohngegend, stand im Internet, verbunden mit dem Hinweis: *Die Goldhaubengruppen der Umgebung richten ehrenamtlich Geburtstagsfeiern für die Heimbewohner aus.*

Nach zwei Fehlversuchen fand Pecks Navi das Altersheim am Stadtrand von Mattighofen, wo er auf dem überfüllten Parkplatz fünf Minuten herumkurven musste, bis er eine freie Stelle gefunden hatte. Zwei Frauen gingen vom Parkplatz Richtung Haupteingang, eine mit Blumen, die andere mit einer Bonbonniere in der Hand.

»Wir kommen ohne Mitbringsel«, sagte Braunschweiger. »Das gefällt mir nicht.«

»Das ist kein persönlicher Besuch, sondern eine zweckdienliche Befragung.«

»Chef, das ist dem Alten egal. Wir hätten etwas mitbringen sollen, ein Playboy-Heft zum Beispiel.«

»Braunschweiger, Sie haben mir erzählt, der Mann sei über achtzig.«

»Chef, auch das ist dem Mann egal. Das Testosteron verkrümelt sich im Alter nicht.«

»Appartement sechzehn im ersten Stock.« Der Mann am Empfang lächelte. »Der alte Herr freut sich über jeden Besuch.«

Als sie in die endlosen Gänge des Altersheims eintauchten, in denen es nach desinfizierter Sauberkeit roch, fühlte sich Peck wie ein Mitglied der privilegierten Minderheit gesunder Männer. Beschlich ihn nicht sogar ein schlechtes Gewissen, weil er schwungvoll den Gang entlang eilte?

Ein alter Mann schlurfte ihnen entgegen, gehalten von einem Rollator, der wie der Einkaufswagen aus einem Supermarkt aussah. Der Mann hatte den Kopf gesenkt und beobachtete während des Gehens seine Füße. An einem Tisch saßen sich zwei weißhaarige Frauen gegenüber, die Lichtjahre voneinander entfernt zu sein schienen. Sie sahen sich nicht an, sondern starrten unbeweglich auf das Tischtuch vor ihnen, während die eine ständig mit ihren dünnen Fingern das Wasserglas drehte.

»Wer ist da?«

Nach dem Klopfen öffnete Peck langsam die Tür und steckte den Kopf in das Zimmer. Laute Fernseh- oder Radiogeräusche erfüllten den Raum. Der Mann hatte die Beine hochgelegt und verfolgte eine Sendung, in der unter ständigem Gelächter eines unsichtbaren Publikums leicht gekleidete Mädchen auf einer Bühne herum hüpften.

Das Testosteron verkrümelt sich im Alter nicht. Wahrscheinlich hatte Braunschweiger recht. Nur die Wolldecke, die um seine Knie geschlungen war, deutete darauf hin, dass der Mann kein junger Bursche mehr war.

»Herr Leuger?«

Der Mann beugte sich vor und sagte laut: »Wie bitte?«

»Sind Sie Herr Daniel Leuger?« Peck schüttelte den Kopf, griff dann auf seine Ohren und deutete mit dem Kinn auf den dröhnenden Fernseher.

»Junger Mann«, sagte er. »Was wollen Sie von mir?«

Junger Mann … Der Alte wurde ihm zunehmend sympathischer. Erst jetzt bemerkte er, dass Braunschweiger grinste.

»Wir kommen wegen eines Mordes an einer jungen Frau, deren Leiche vor zwanzig Jahren im Kobernaußerwald gefunden wurde, in der Nähe der Straße, die von Mattighofen nach Maria Schmolln führt.«

Es sah aus, als ob der Mann ungläubig den Kopf schüttelte.

»Vor zwanzig Jahren … und da kommen Sie heute?«

Zwischenzeitlich hatte sich Braunschweiger der Fernbedienung bemächtigt und den TV-Apparat ausgeschaltet, was der Alte mit einem bösen Blick kommentierte.

»Vielleicht erinnern Sie sich, Herr Leuger …« Peck sprach leise, jedes Wort betonend. »Sie haben damals ausgesagt, ein verdächtiges Auto gesehen zu haben.«

»Was soll die Frage?«, brummte er. »Ich bin alt, aber nicht blöd. Natürlich erinnere ich mich an den Wagen.«

»Was war besonders an dem Auto, dass Sie sich daran erinnert haben?«

»Sie haben Glück, dass ich so ein gutes Gedächtnis habe und ich mir Notizen mache, wenn mir etwas Besonderes auffällt. Um diese Uhrzeit waren nicht viele Fahrzeuge unterwegs. Eine einsame Landstraße, verstehen Sie? Und der Wagen kam mehrere Male vorbei, ein silberfarbener Escort und er fuhr langsam, als ob der Lenker etwas zu beobachten hätte. Das fiel mir auf.«

Peck schob zwei Gläser zur Seite, breitete die Wanderkarte auf dem kleinen Tisch aus und strich sie glatt.

»Von wo kam das Auto?«

Der Alte tippte mit seinem knöchernen Finger auf die Karte. »An dieser Stelle stand mein Haus ... und der Escort kam aus Richtung Schalchen. Zuerst saß ich am Fenster und später ging ich vors Haus, als der Wagen zurückkam. Da stand ich direkt am Gartenzaun und sah, wie er sein Auto wendete und wieder nach rechts fuhr, in Richtung Maria Schmolln oder Ried. Ich habe das genau notiert, das Datum, die Uhrzeit und alles.«

»Er wendete, sagten Sie ... es war ein Mann. Ganz sicher?«

»Junger Herr, die Polizei hat mich das hundert Mal gefragt damals. Ganz sicher, ein Mann.«

Braunschweiger beugte sich vor. »Ein Mann ... jung, alt, Haarfarbe, wie war er angezogen?«

»Ihr Kollege will's jetzt genau wissen. Es war ein Mann. Das Alter kann ich nicht sagen.«

»Der Escort fuhr mehrere Male vorbei. Wie oft?«

»Weiß ich nicht. Drei Mal vielleicht.«

»Als Sie das Auto zuletzt sahen ... fuhr er da Richtung Osten oder nach Mattighofen?«

»Sagte ich schon. Nach Osten, also Richtung Ried.«

»Ganz sicher?«

»Ich kann ja nochmals in meinen Aufzeichnungen nachsehen.«

»Ihr Notizbuch ... haben Sie immer aufgeschrieben, was sich auf der Straße vor Ihrem Haus abgespielt hat?«

»Jahrelang. Wissen ist Macht. Ich hab' alles notiert. Wann die Gfraster aus dem Nebenhaus ihren Ball in mein Blumenbeet geschossen haben und der Nachbar zur linken mit seinem Grill die ganze Gegend verstunken hat. Ich hab alle verklagt.« Er zählte an seiner Hand ab und streckte Peck drei Finger entgegen. »Drei Prozesse habe ich gegen die Nachbarn geführt.«

Und wie viele davon verloren?, wollte Peck fragen, ließ es aber sein. »Man kann Sie nur loben, Herr Leuger. Wegen Ihrer Aufmerksamkeit und der Genauigkeit. Steht in Ihren Aufzeichnungen vielleicht auch das Kennzeichen des silberfarbenen Escort?«

Der Alte hob den Kopf, als ob er die Frage nicht verstanden hätte. Dann nickte er mit dem Kopf. »Sicher. Ich erinnere mich genau, dass ich mir die Autonummer aufgeschrieben habe. Alle Notizbücher befinden sich bei meiner Tochter. Sie kommt mich einmal pro Woche besuchen. Ich werde ihr sagen, dass sie mir das Heft mitbringt.«

»Wissen ist Macht«, sagte Braunschweiger, als sie eine halbe Stunde später im Auto saßen.

»Wie kommen Sie darauf?«

»Der Alte sagte es, mit dem wir gerade gesprochen haben. Stimmt das?«

»Das stimmt.« Peck startete den Motor. »Wissen ist Macht. Manchmal ist aber Dummheit mächtiger.«

4. Kapitel

Als Peck das Büro betrat, befestigte Braunschweiger gerade eine großformatige Landkarte an der Wand.

»Eine neue Tapete?«

»Chef, Sie haben gesagt, wir müssen System und Ordnung in unsere Fälle bringen. Ich habe mir das zu Herzen genommen und arbeite bereits seit vier Stunden hier. Selbstverständlich mit System.«

Überrascht ließ sich Peck auf seinen Schreibtischsessel fallen und deutete auf das riesige Plakat.

»Das sieht überwältigend aus. Erläutern Sie Ihre Systematik.«

Aufgeregt tänzelte Braunschweiger vor der Landkarte herum, die mit Ziffern, schwarzen und roten Punkten und kleinen beschriebenen Zetteln beklebt war.

»Hier das Bundesland Salzburg, das rechts daneben stellt Oberösterreich dar. Jedes der Opfer ist mit einer Nummer versehen, die Kreuze zeigen an, wo die Leichen gefunden wurden und in den ergänzenden Texten habe ich aus den Akten die wesentlichen Fakten kurz zusammengefasst.«

Stolz zeigte er auf einen der Klebezettel, der mit der Ziffer 5 beschriftet war. »Opfer Nummer fünf: Dorothea Grüner, fünfundzwanzig Jahre, Beruf Prostituierte. Und wo der Lettenbach in den Klausbach mündet, befindet sich das Kreuz … dort haben Wanderer die Leiche entdeckt, die von den Tieren im Wald bereits übel zugerichtet war. Und das da ist die Spitze meiner Systematik.« Braunschweiger schlug mit der flachen Hand auf eine etwa zwei Meter lange Tabelle, die er mit Tesafilm neben der Landkarte befestigt hatte. »Hier habe ich zu jedem Opfer in chronologischer Reihenfolge die Fakten zusammengetragen: Die Liste der Verdächtigen, alle aktenkundigen Sexualstraftäter sowie jene Personen, die mit dem Opfer in den Stunden vorher Kontakt hatten.«

»Braunschweiger, das haben Sie gut gemacht.«

»Ihr Lob tut mir gut, Chef. Ich habe noch eine zweite Fleißaufgabe erledigt, um die Sie mich gebeten hatten.«

»Was war das?«

»Ich habe die Akten nach diesem esoterischen Verein durchsucht, der angeblich der Kripo geholfen hat, die Leiche eines der Mordopfer zu finden. Ich glaube, dieser Club existiert noch.«

»Ich habe mit Funke darüber gesprochen. Seine verstorbene Frau hatte früher Kontakt zu den Spiritisten und er versprach mir, den Kontakt herzustellen.«

Peck erhob sich und während er seinem Mitarbeiter anerkennend auf die Schulter schlug, klopfte es an der Tür und Funke trat herein.

»Wir haben gerade von Ihnen gesprochen«, sagte Braunschweiger.

»Und ich habe mehrmals geklopft.« Funke gab beiden die Hand. »Aber auf mich hört ja keiner.«

Breitbeinig stellte er sich vor Braunschweigers Bilderwand, betrachtete sie eine Weile und pfiff anerkennend durch die Zähne. »Gratulation, Paul! Das nenne ich eine lobenswerte Unterlage.«

Braunschweiger räusperte sich. »Sie loben den Falschen. Die Systematik trägt meine Handschrift.«

»Wir stecken nicht nur Gehirnschmalz, sondern auch Schweiß hinein«, sagte Peck. »Ich habe allerdings das Gefühl, als ob Braunschweiger und ich die einzigen sind, die den Serienmörder jagen, während du das Pensionistendasein genießt.«

»Pensionistendasein, pah!« Er suchte das Opfer mit der Nummer eins auf Braunschweigers Plakat.

»Hier! Lotte Reinfels, blonde Haare und gerade mal achtzehn Jahre, als sie ermordet wurde. Ich komme gerade von ihren Eltern, die in Haag wohnen, direkt an der Grenze zwischen Oberösterreich und Salzburg. Das war kein angenehmes Gespräch.«

»Und? Irgendwelche Erkenntnisse? Braunschweiger ist wild

entschlossen, jedes kleinste Detail in seine Plakatwand einzutragen, wenn es neu ist.«

Funke setzte sich und schüttelte den Kopf. »Nach zwanzig Jahren treten keine Neuigkeiten mehr ans Tageslicht, so wie ein Deus ex Machina.«

»Sag das nicht … wir haben gestern einen interessanten Zeugen aufgetrieben.«

Peck wies auf den neben ihm sitzenden Braunschweiger. »Berichten Sie kurz über unser Gespräch mit Daniel Leuger im Seniorenheim.«

»Nicht Seniorenheim«, korrigierte Braunschweiger, »Bezirksalten- und Pflegeheim Mattighofen.« Er erhob sich und wies, sich auf die Zehen stellend, mit traumwandlerisch sicherer Geste auf die rote Nummer zwei am obersten Rand der Landkarte. »Kriminaltechnisch ist die Spur von außerordentlicher Bedeutung, im besonderen Maße für den Fall der damals zwanzig- oder einundzwanzigjährigen Susanne Wenz aus Mattighofen. Der Zeuge Leuger hat akribisch Buch geführt und von einem verdächtigen Auto gesprochen, das sich in der fraglichen Zeit in der Nähe des Tatorts befunden hat.«

Braunschweiger nahm wieder Platz und verschränkte die Arme vor der Brust. »Der Zeuge konsultiert nun seine Aufzeichnungen und meldet sich bei uns.«

»Das könnte uns weiterbringen«, sagte Peck. »Der Mann im Altersheim ist sicher, dass er sich das Kennzeichen des Wagens notiert hat.«

Braunschweiger beugte sich leicht nach vorne. »Damit, Herr Funke, wären wir bereits deutlich weiter, als in Ihren Polizeiakten steht.«

Funke verzog sein Gesicht, mit dem er zeigte, dass er beleidigt war.

»Braunschweiger meint es nicht so.« Peck klopfte seinem Freund auf den Oberschenkel. »In deinen Unterlagen bin ich öfters auf den Namen Gallus gestoßen. Ist das einer eurer Ermittler?«

»Er ist lange in Pension. Erwin Gallus war mein Mitarbeiter und hat zwei Jahre lang die Ermittlungen nach dem Mattsee-mörder geleitet. Wie wir wissen, ohne Erfolg.«

»Mit dem möchte ich mich gern mal unterhalten.«

»Worüber?«

»Über das Phänomen eines Serienmörders, der Lust daran findet, andere umzubringen.«

Funke sah ihn einige Augenblick starr an, als ob er über Pecks Worte nachdenken müsste.

»Ich bin unsicher, ob er für dieses Thema der richtige Ge-sprächspartner ist, aber ich ruf ihn an.«

»Wo wohnt er?«

»Erwin hat eine jüngere Witwe kennengelernt und auf sei-ne alten Tage nach Perwang geheiratet, einem kleinen Ort am Grabensee.«

»Wie groß sind die Chancen, den Aufenthaltsort eines ver-dächtigen Buchhändlers in Amerika festzustellen?«

»Kommt darauf an«, sagte Funke.

»Deine Antwort macht Mut. Hör zu.« Dann erzählte Peck von ihren Gesprächen in der Buchhandlung Kalupka und dem Anruf in den USA. »Wir müssen diesen Kalupka auftreiben.«

»Ich kümmere mich darum.« Diensteifrig machte sich Funke eine Notiz.

»Warum bist du gekommen?«, fragte Peck.

»Du hast mich wegen der Esoteriker angesprochen, wie du sie nennst. Ich möchte dich zum SFS mitnehmen.«

»SFS? Sommerschlussverkauf?«

»Sehr witzig. Das hab' ich dir alles schon mal erklärt. SFS steht für Spiritistischer Freundeskreis Salzburg.«

»Jetzt erinnere ich mich. Deine verstorbene Frau war Mit-glied in diesem Club.«

Funke nickte. »Hanna nahm bis zu ihrem Tod regelmäßig an den Sitzungen teil.«

»Wie kommt jemand auf die Idee, Okkultismus ernst zu neh-men?«

»Wir halten nichts von Okkultismus«, warf Braunschweiger ein.

»Das ist auch der falsche Begriff. Okkultismus ist ein unwissenschaftliches Sammelsurium esoterischer Praktiken und hat nichts mit Spiritismus zu tun. Spiritus heißt Geist, verstehst du?«

»Whisky?«

»Nein. Spiritismus bedeutet einen Brückenschlag zu den Seelen verstorbener Menschen.«

»Mit Verstorbenen reden ist unmöglich«, sagte Peck.

»Du wirst heute interessante Menschen kennenlernen, vor allem Hedda, die die Gabe besitzt, mit Geistern zu sprechen. Sehr eindrucksvoll.«

»Geister gibt's nicht ... wie soll man dann mit ihnen in Kontakt treten?«

»Du wirst es heute erleben. Hedda kommuniziert mit der überirdischen Welt und die Geister sprechen durch sie als Medium. Heddas Stärke ist übrigens, verschwundene Sachen oder Personen aufzuspüren.«

*

In dem dunklen Raum standen Männer und Frauen in Gruppen zusammen und unterhielten sich leise miteinander. Funke machte einen sichtlich stolzen Eindruck, Peck hierher gelotst zu haben. Dicke Vorhänge bauschten sich vor den Fenstern. Einige Kerzen standen auf dem runden Tisch und warfen lange, zitternde Schatten an die Wände.

»Komm«, sagte Funke, »ich mach dich mit der Chefin bekannt.«

Die mit ›Chefin‹ Apostrophierte war eine überaus großgewachsene Blondine, die abseits der übrigen Gesellschaft stand, nicht dick, eher stämmig und in einen lächerlich wirkenden, um den Bauch spannenden, Hosenanzug gezwängt.

»Das ist mein Freund, von dem ich dir erzählt habe«, sagte

Funke und schob Peck mit einem Ruck nach vorne, sodass er einen Meter von der Frau entfernt zu stehen kam.

Hedda sah wie eine Walküre aus. Erschrocken trat Peck einen Schritt zurück und lächelte die Frau mutig an, die ihn einen halben Kopf überragte. Peck mochte es nicht, wenn eine Frau größer war als er.

»Schön«, sagte Hedda. Peck fand dies als Begrüßung mager, aber möglicherweise spürte die Frau, wie skeptisch er esoterischen Dingen gegenüber eingestellt war. Die Frau lächelte nervös und schien sich im Zustand einer gewissen Spannung oder einer unterdrückten Erregtheit zu befinden.

»Gäste sind uns im SFS stets willkommen.«

»Worum geht es in der heutigen Sitzung?«, fragte Peck.

Die Frau sah suchend im Raum herum, bis ihr Blick auf einer älteren, verhärmt aussehenden Frau hängen blieb.

»Sehen Sie die weißhaarige Dame dort drüben? Das ist Freya. Sie möchte Kontakt zu ihrem Sohn Gustav herstellen, der vor einigen Wochen ertrunken ist.«

»Beim Schwimmen?«

»Ein Unfall, sagt die Polizei. Aber Freya glaubt nicht an einen Unfall.«

»Sondern?«

»Sie glaubt, dass böse Geister Schuld an dem Tod ihres Sohnes tragen.«

»Böse Geister?« Um Gottes Willen, dachte Peck. Er schielte zu Funke hinüber. Warum hatte er sich nur überreden lassen, hierher zu kommen.

Er spürte, wie die Riesenfrau ihre Hand schwer auf seinen Arm legte.

»Ich muss Sie noch auf eine eiserne Regel hinweisen. Unser oberstes Gebot heißt Diskretion.« Sie machte eine unbestimmte Handbewegung in Richtung der umstehenden Männer und Frauen und Peck fiel auf, dass ihn alle mit unverhohlener Neugierde beobachteten.

»Diskretion ... Inwiefern?« Peck stellte die Frage mit flüsternder Stimme, weil er dachte, dass dies dem Begriff ›Diskretion‹ am ehesten gerecht wurde.

Hedda beugte sich zu ihm herunter. »Ich muss gleich die Sitzung eröffnen, deshalb nur kurz die wichtigste Spielregel in unserem Kreis: Keiner hier im Raum kennt den wirklichen Namen des anderen.«

»Das ist wahrlich Diskretion«, sagte Peck ergriffen.

»Denken Sie sich einen geeigneten Nickname aus, unter dem ich Sie später der Runde vorstellen kann. Und jetzt entschuldigen Sie mich.«

Der hinter ihm stehende Funke, der gerade sein Gespräch mit einem unordentlich aussehenden Mann beendet hatte, deutete zu dem runden Tisch in Raummitte, an dem zwei Plätze frei geblieben waren.

»Setzen wir uns.«

»Wie ist dein Nickname?«, fragte Peck flüsternd.

Funke grinste. »Sherlock. Leicht zu merken. Und welchen Nickname wählst du?«

»Nick«, sagte Peck. »Das passt gut für mich.«

»Nick steht für Nickname, oder?«

»Nick steht für Nick Knatterton, dem Meisterdetektiv.« Mit unauffälliger Geste deutete Peck auf die Frau, von der er wusste, dass sie Freya hieß. »Kennst du diese Frau mit den grauen Haaren da drüben?«

Funke nickte. »Sie ist nicht ganz richtig im Kopf. Zufällig weiß ich, dass die Leiche ihres Sohnes obduziert wurde. Herzversagen beim Tauchen im Fuschlsee. Er war bereits tot, als er im Wasser versank. Aber die Mutter ist überzeugt, dass sich dort Geisterwesen herumgetrieben haben.«

»Sind die Leute hier lange Mitglied im Club?«

»Viele Jahre. Die meisten jedenfalls.« Funke deutete mit dem Kinn nach links. »Hedda, Albert und Herby sind am längsten dabei.«

Peck betrachtete die Leute, in deren Gesichtern eine gespannte Aufmerksamkeit lag. Ob einer oder mehrere der hier

Anwesenden damals bereits dem Verein angehört haben, als dieser in die Suche nach dem Mattseemörder verwickelt war?

Links von ihm wartete die unglückliche Freya, die um ihren Sohn trauerte, auf ihren großen Moment. Neben Funke saßen noch sieben Leute um den runden Tisch, deren Blicke erwartungsvoll auf Hedda gerichtet waren, die selbstbewusst und breit wie ein Berg vor ihnen hockte. Wie eine fette Kröte. Es war heiß im Raum und Peck fühlte, wie er langsam zu schwitzen begann. Hedda blies alle Kerzen aus bis auf eine die im Zentrum des Tisches stand, sodass der Raum jetzt beinahe abgedunkelt war. Nur die angespannten Gesichter der um den Tisch Sitzenden glänzten erwartungsvoll.

In einem lockeren Kreis wurden Kärtchen auf dem Tisch verteilt, auf denen die Buchstaben des Alphabets und dann noch die Zahlen von Null bis Zehn standen. Neben ein umgestülptes Wasserglas legte Hedda noch zwei rote Karten, die mit den Worten JA und NEIN beschriftet waren.

»Sobald ich den Kontakt aufgenommen habe, übermittle ich die Botschaften und leite sie an euch weiter. Freya, sag uns das genaue Datum, wann dein Sohn hinübergegangen ist. Und bedenkt, dass ich ausschließlich als Verbindungsmedium agiere, um Botschaften zu übermitteln.«

Mit monotoner Stimme begann Freya einen eigenartigen Singsang: »Ich rufe euch, ihr guten Geister, kommt in unsere Runde und beantwortet unsere Fragen.«

Peck lehnte sich zurück und beobachtete die gespannten Gesichter der um den Tisch Sitzenden.

Noch einmal Freya: »Ich rufe euch, ihr guten Geister, kommt und beantwortet unsere Fragen.«

Aus unsichtbaren Lautsprechern war eine eigentümlich plätschernde Musik zu vernehmen, die langsam lauter wurde und in dessen Rhythmus Heddas Oberkörper begann leicht hin und her zu schwanken. Peck rutschte mit seinem Sessel ein Stück zurück, was in der Dunkelheit nicht auffiel und deutete Funke, es ihm gleich zu tun.

»Wer ist die hübsche Frau rechts von mir?«

Funke sah hin und schnaufte. »Das ist Adidi. Sie ist nicht nur dumm, sie ist legendär dumm.«

»Und ihren richtigen Namen kennt keiner?«

»Um die Namen machen die alle ein großes Geheimnis. Adidi ist die einzige in der Runde, von der ich weiß, dass sie in Wirklichkeit Adelheid heißt.«

»Der neben Adidi sitzt, ist ein Möchtegern-Schriftsteller. Er nennt sich Bertrand«, flüsterte Funke.

Der Möchtegern-Schriftsteller war ein blasser, hagerer Mann mit leicht melancholischem Gesicht. Soweit man im Schein der Kerze erkennen konnte, hatte er langes, helles Haar, das er sich alle Augenblicke aus der Stirn strich. Sein hellgraues Sakko war ihm viel zu weit und warf Falten um seinen Oberkörper. Mit beängstigender Geschwindigkeit trank er ein Weinglas nach dem anderen leer.

»Der Herr Schriftsteller ist dauernd besoffen, was sich negativ auf die literarische Qualität seiner Bücher auswirkt. Man erzählt, dass Bertrand solange gut gelaunt ist, während er an seinen Romanen schreibt, die Laune jedoch spontan ins depressive Loch kippt, wenn ein Verlag sein Manuskript ablehnt, was meist der Fall ist.«

»Welche Bücher schreibt er?«

»Sachbücher über Kosmologie und theoretische Physik. Ein Buch heißt ›Einsteins Fehler: Die Relativitätstheorie ist nicht relativ‹.«

Mit Interesse beobachtete Peck, dass sich das Glas auf dem Tisch zu bewegen begann und sich zu einem der Buchstaben bewegte. Peck war nicht überrascht darüber. Nur Freya tat ihm leid.

»Der Mann neben Freya nennt sich Herby«, flüsterte Funke. »Er soll eines der Gründungsmitglieder des SFS sein. Herby ist tief überzeugt, dass verwunschene Orte und verborgene Kräfte existieren, ansonsten kenne ich ihn als phlegmatischen, langweiligen Kerl. Entweder ist er völlig emotionslos oder er hat sich und sein Temperament gut im Griff.« Mit diskreter Geste zeigte Funke auf einen Mann mit kurzen, grauen Haaren, der zwei Plätze neben der legendär dummen Adidi saß und unruhig auf seinem Sessel herumrutschte. Noch im Sitzen sah man, dass er an allen Körperstellen gut gepolstert war. »Das ist der vollschlanke František. Er erzählt jedem, dass sein Hobby die praktische Psychologie ist.«

»Woher weißt du das?«

Funke legte den Kopf schief, sodass Peck ihn trotz des Geflüsters verstehen konnte. »Hat mir Hedda in einer stillen Stunde erzählt. František hat am Amadeum Salzburg Musik studiert und trägt den Titel eines ›Mag.art et phil‹. Im praktischen Leben hat er eine Niederlage nach der anderen erlebt, an der er noch dazu selbst die Schuld trägt.«

Peck sah zuerst zu František hinüber, dessen Halbglatze sanft in der Dunkelheit schimmerte, dann richtete er seinen fragenden Blick auf Funke.

»Wie gesagt, er hat große musikalische Begabung und angeblich ein absolutes Gehör. Entweder hat ihn der Teufel geritten oder irgendjemand hat den Herrn Magister musicus überredet, sich von der Musik ab- und komplexen Finanzgeschäften zuzuwenden, von denen er nichts versteht. Mit Beteiligungsmanagement und Financial Engineering samt dubiosen Genussscheinen trieb er mehrere Firmen in den Ruin. Heute lebt er bescheiden in einem möblierten Zimmer in Liefering. Küche und Klo getrennt.«

Mit einem bösen Blick sah Hedda zu Peck und Funke herüber, die sofort ihr Geflüster einstellten.

»Die Ströme von drüben sind angekommen«, flüsterte Hedda mit geschlossenen Augen. »Die Verbindung ist hergestellt und ihr könnt eure Fragen stellen.«

»Gustav?«, flötete Freya mit zittriger Stimme. »Bist du da?«

Ein mulmiges Gefühl überkam Peck, als das Glas losrutschte und bei der JA-Karte stehenblieb.

Peck schossen mehrere Gedanken gleichzeitig durch den

Kopf. Ob vor zwanzig Jahren Hedda oder andere aus der Runde die Kripo in ähnlicher Weise durch Anrufen eines Geists unterstützt haben? Und welche Ergebnisse hatte der Geist zutage gefördert?

»Ich möchte mit einem aus der Runde reden«, flüsterte Peck Funke ins Ohr. »Unter vier Augen.«

»Schwierig.«

»Wenn ich die richtigen Namen wüsste, könnte ich einen anrufen.«

»Schwierig bis unmöglich«, wiederholte Funke. »Das wollen die nicht.«

Aus den Augenwinkeln beobachtete Peck den Mann, den ihm Funke vorher mit dem Nickname Herby vorgestellt hatte. Er erinnerte ihn an einen früheren Deutschlehrer: Hohe Stirn und schütteres, streng zur Seite gekämmtes Haar.

Peck stieß Funke an und wies mit einer vorsichtigen Geste zu dem Mann hinüber. »Und wenn ich zum Beispiel Herby einfach anspreche? Du hast ihn vorhin als Gründungsmitglied vorgestellt, also muss er dabei gewesen sein, damals, vor zwanzig Jahren.«

»Funktioniert so nicht«, sagte Funke. »Er wird sich weigern, auf diese Weise mit dir zu reden. Da musst du dir was Intelligenteres einfallen lassen.«

Etwas Intelligenteres einfallen lassen. Über intelligentere Methoden musste Peck immer etwas länger nachdenken.

»Wie war dein Tag?«, fragte Sophia, als Peck müde ins Wohnzimmer schlich.

»Ich war beim Spiritistischen Freundeskreis Salzburg. Eigenartige Leute.«

»Ich erinnere mich, dass dieser Verein vor vielen Jahren in aller Munde war. Es ging um ein Mädchen oder eine junge Frau, die spurlos verschwand und einer aus dem esoterischen Zirkel hat der Polizei einen Hinweis gegeben, wodurch man das Mädchen fand. Tot.«

»Tot?«

»Erdrosselt.«

»Es ist mir nicht gelungen, mit einem aus dem spiritistischen Zirkel zu reden«, sagte Peck. »Die sind alle zugeknöpft und verheimlichen sogar ihre wirklichen Namen.«

»Und was meint dein Freund Funke?«

»Er sagt, ich soll mir was Intelligentes einfallen lassen.«

»Das wird schwierig.«

»Du gleitest ins Persönliche ab.«

»Eine hieß Hedda«, sagte Sophia plötzlich. »Daran erinnere ich mich.«

»Das ist die Chefin des ganzen Vereins, eine gewichtige Walküre und mystisch bis in die Haarspitzen.«

»Wie lief die Séance heute ab? Ich hab als Kind einmal so etwas mitgemacht.«

Peck zeichnete mit der Hand einen Kreis in die Luft. »Da saßen mehrere Leute um einen Tisch, haben Fragen gestellt und ein großer Geist hat diese beantwortet. Alle Details aus der Vergangenheit kamen zur Sprache.«

»Große Geister verlieren sich nicht in der Vergangenheit.«

»Sondern?«

»Große Geister denken an morgen.«

»Morgen muss ich früh raus«, sagte Peck. »Ich geh ins Bett.«

5. Kapitel

Als das Telefon Peck aus dem Schlaf riss, wusste er einen Augenblick nicht, wo er war. Verzweifelt suchte er nach seinem Handy. Als er es endlich fand, hatte der Anrufer fast aufgegeben.

»Hier ist Daniel Leuger.«

Daniel Leuger? Dann erinnerte er sich an den Mann, den er im Altersheim besucht hatte.

»Geht es um den verdächtigen Wagen, der Ihnen auf der Straße vor Ihrem Haus aufgefallen ist?«

»Richtig. Der silberfarbene Escort. Auf Elvira ist Verlass.«

»Wer ist Elvira?«

»Meine Tochter. Sie hat mir gestern meine Aufzeichnungen gebracht. Und auf diese können Sie sich genauso verlassen, wie ich auf meine Tochter.«

»Wie schön«, sagte Peck.

»Haben Sie was zum Schreiben? Die KFZ-Nummer des silberfarbenen Escorts lautet SL 19 BLU. Haben Sie das, junger Mann?«

Peck wiederholte die Nummer und bedankte sich. Dann wanderte er mit dem Zettel in die Küche und legte ihn neben die Espressomaschine. SL 19 BLU. Würde ihn diese KFZ-Nummer zum Täter führen? Dazu müssten weitere Fakten zutreffen, allen voran, dass der silberfarbene Escort auf den Mörder zugelassen war.

Alles zwanzig Jahre her. Wenn der damalige Wagenbesitzer noch lebte, konnte man davon ausgehen, dass er heute ein neues Auto mit einem anderen Kennzeichen fährt. Spielt keine Rolle, sagte sich Peck. Autonummern ändern sich, aber nicht der Name des Halters.

Peck parkte sein Auto vor dem BILLA-Markt, der vor einem Jahr im Erdgeschoss unter seinem Büro eingezogen war. Zwischen den abgestellten Autos drehte sich wirbelnd der Wind und zerrte an Pecks Anzughose. Mit weit ausholenden Schritten marschierte er auf der Innsbrucker Bundesstraße hundert Meter weiter, wo sich *Burgis Beisl* befand, in dem er mit Braunschweiger verabredet war.

Burgis Beisl lag nur einen Steinwurf von seinem Büro entfernt und war zwischenzeitlich so etwas wie sein Stammlokal geworden. Sophia würde er das natürlich nie erzählen. Das Lokal war in einem Gebäude untergebracht, das eigentlich kein Gebäude war, sondern eher eine hölzerne Baubude, ein Überbleibsel von einem der Neubauprojekte in der Nachbarschaft. Schon an der Eingangstüre spürte man, dass es sich um ein ganz besonderes Lokal handelte. Dicker, grauer Rauch hing über der Theke, an der bereits am frühen Vormittag einige Männer hockten. Dabei war es nicht nur ein Beisl für Männer, denn an den wenigen Holztischen saßen auch Frauen vor einer Halben Bier, einem Likör oder einem Glas Wein. An der Wand waren zwei Glücksspielautomaten montiert, die durch das beleuchtete Fenster in wilder Reihenfolge Zitronen, Kirschen oder andere Symbole rotieren ließen und, wenn man die Regeln kannte, anzeigten, ob man gewonnen oder den Einsatz verloren hatte. Einarmige Banditen hießen diese Automaten in seiner Kindheit. Peck fand einen freien Tisch neben den Glückspielautomaten. Eine ältere Frau, die ihm den Rücken zuwandte, drehte sich zu ihm um und sah ihn herausfordernd an.

Er bestellte eine Halbe Bier und stellte fest, dass das Lokal trotz der frühen Stunde gut besucht war. Durch zwei kleine Fenster, die zur Straße zeigten, fiel träges Vormittagslicht, gefiltert durch nikotinbraune Vorhänge, die früher einmal weiß gewesen waren. Die Gesichter der Männer waren aufgedunsen und vom Alkohol gerötet. Peck hatte sich öfters gefragt, was das für Menschen waren und was sie antrieb, seit der Früh hier zu sitzen und sich volllaufen zu lassen. Einige der Männer kannte Peck von seinen früheren Besuchen. Einsame Trinker, sagte er sich, Arbeitslose und unglückliche Witwer, die mit ihrem Leben nicht mehr zurechtkamen. Natürlich verspürte er diesen haltlosen Typen gegenüber eine haushohe, moralische Überlegenheit, gleichzeitig war er von ihnen merkwürdig fasziniert und von der Atmosphäre magisch angezogen. Manchmal malte er sich aus, wie peinlich es für ihn wäre, wenn sein Sohn oder Sophia in das Lokal käme und ihn hier zwischen all diesen gestrandeten Existenzen entdeckte. Er wüsste nicht, ob ihm überhaupt eine geeignete Ausrede einfallen würde. Sollte er sagen, dass er hier mit Wein und fetten Chips versuchte, seinen Fall zu lösen? Die Frau neben ihm war vom Barhocker gerutscht, schlüpfte umständlich in ihren viel zu engen Mantel und verließ mit einem der Männer das Beisl.

In diesem Moment betrat Braunschweiger das Lokal.

»Ich habe mich gefragt, warum ich Sie hier treffen soll und nicht im Büro.«

Wortlos stellte sich die Kellnerin neben Braunschweiger, der ein kleines Bier bestellte.

»Braunschweiger, wir sollten über unsere bisherigen Erkenntnisse nachdenken und manchmal ist es sinnvoll, dies in einer eher zwanglosen Umgebung zu tun, wo wir uns mit einem Glas in der Hand zum logikorientierten Analysieren animieren sollten.«

»Ich schätze logikorientiertes Analysieren«, sagte Braunschweiger und nahm einen großen Schluck aus seinem Bierglas. »Was ist das genau?«

»Wissen Sie, was man unter Logik versteht?«

»Wenn Sie mich so fragen ... annäherungsweise.«

»Ich gebe Ihnen die klassische Erklärung aus der Philosophie eines Griechen mit dem Namen Aristoteles. Hören Sie gut zu: ›Alle Menschen müssen sterben‹. Die zweite Aussage lautet: ›Sokrates ist ein Mensch‹. Und daraus, Braunschweiger, kann man den logischen Schluss ziehen: ›Sokrates ist sterblich‹. Das ist Logik. Haben Sie das verstanden?«

»Dieser Aristo-Dingsda muss ein kluger Mensch gewesen sein. Ich kann Ihnen auch ein Beispiel für einen ähnlichen logischen Schluss geben: ›Alle Detektive sind intelligent‹. ›Braunschweiger ist ein Detektiv‹. Folglich ist Braunschweiger intelligent.«

»Wechseln wir das Thema«, sagte Peck. »Mich hat Daniel Leuger angerufen und mir das KFZ-Kennzeichen durchgegeben, das er sich vor vielen Jahren notiert hatte. SL 19 BLU heißt die Autonummer. Ich werde sie an Funke weiterleiten, sodass wir demnächst erfahren, auf welche Person der Wagen zugelassen war. Außerdem ist mir Funke noch die Rückmeldung zu Martin Kalupka schuldig.«

»Dem Buchhändler? Der ist doch irgendwo in Amerika verschollen.«

»Funke wollte über seine Interpol-Kontakte Kalupkas Aufenthaltsort herausfinden.«

Es entstand eine kurze Gesprächspause, die Braunschweiger nutzte, um ein neues Bier zu bestellen.

»Das ist schon das zweite«, sagte Peck in strengem Ton.

»Zum logikorientierten Analysieren. Ein eigenartiger Fall, ich frage mich, inwieweit es sexuelle Motive waren, die den Mörder antrieben, hintereinander sechs junge Frauen zu ermorden.«

»Und das innerhalb von zwei Jahren«, ergänzte Peck. »Ich habe in meiner Laufbahn viele Fälle gelöst, aber diese Brutalität ist neu für mich.«

»Was treibt so einen Menschen an? Dass er immer wieder mordet, meine ich.«

»Serienkiller kann man nicht oder nur schwer begreifen, sagt man, denn sie töten ihre Opfer scheinbar willkürlich.«

»Wir müssen ein Täterprofil erstellen.«

»Braunschweiger!« Peck sagte es eine Spur zu laut. »Sie überraschen mich immer mehr. Wo haben Sie Ihre Weisheit her?«

»Literatur.« Braunschweiger grinste. »In einem Buch habe ich gelesen, dass vom FBI ein Schema entwickelt wurde, nach dem man Serienmörder in zwei Typen einordnen kann. Der eine mordet unüberlegt und aus einem Impuls heraus … wenn sich gerade eine günstige Gelegenheit bietet. Die andere Sorte, sagen die Amerikaner, ist der organisierte Serienmörder. Diese Burschen planen ihre Taten exakt, manchmal mit aufregenden Fantasien, in denen sie sich ihre nächsten Mord ausmalen und sich dabei aufgeilen.«

»Die Frage, die ich mir stelle: Ist unser Serienkiller krank oder böse?«

»Ich sage: Beides!« Braunschweiger nickte überzeugend, um seine eigenen Worte zu bestätigen.

»Vielleicht sollten wir uns professionell beraten lassen. Ich werde Funke fragen, was er davon hält.«

»Die Landkarte, die ich im Büro an die Wand geklebt habe, zeigt, dass der Mörder zwei Reviere hatte.«

»Zwei Reviere?«

Braunschweiger angelte sich eine Serviette und zeichnete mit dem Kugelschreiber zwei Kreise, wobei er in den einen RIED, in den anderen SALZBURG schrieb.

»Sechs junge Frauen oder Mädchen in zwei Jahren, getötet nach gleichem, brutalen Ritus, aber ...«, aufgeregt klopfte er mit dem Kugelschreiber auf die beiden Kreise, » ... er hat in zwei Revieren gewildert, die hundert Kilometer auseinander liegen. Drei Morde in Oberösterreich, mehr oder weniger nah bei der Stadt Ried im Innkreis, die anderen Morde geschahen in Salzburg.«

»Braunschweiger, was sagt uns das?«

»Ich habe das geprüft. Rund hundert Kilometer ... je nach Fahrtroute und Uhrzeit sind das mit dem Auto eineinhalb bis zwei Stunden. Wenn Daniel Leuger die Wahrheit sagt, dann fuhr der Mörder in seinem silbernen Escort am Mattsee vorbei und nahm die Innviertler Landesstraße. Das dauert mindestens eine Viertelstunde länger. Chef, ich habe mich gefragt: Warum jagt der Serienmörder seine Opfer ein Jahr lang im Raum Ried und wechselt dann nach Salzburg, wo er wieder während eines Jahres drei Morde begeht?«

»Was sagt uns das?«

»Chef, das sagt uns: Der Killer ist umgezogen.«

»Braunschweiger, Sie dürfen noch ein Bier bestellen. Verfolgen wir Ihren Gedanken weiter. Warum zieht jemand um? Eineinhalb Autostunden weit weg?«

»Warum zieht man um? Ihm wurde die Wohnung gekündigt und er suchte sich eine neue.«

Peck schüttelte den Kopf. »Aber nicht fast hundert Kilometer weiter. Man sucht eine Wohnung dort, wo man arbeitet.«

»Vielleicht ein Bursche, der zuerst in Ried zur Schule geht und dann zum Studium nach Salzburg zieht.«

»Gut. Aber nicht gut genug. Hören Sie zu, Braunschweiger: Ein Mann, der in Ried arbeitet, bis ihm die Firma kündigt.«

»Und der in Salzburg Arbeit findet.«

»Okay. Oder er wird versetzt.«

»Das klingt gut.«

»Welche Berufsgruppen werden vor allem versetzt?«

»Versetzt zu werden kann jedem passieren.« Braunschweiger zuckte mit den Achseln. »Ich habe mich beim Bundesheer zwei Jahre verpflichtet. In dieser Zeit bin ich drei Mal versetzt worden. Und ich kenne mich aus beim österreichischen Bundesheer.«

»Gibt es in Ried eine Kaserne?«

»Ja. ›Zehnerkaserne‹ heißt die. Sie liegt im Nordwesten der Stadt. Dort sind die Panzergrenadiere und das oberösterreichische Militärkommando zu Hause. Ich kenne mich aus beim Militär.«

»Bingo. Also … nehmen wir an, unser Mann ist Soldat in Ried und nach zwei Jahren wird er nach Salzburg versetzt.«

»Chef«, rief Braunschweiger aufgeregt und hüpfte auf und ab. »Alle Salzburger Mordopfer hat man in oder nahe der Glasenbachklamm gefunden.«

»Warum regt Sie das so auf?«

»Weil es in Glasenbach bis vor kurzem eine Kaserne gab.«

»Wie weit ist es von dieser Kaserne bis zur Glasenbachklamm?«

»Bis zum Einstieg in die Klamm gerade mal fünfhundert Meter. Keine zehn Minuten zu Fuß. Eine Minute mit dem Auto.«

*

»Das kommt nicht in Frage«, hatte Braunschweiger empört ausgerufen. »Da können Sie allein hingehen.«

»Ich besuche Oberleutnant Wilhelm Moosleitner, genannt Willi, Offizier in Pension.« Als Braunschweiger das Wort ›Offizier‹ vernahm, zuckte er zusammen, als ob ihm jemand einen elektrischen Schlag versetzt hätte.

»Da gehe ich nicht mit!«

»Warum? Ich dachte, Sie kennen sich aus beim Militär?«

»Genau deshalb.«

»Wovor haben Sie Angst, Braunschweiger, es geht nur um einige Fragen, die mir Willi Moosleitner beantworten soll. Ich war mit Willi vor einigen Jahren locker befreundet.«

»Ich habe Angst, dass der mich zu einer Reserveübung da behält.«

»Braunschweiger, der Mann ist in Pension. Der behält niemanden da.«

»Gehen Sie nur allein hin.«

»Ich wohne in der der ruhigsten Gegend Salzburgs«, hatte Willi Moosleitner am Telefon gesagt.

»Wo ist die ruhigste Gegend Salzburgs?«

»Direkt neben dem Kommunalfriedhof. Ich erwarte dich. In meiner Wohnung, nicht am Friedhof.«

Als Peck zu seinem Wagen ging, fegte ein Windstoß über den Parkplatz, und durch einen Spalt zwischen den Wolken fiel das Sonnenlicht wie ein Scheinwerferstrahl auf sein Auto. Peck nahm dies als Zeichen, dass er auf dem richtigen detektivischen Weg war und er es schaffen würde, diese Serie von brutalen Morden aufzuklären.

Peck hatte Willi Moosleitner, Oberleutnant i.P. bestimmt seit fünf Jahren nicht mehr gesehen, einen schlanken Mann um die fünfundsechzig, der zehn Jahre jünger wirkte und aussah, wie man sich von früher einen k.u.k. Offizier vorstellte: Braun gebranntes Gesicht, kurze stahlgraue Haare und einen schmalen Oberlippenbart über dem stets lächelnden Mund. Ein gut aussehender älterer Herr, der ihn mit einer freundlichen Geste in die Wohnung bat.

»Schön, dass du mich besuchst«, sagte Willi und hieb Peck mit aller Kraft auf die rechte Schulter. »Nimm Platz Paul. Ein Bier?«

Ich komme gerade von einem Bier, dachte Peck. »Gerne«, sagte er und nahm auf einem der Holzsessel mit hoher Rückenlehne Platz, die neben einem nierenförmigen Couchtisch standen.

»Wie geht es dir?«

Meine rechte Schulter beginnt leicht zu schmerzen, wollte Peck antworten, tat es aber nicht. »Gut«, sagte er stattdessen und deutete auf das raumhohe, gut gefüllte Bücherregal an der Wand.

»Beeindruckende Literatur. Wo kaufst du eigentlich deine Bücher? Ich wüsste da nämlich eine gut sortierte Buchhandlung in Salzburg. Samt charmanter Händlerin.«

»Das sind alles die Bücher meiner Frau. Sie ist vor zwei Jahren gestorben. Ich selber lese nicht.«

»Du liest nicht?«

Er schüttelte den Kopf. »Zu anstrengend. Fernsehen geht leichter.«

»Nur glotzen? Ist das nicht etwas wenig? Zum Beispiel für die tägliche Pflege von Grips und Esprit.«

»Körperliche Fitness ist für mich wichtiger als die geistige.«

Peck zog überrascht die Augenbrauen hoch. »Bist du da sicher?«

»Ganz sicher. Sport ist fürs Gehirn wichtiger als Denken. Nur die Bewegung hält uns geistig fit.« Er lachte laut, beugte sich etwas nach vorn und schlug Peck krachend auf die Schulter. Diesmal die linke.

»Seit wann bist du in Pension?«

Er sah Peck lange an, als ob ihm keine Antwort einfallen würde. »Ich bin vorige Woche fünfundsechzig geworden. Aber immer noch gut in Form.« Wieder lachte er, klopfte auf seinen flachen Bauch, dann tippte er sich an die Schläfe, was wie ein militärischer Gruß aussah.

»Fünfundsechzig ist kein Alter«, sagte Peck und zog den Bauch ein. Eigentlich wollte er mit einer seiner sprühend intelligenten Bemerkungen antworten, aber es fiel ihm keine ein.

»Am Telefon habe ich nicht mitbekommen, was du von mir willst.«

Peck erzählte von seiner Zusammenarbeit mit der Polizei und den Morden an den jungen Mädchen.

»Und der Mörder ist bis heute nicht gefasst?«

»Aus diesem Grund unterstütze ich die Kripo.«

»Kommt eure Unterstützung nicht etwas spät?«

»Besser spät als nie.«

»Da hast du recht.« Er zeigte auf Pecks leeres Glas. »Noch ein Bier?«

Peck hatte keinen Durst. »Gern«, sagte er.

»Und du glaubst, der Mörder all dieser unschuldigen Mädchen ist oder war ein Soldat? Ist das nicht weit hergeholt? Soldaten sind ehrenhafte Menschen.«

Peck lächelte. »In jeder Berufsgruppe gibt es schwarze Schafe. Auffallend ist folgendes: Die ersten Mordopfer fand man in Waldstücken im Großraum Ried. In einem Umkreis von etwa dreißig Kilometern.«

»Ried kenne ich gut. Dort war ich mal. Als Oberleutnant.«

Peck blickte interessiert auf. »In Ried im Innkreis?«

Willi nickte und nahm einen Schluck aus seinem Bierglas. »In der Zehnerkaserne bei den Panzergrenadieren. Ich befand mich in der Grundlaufbahn und hatte den Ehrgeiz, Kompaniekommandant zu werden.«

»Nach diesen Morden trat eine Pause von ungefähr einem Jahr ein bis man weitere Opfer fand, diesmal aber hundert Kilometer entfernt im Raum Elsbethen. Genauer gesagt, in den bergigen Waldgebieten um die Glasenbachklamm.«

Ruckartig hob Willi den Kopf. »Rainerkaserne«, sagte er. »Kaserne Glasenbach, hieß das damals.«

»Die Leichen der Mädchen wurden von Wanderern gefunden, zwei Mal auch von Forstarbeitern. Und nur wenige Kilometer von der Kaserne entfernt.«

»Ich erinnere mich.«

»Kennst du die Kaserne?«

»Das muss heißen: Kanntest du die Kaserne. Die ist schon lange geschlossen und das Gelände wurde an Red Bull verkauft. Um deine Frage zu beantworten: Ich war für kurze Zeit in der Rainerkaserne bei den Gebirgsjägern stationiert.«

»Verstehst du jetzt meine Fragen? Zuerst die Mordopfer in Oberösterreich und später drei Leichen hier am Stadtrand Salzburgs. Möglicherweise gibt es noch weitere Mordopfer. In den Polizeiakten ist zum Beispiel eine gewisse Sandra Liebermann aufgeführt, die seit der Zeit spurlos verschwunden ist. Sie könnte dem gleichen Mörder in die Hände gefallen sein.«

»Und warum soll der Täter ausgerechnet ein Rekrut sein?«

»Das ist eine Arbeitshypothese, verstehst du? Es könnte aber in der Tat ein Soldat gewesen sein, der zuerst in Ried stationiert war und dann in die Rainerkaserne nach Salzburg kam. Soldaten werden doch öfters versetzt, besonders, wenn sie Karriere machen wollen. Du hast es vorhin an deinem Beispiel erklärt.«

»Du meinst, ich bin jetzt verdächtig … Hast du mich deshalb aufgesucht?«

»Quatsch! Willi, ich wusste nicht einmal, in welchen Kasernen du beschäftigt warst. Mein Problem ist, dass meine Theorie zwar schlüssig erscheint, ich sie aber nicht beweisen kann.«

»Schlüssige Theorie …« Willi verzog sein Gesicht, als ob er in eine Zitrone gebissen hätte.

»Immerhin eine Theorie, verstehst du … ein Soldat, der zuerst im Innviertel beschäftigt ist und vor achtzehn Jahren in die Kaserne nach Glasenbach versetzt wird. Die Polizei konnte das nie genau überprüfen, denn ohne digitale Technik hätte es damals lange gedauert, das alles nachzuprüfen. Da fehlte wohl die Vernetzung, noch dazu, wenn es mehrere Bundesländer betrifft.«

Willi erhob sich und schlug Peck ermunternd ins Kreuz, dass es krachte. »Die beste Vernetzung heißt Heinz-Dieter.«

»Wer ist Heinz-Dieter?«

»Bataillonskommandant Oberstleutnant Heinz-Dieter Krammböck geht demnächst in Pension. Er weiß zwar nicht, wie ein Computer funktioniert, aber sein Gedächtnis ist legendär.«

Willi holte sein Handy und wählte eine eingespeicherte Nummer.

Mit Vergnügen verfolgte Peck das Telefonat und obwohl er nur die Worte Willis hören konnte, war ihm klar, dass sich hier zwei alte Kämpen in jener mit militärischen Fachausdrücken gespickten Soldatensprache unterhielten, die sie in ihrer jahrzehntelangen Dienstzeit bei der Truppe und am Kasernenhof perfektioniert hatten. Von Zeit zu Zeit war Peck in der Lage, die Bedeutung einzelner Worte zu erfassen, dann klang es eher einem schnoddrigen Bellen, mit kreativ verfremdeten Wortbildern und einmal fiel sogar der Hinweis, dass einer dem anderen den Arsch bis zum Stehkragen aufreißen wollte.

»Gebongt!«, rief Willi, lachte laut auf und nur durch ein fluchtartiges Herumreißen seines Oberkörpers konnte Peck verhindern, dass ihm Willi wieder auf die Schulter schlug.

Er deutete auf Pecks Notizbuch. »Bataillonskommandant Oberstleutnant Heinz-Dieter Krammböck. Schreib dir das auf. Er wird dir helfen und hat mir versprochen, die Unterlagen aus der damaligen Zeit durchzuackern. Dauert aber zwei Tage, sagt er, und: Er möchte das nicht am Telefon mit dir besprechen. Du wirst dich also zu ihm hinbemühen müssen. Ried, Kasernenstraße Nummer zehn.«

Peck kämpfte sich aus der Couch hoch, bewegte kurz seine schmerzenden Schultern und bedankte sich bei Willi.

»Das wird mir helfen. Vielleicht ergibt sich daraus eine heiße Spur.«

Willi erhob sich ebenfalls. »Was verdient eigentlich ein Privatdetektiv?«

»Willst du bei mir anheuern? Oder Kompagnon werden? Ich hab nämlich schon einen. Und der reicht mir.«

»Ich möchte nur wissen, ob man davon leben kann.«

»Für diesen Job hier habe ich bisher zwei Große Braune als Honorar bekommen. Und eine Flasche Whisky.«

*

Eine Stunde später schlenderte Peck durch die Getreidegasse, die wie zu jeder Tages- und Jahreszeit mit dem wuseligen Sprachgewirr sich dahin schiebender Japaner, Amerikaner, Italiener und einiger Salzburger verstopft war. Er nahm den Weg durch einen der Innenhöfe, die in Salzburg Durchhäuser hießen, wo er am Grünmarkt auf den dort befindlichen Würstelstand stieß. Gewaltsam riss er sich von dem verführerischen Duft der diversen Köstlichkeiten los, durchquerte den Ritzerbogen und bog bei der Hypobank schwungvoll zum Waagplatz ab.

In einem der Schaufenster betrachtete er kurz seine vom Wind zerzausten Haare. Er müsste dringend zum Friseur, dachte er, bevor Sophia ihn dazu aufforderte. Peck rechnete kurz nach. Er kannte Sophia fast zwanzig Jahre. Genauso lang betrieb sie ihre kleine Buchhandlung am Waagplatz, in der sie sich auch kennengelernt hatten.

Peck hatte die Türklinke in der Hand, als sein Telefon klingelte. Er meldete sich, doch die Leitung schien tot zu sein. Erst nach einem schrillen Piepton vernahm er Leopold Funkes Stimme.

»Paul, wo treibst du dich herum?«

»Ich stehe direkt vor Sophias Buchgeschäft und es ist kalt und windig hier. Was willst du?«

»Ich habe nachgedacht.«

»Das ist schon das zweite Mal dieses Jahr.«

»Sei nicht frech. Ich habe gerade in einem der alten Polizeiakten geblättert und die Aussage eines Psychologen gefunden.«

»Und was sagt der Psychologe?«

»Er hat damals über unseren Serienkiller nachgedacht und meint, dass der Mann in seiner Geschlechtlichkeit in einer infantilen Phase hängen geblieben ist.«

»Geschlechtlichkeit ... was um Gottes Willen soll das denn sein?«

»Lies Sigmund Freud. Von der Sexualität bis zur Weiblichkeitstheorie.«

»Theorie? Ich bin eher für die Praxis. Was ist nun die Aussage deines Psychologen?«

»Ich habe den Akt vor mir liegen. Der Psycho schrieb von retardierter Sexualität, verknüpft mit einer Nichtbewältigung des Ödipuskomplexes sowie einem psychosexuell geprägten Sadismus.«

Um Gottes Willen, dachte Peck. »Geht's dir gut?«, fragte er.

»Paul, du nimmst mich nicht ernst. Was ich sagen will ... wir brauchen jemanden, der uns unterstützt. Wissenschaftlich, verstehst du?«

Jetzt fällt gleich das Wort *Profiler*, dachte Peck und seufzte leise. Im Geist sah er einen forensischen Fallanalytiker vor sich, der mit psychologischen Methoden als Profiler unterwegs war und ihm mit zehn neuen Täterprofilen täglich auf die Nerven ging.

»Was wir brauchen ist die Beratung durch einen Profiler«, hörte er Funke sagen. »Vor zwanzig Jahren waren wir bei der Kripo noch reservierter bezüglich einer psychologischen Unterstützung. Das müssen wir beide jetzt nachholen.«

»*Müssen wir* ... und was bedeutet das präzise?«

»Das bedeutet präzise, dass ich heute früh mit einer Psychologin telefoniert habe, die ich von früher kenne.«

Peck sagte nichts.

»Paul, bist du noch da?«

»Einsatz eines Profilers … da bin ich skeptisch.«

»Besser skeptisch als leichtgläubig.«

»Themenwechsel«, sagte Peck, vielleicht etwas zu barsch.

»Ich habe auch einen Vorschlag. Hast du was zum Schreiben?«

»Moment …«

»SL 19 BLU.«

»Was ist das?«

»Das könnte die Autonummer unseres Serienmörders sein. Ich habe einen Zeugen aufgetrieben, der ein verdächtiges Fahrzeug mit dieser Nummer beobachtet hat.«

»Ich kümmere mich darum«, sagte Funke.

Als er fünf Minuten später in die Dämmerung der Buchhandlung trat, war Sophia gerade in ein lebhaftes Beratungsgespräch mit einem älteren Mann verstrickt. Wortlos ging Peck in den Hintergrund des Raumes, dorthin, wo nicht nur die antiquarischen Bücher standen, sondern auch die Espressomaschine und sein alter Ledersessel.

Peck liebte Bücher, und es gab für ihn keine anziehendere Umgebung als Buchgeschäfte und keine romantischere als Antiquariate. Deshalb mochte er Sophia genauso wie ihre kleine Buchhandlung mitten in der Salzburger Altstadt.

Von seinem Lehnstuhl aus beobachtete er Sophia, die vorn am Fenster mit dem Kunden verhandelte. Sie redete mit dem ganzen Körper, zeigte auf das Buch, das sie in der Hand hielt und turnte zwei Stufen auf die Bibliotheksleiter, die an einem der wandhohen Bücherregale lehnte. Es war ständig Bewegung in ihr und ihre schulterlangen braunen Haare flogen in einem Bogen um ihr Gesicht. Peck war sehr zufrieden mit dem, was er von seinem Platz aus sah.

Nur ihr Kunde schien nicht recht zufrieden zu sein, jedenfalls schüttelte er den Kopf und rannte aus dem Geschäft.

»Ein grantiger Kunde?«, fragte Peck.

»Nervig. Demnächst führe ich in meinem Geschäft eine Beratungspauschale ein. Ich habe nichts gegen lästige Kunden, wenn sie hinterher bei mir kaufen. Aber ich mag Mitmenschen nicht, die sich von mir ausführlich beraten lassen und hinterher ihre Bücher bei Amazon kaufen.«

Sophia deutete auf die Espressomaschine. »Wirf die Maschine an. Heute kommt ohnehin kein Kunde mehr.«

Sophia trank einen Schluck des starken Kaffees, dann stellte sie ihre Tasse in eines der Bücherregale.

»Wie macht sich Braunschweiger?«

»Manchmal ruht er sich aus, ohne sich vorher müde gearbeitet zu haben.«

»Du übertreibst.«

»Bei den Spiritisten habe ich einen gewissen Albert kennengelernt. Er soll Schriftsteller sein und vor kurzem ein Buch veröffentlicht haben. Moment ...« Peck blätterte in seinem Notizbuch.

»Albert ist zu wenig«, sagte Sophia. »Hast du nicht den ganzen Namen?«

Peck schüttelte den Kopf. »Namen gibt es nicht im spiritistischen Zirkel. Da tritt jeder nur mit einem Nickname in Erscheinung. Und der Herr Autor nennt sich dort Bertrand.«

Peck hatte die Stelle im Notizbuch gefunden. »Hier! Das Buch heißt ›Einsteins Fehler: Die Relativitätstheorie ist nicht relativ‹.«

Treffsicher zeigte Sophia auf eines der Bücherregale. »Habe ich. Steht da drüben. Seit vier Monaten. Ein typischer Ladenhüter.«

Peck holte sich das schmale Bändchen, das auf dem elegant glänzenden Schutzumschlag den Namen des Autors mit Albert Roller auswies. Schau, schau, dachte Peck. Immerhin hatte er nun beim ersten aus der Runde des spiritistischen Zirkels das Namensgeheimnis gelüftet.

Während sich Sophia an der Espressomaschine zu schaffen machte, las er den Klappentext des Buches.

Albert Roller ist der Mann, der den Dingen auf den Grund geht.
Einstein irrt! Die Öffentlichkeit wird seit hundert Jahren belogen.

*In dem Buch werden 278 gravierende Fehler der Speziellen
und Allgemeinen Relativitätstheorie aufgeführt.*

»Ich verdopple deinen heutigen Umsatz und kaufe das Buch«, sagte Peck und bemühte sich, an seine in der hinteren Hosentasche steckende Geldbörse heranzukommen.

»Was machen deine Mord-Ermittlungen? Gehen Sie voran?«

»Einige Spuren.«

»Heiße Spuren?«

»Wenige und lauwarm.«

»Ich habe einmal einen amerikanischen Thriller über einen jungen Serienkiller gelesen, der sich an clevere Regeln gehalten hat, sodass ihn die Polizei erst zehn Seiten vor Ende des Romans gefasst hat.«

»Weißt du noch, wie diese Regeln hießen?«

»Niemals ein Motiv haben, niemals nach einem bestimmten Schema töten und nie jemanden ermorden, den man kennt.«

»Du meinst, das könnte auch für den Mattseemörder zutreffen?«

»Für den Serienkiller im Roman war das Töten eine intellektuelle Herausforderung.«

Peck dachte einige Augenblicke nach, dann schüttelte er den Kopf. »Niemals nach einem bestimmten Schema töten trifft auf unseren Mann nicht zu. Denk an das Abhacken der Hände.«

»Ich glaube, dass es sich um einen jungen Mann handelt.«

»Warum? Vielleicht ist es ein alter Knacker.«

»In allen Thrillern, die ich verkaufe, ist der Serienmörder ein junger Mann.«

»Das entspricht der Fantasie der Krimiautoren.«

»Nein. Serienkiller sind nicht alt ... und nie eine Frau.«

Peck grinste. »Mit deinen Tipps habe ich den Fall so gut wie gelöst. Funke will jetzt einen Fallanalytiker einschalten, einen auf Psychologie getrimmten Profiler.«

»Und dein Gesichtsausdruck lässt erahnen, dass du davon wenig hältst.«

»Funkes Nachfolger Georgius Dolezal redet auch immer von

Fallanalytikern, Profilern und anderen Klugscheißern.«

»Du bist wie immer voreingenommen. Ich halte das für eine gute Idee. Wenn man den Mörder und sein Tun versteht, fällt es leichter ihn auszuforschen.«

»Aber nicht nach zwanzig Jahren.«

»Glaub mir, Serienkiller sind Geistesgestörte. Sie haben keine Skrupel und machen sich nichts daraus Menschen umzubringen. Einen nach dem anderen. Serienmörder besitzen keine Gefühle. Sie agieren wie Psychopathen: berechnend, egoistisch und eiskalt.«

6. Kapitel

»Berichten Sie über Ihr Gespräch mit den Eltern des Mordopfers Nummer vier«, sagte Peck.

Braunschweiger reagierte augenblicklich, als ob er nur auf Pecks Aufforderung gewartet hätte. »Einen Moment … ich habe den Akt auf den Rücksitz gelegt.«

Peck verzichtete in Braunschweigers Anwesenheit auf das Abspielen seiner Lieblings-CDs, noch mehr beeinträchtigte ihn aber, dass sein Navigationsgerät offenbar den Geist aufgegeben hatte. Er hatte zwei Mal die Adresse der Kaserne Ried im Innkreis eingeben, wo er mit Oberstleutnant Heinz-Dieter Krammböck verabredet war, und jedes Mal war ihm vom Navi eine zehnstündige Route durch Slowenien und Kroatien nach Bosnien vorgeschlagen worden. Zum Unterschied zu Braunschweiger, der mehrmals sein Interesse an Sarajevo bekundete, wollte Peck nicht nach Bosnien fahren.

Nachdem sie die Autobahn verlassen hatten, nahmen sie die B1, fuhren am Golfclub Eugendorf vorbei und durchquerten die Gemeinde Henndorf, wo sie die Ausblicke auf den Wallersee genossen. Es war zehn Uhr vorbei und Peck stieg aufs Gas. Er wollte den Herrn Oberstleutnant nicht warten lassen.

»Die Idee haben Sie mir zu verdanken, Chef.«

»Welche Idee?«

»Dass der Serienkiller ein Soldat sein könnte, der zuerst an der Kaserne Ried stationiert ist und dann an nach Salzburg versetzt wird, wo er seine Mordserie fortsetzt.«

Peck sah zu Braunschweiger hinüber, der sich in der Zwischenzeit den dicken Aktenordner vom Rücksitz nach vorne geholt hatte. Warum musste der Mann sich dauernd selbst loben?

»Eine schlüssige Theorie hatten Sie meine Überlegung genannt.«

»Vielleicht haben wir heute Glück und erfahren den Namen des Mörders. Wenn wir Erfolg haben, bekommen Sie einen großen Orden von mir. Aber nicht vorher. Jetzt zu Ihrem Bericht. Wie hieß noch mal Opfer Nummer vier?«

»Lotte Reinfels. Kaufmännische Angestellte, achtzehn Jahre alt.«

»Haben Sie mit ihren Eltern gesprochen?«

»Chef. Ich lese Ihnen zuerst vor, was über Lotte Reinfels in den Polizeiakten steht. Dann berichte ich von meinem Gespräch mit den Eltern.«

»Kurz und straff zusammengefasst bitte.«

Peck hörte wie Braunschweiger in dem Ordner blätterte und dann mit monotoner Stimme vorlas:

»Also … kurz und straff. Die Leiche Lotte Reinfels' wurde am späten Nachmittag gegen halb sechs von zwei Kindern entdeckt, die sich dort zum Spielen getroffen hatten. Das ermordete Mädchen lag in einem abgelegenen Waldstück in der Glasenbachklamm, hundert Meter nach der Brücke über den Klausbach. Unmittelbar nach dem Fund der Leiche nahmen die Kripobeamten des LKA Salzburgs die Ermittlungen auf und identifizierten die Ermordete als die achtzehnjährige Lotte Reinfels aus Salzburg. Als Todesursache wurde Würgen durch gewaltsame Einwirkung gegen den Hals festgestellt.«

Einige Sekunden Stille.

»Warum lesen Sie nicht weiter?«

»Ich glaube, mir wird schlecht.«

»Braunschweiger! Einem Detektiv wird nicht übel.«

»Chef, hier ist ein Foto der Leiche.«

»Und? Erzählen Sie mir, was auf dem Bild zu sehen ist.«

»Das Mädchen … es liegt auf dem Rücken neben einem Baum, die Arme seitlich weggestreckt und die Beine gespreizt. Sie trägt ein weißes Kleidchen, das weit nach oben gerutscht ist, sodass man sieht, dass sie keine Unterhose anhat. Auf dem anderen Bild ist der Kopf des Mädchens in Großaufnahme abgebildet. Das Gesicht ist nach oben gewandt und die Augen sind halb geschlossen, nur der Mund ist weit offen, als hätte sie laut geschrien, während sie starb. Zwei Blutspuren laufen über das Gesicht, eine aus ihrer Nase und eine aus dem Mundwinkel. Das Schlimmste aber sind die abgetrennten Hände. Man hat sie vertauscht … die linke Hand liegt beim rechten Unterarm und umgekehrt.«

»Gibt es noch Wichtiges zu berichten?«, fragte Peck.

»Ja. Ich muss kotzen.«

»Warum?«

»Erstens wegen der Bilder und zweitens wird mir immer schlecht, wenn ich im Auto lesen muss.«

Wie bei Sophia, dachte Peck. Sie hatten regelmäßig Streit, wenn er ohne Navi unterwegs und auf Sophias Hilfe angewiesen war. Kaum hatte sie den Autoatlas aufgeschlagen, klagte sie über Übelkeit. »Reiß dich zusammen«, sagte Peck dann zu ihr.

»Reißen Sie sich zusammen, Braunschweiger!«

Am Stadtrand von Ried stießen sie zuerst auf das Schild »Umleitung« und wenig später auf eine Gruppe Feuerwehrleute in Uniform, die ihnen deuteten, die Geschwindigkeit zu reduzieren.

»Hier können Sie nicht weiterfahren. Heute ist Landwirtschaftsmesse und Markt hier in Ried. Parken Sie bitte da drüben.«

Vorsichtig steuerte Peck den Wagen durch ein Gewimmel von Menschen und Marktständen. Dahinter sah man ein rotierendes Karussell und den Kopf eines riesigen Gorillas, der wohl zu einer Geisterbahn gehörte. Aus hundert Lautsprechern kreischten Schlagermelodien, die man bis ins Wageninnere hören konnte.

Die Umleitung führte sie zu einer umzäunten Wiese, die man zu einem Parkplatz umfunktioniert hatte.

»Ich warte hier im Auto auf Sie«, sagte Braunschweiger mit leiser Stimme. »Sie wissen ja, warum ich dem Herrn Oberstleutnant nicht unter die Augen treten möchte.«

»Braunschweiger, haben Sie immer noch Angst, dass man Sie nicht mehr aus der Kaserne rauslässt oder sind Sie scharf aufs Autodrom-Fahren?«

»Bis zu meinem fünfzigsten Lebensjahr gilt die Wehrpflicht«, sagte Braunschweiger und fügte leise hinzu: »Ich werde dieses Jahr neunundvierzig. Das Risiko gehe ich nicht ein.«

Peck deutete in Richtung des Karussells. »Dort treffen wir uns. In ungefähr einer Stunde.«

Das Gespräch mit dem Oberstleutnant war wenig ergiebig gewesen und Peck verließ die Kaserne mit dem Gefühl, dass ihn der Offizier entweder nicht ernst nahm oder sich mit seinen Gedanken bereits in der Pension fühlte. Oder beides.

Eine Stunde später traf Peck wieder am Jahrmarktgelände ein und sah bereits aus der Ferne den sehr munter wirkenden Braunschweiger beim Karussell stehen.

»Sie mögen solche Märkte?«

»Kirtage habe ich schon als Kind gemocht. Sie haben mich durchschaut, Chef«, sagte Braunschweiger. »Nun, was hat Ihnen der Herr Bataillonskommandant verraten?«

»Nicht viel. Leider.«

»Chef, Ihre Stimme klingt niedergeschlagen. Was ist los?«

»Nichts ist los … leider.« Peck griff in die Tasche und reichte Braunschweiger einen Zettel.

»Wer sind die drei Menschen?«

»Das Papier habe ich von dem Oberstleutnant bekommen. Diese drei Personen wurden in der fraglichen Zeit, also vor rund zwanzig Jahren, von der Zehner-Kaserne Ried nach Salzburg versetzt.«

»In die Rainerkaserne nach Glasenbach?«

»Nicht nur.« Peck zeigte auf einen der drei Namen. »Der hier ist in Wals-Siezenheim gelandet. Ich habe bereits mit Willi Moosleitner telefoniert, der das festgestellt hat.«

Peck kam es vor, als ob das Markttreiben soeben einen Höhepunkt erreichte. Lautes Kindergeschrei mischte sich mit der dröhnenden Musik. Direkt neben ihnen standen zwei Buben, die mit roten Gesichtern in ihre Trompeten bliesen.

»Obergefreiter Konrad Feuerbach, dreißig Jahre, Florian

Mündl, ein fünfzigjähriger Oberwachtmeister und die gleichaltrige Luise Miller.«

»Die angegebenen Jahre … ist das ihr heutiges Alter?«

Die beiden Buben mit ihren schrillen Trompeten marschierten im Gleichschritt an ihnen vorbei und tauchten im Gewühl unter.

Peck schüttelte den Kopf. »So alt waren sie, als sie versetzt wurden. Da müssen Sie jetzt zwanzig Jahre dazuzählen.«

»Bei Luise Miller ist kein militärischer Rang angegeben.«

»Die Dame war beim Reinigungspersonal. Putzfrauen haben keinen Dienstgrad.«

Braunschweiger faltete den Zettel zusammen und wollte ihn an Peck zurückgeben.

»Behalten Sie das Papier«, sagte Peck.

»Warum?« Braunschweiger ahnte, was auf ihn zukam.

»Von Willi erfahren wir noch, in welchen Dienststellen die drei untergekommen sind. Der damals fünfzigjährige Oberwachtmeister ist mit Sicherheit in Pension und gleiches gilt für die Frau.«

»Ob da unser Serienkiller darunter ist?«

Peck zuckte mit den Schultern. »Durchaus möglich. Wir müssen dranbleiben.«

»Chef, Sie meinen damit sicher, dass ich jetzt dranbleiben muss.«

»Braunschweiger, Sie sind ein Hellseher. Finden Sie heraus, wo die drei Personen wohnen. Nehmen Sie die Fährte auf, reden Sie mit ihnen, fühlen Sie den dreien auf den Zahn. Zeigen Sie, was in Ihnen steckt.«

Kinder drehten sich auf den Holzpferden eines altmodischen Karussells, reckten ihre Hälse und kreischten vor Freude. Sie winkten ihren Eltern zu, die stolz daneben standen und sich die Handys vor das Gesicht hielten.

Von einer Hüpfburg drang laute Musik herüber, die wie ein automatischer Leierkasten klang. Einige ältere Frauen in Innviertler Tracht scharten sich um einen der urig aussehenden

Marktfahrer und feilschten lautstark um den Preis. Wie in einem orientalischen Bazar.

»Chef, Sie haben mich einen Hellseher genannt.« Braunschweiger verstaute den Zettel in seiner Tasche. »Da vorne hat eine Hellseherin ihren Stand. Hedda heißt sie.«

Durch das hektische Markttreiben war Peck abgelenkt und so drang das Wort »Hedda« erst nach einigen Augenblicken an sein Ohr.

»Sagten Sie Hedda?«

»In dem kleinen Zelt da vorne.« Braunschweiger zeigte mit dem ausgestreckten Arm in Richtung der Geisterbahn. »Ich habe mit ihr gesprochen. Sie sagt, sie kann wahrsagen, in die Zukunft schauen und noch vieles mehr.«

»Hedda«, sagte Peck und hielt sich die Hand zehn Zentimeter über seinen Kopf. »War das eine sehr große Frau?«

»Genau. Ein Koloss von einem Weib, blond und beeindruckend imposant.«

»Hedda … In die Zukunft schauen … Da will ich hin.«

Mit spontaner Entschlossenheit stapfte Peck in Richtung der Geisterbahn, sodass Braunschweiger Mühe hatte, Schritt zu halten.

»Ihre Zukunft scheint Ihnen verdammt wichtig«, sagte er.

Je näher sie dem Zelt der Wahrsagerin kamen, desto kräftiger sträubte sich Braunschweiger, mit zu kommen. »Ich lege auf Ihre Begleitung Wert«, sagte Peck und schubste seinen Mitarbeiter zum Eingang des Zeltes, vor dem ein hölzernes Schild stand:

Hedda – Wahrsagen und Orakel

Im Zelt war es schummrig und heiß, es roch vertraut, aber ekelhaft nach Räucherstäbchen.

Die Wahrsagerin saß hinter einem kleinen Tischchen, neben ihr spendete eine bunte Lampe gedämpftes Licht. Seltsame Masken hingen an den Zeltwänden. Peck erkannte Hedda sofort wieder. Ihr walkürengleicher Körper ruhte auf einem filigran aussehenden Hocker, die rosaroten, gut gepolsterten Arme fuhren schlagartig wie zwei dick gepolsterte Scheibenwischer über die Tischplatte, als sie Peck und Braunschweiger erblickte.

»An Sie kann ich mich erinnern!«

Sie deutete auf Peck, der aus den Worten der Frau einen vorwurfsvollen Ton herauszuhören glaubte.

»Sie waren vor einigen Tagen bei unserem Treffen des Spiritistischen Freundeskreises in Salzburg. Wie war doch gleich Ihr Nickname, mit dem Sie sich in unserem Club vorgestellt haben?«

Peck nahm die Füße zusammen und deutete eine knappe Verbeugung an. »Gestatten, Nick.«

Hedda lachte laut, sodass ihr ganzer Körper in Schwingungen kam. »Nicht besonders einfallsreich.«

Ihr ausgestreckter Arm wies auf Braunschweiger, der sich hinter Peck zu verschanzen schien. »Diesem Herrn hinter Ihnen habe ich vor zehn Minuten seine Zukunft vorausgesagt.«

Über seine Schulter sah Peck auf Braunschweiger. »Während ich in der Kaserne war, haben Sie sich also Ihre Zukunft erläutern lassen.«

Braunschweiger hob die Schultern und lächelte. »Nur unverbindlich.«

»Und? Wie beurteilt die Frau Hellseherin Ihre Zukunft?«

»Ich bin ein starker Charakter, sagt sie, und dass noch erfolgreiche Jahre vor mir liegen.«

Peck fühlte sich von den betörend riechenden Nebelschwaden der Räucherstäbchen berauscht. Er zeigte auf das Tischchen, das von Heddas gewaltigem Busen halb verdeckt war. »Wo ist Ihre Kristallkugel?«

»Auch wir Hellsichtigen gehen mit der Zeit«, sagte sie und deutete auf den neben ihr stehenden Laptop und auf zwei unterschiedlich große Pakete Spielkarten. »Meine Expertise umfasst zwei unterschiedliche Verfahrensweisen, zum einen das Hellsehen, bei dem ich ohne fremde Hilfsmittel arbeite, rein auf meine Willenskraft und die Fähigkeit des Vorhersehens konzentriert. Da diese Methode ein ungeheures Maß an Anspannung verlangt, kann ich sie in der lärmenden Umgebung eines Jahrmarkts nicht anwenden, weshalb ich mich hier auf das Klassischen Wahrsagen beschränke, bei dem ich neben dem Handlesen auch Hilfsmittel wie das Kartenlegen einsetze.«

»Irgendjemand hat mir erzählt, dass Sie schon mal im Fernsehen aufgetreten sind.«

Sie hielt den Zeigefinger ihrer Hand wie eine Pistole auf ihn gerichtet. »Das ist meine Stärke ... verlorengegangene Dinge oder Personen wieder zu finden. Dass ich das kann, habe ich tatsächlich vor einem Millionenpublikum im Fernsehen bewiesen. Ich bin vielleicht heute noch nicht die größte Hellseherin im Land ... aber ich will es werden.«

»Welche Kräfte sind es, die Sie dazu befähigen, Personen zu finden, die irgendwohin verschwunden sind.«

»Es ist die Kraft der Emotion in Verbindung mit meiner spiritistischen Energie und den daraus resultierenden außersinnliche Wahrnehmungen.«

Was sollte Peck sagen? Von übersinnlichen Fähigkeiten hielt er genau so wenig wie vom Kartenlegen.

»Versuchen Sie es«, lockte Hedda und deutete auf die Spielkarten. »Sie können wählen ... Lenormand- oder Tarotkarten. Gerne lege ich Ihnen die ›große Tafel‹ ... übrigens auch online, das kostet allerdings etwas mehr.«

»Wie teuer ist es, von Ihnen die Zukunft erläutert zu bekommen?«

Nach einigen Augenblicken fiel Peck auf, dass Hedda seine Frage nicht beantwortete, sondern einen abwesenden Eindruck machte und leicht vorgebeugt und mit leerem Blick die bunte Lampe auf dem Tisch anstarrte. Sie schien weit weg zu sein.

»Ich bin zum Äußersten von Ihren hellseherischen Fähigkeiten überzeugt.« Peck setzte sich auf den Besuchersessel und schlug die Beine übereinander. »Mein Interesse gilt zurzeit weniger der ›großen Tafel‹, sondern mehr den Mitgliedern in dem Spiritistischen Freundeskreis in Salzburg. Zwei interessante Männer habe ich dort kennengelernt, mit denen ich gerne ein Gespräch führen möchte. Der eine, der unter dem Pseudonym Bertrand in Ihrem Spiritistischen Zirkel auftritt, heißt wohl Albert Roller. Ich habe ein Buch von ihm gesehen … dass Einstein lügt und die Physik neu geschrieben werden muss.«

»Nach unseren Vereinsstatuten ist es strikt verboten, dass ein Außenstehender die Namen unserer Mitglieder erfährt.« Hedda richtete ihren massiven Oberkörper auf und ihr Busen bebte. »Geheimhaltung und Diskretion ist unsere Maxime und ich hoffe, dass Sie sich das zu Eigen machen … ansonsten werden wir Ihnen zukünftig den Zugang zum spiritistischen Zirkel verwehren.«

Peck presste die flache Hand auf seine Brust, wie ein Angeklagter, der gerade dabei war, seine Unschuld zu beteuern. »Diskretion ist meine Stärke. Verraten Sie mir nur, wie Bertrand und Herby mit richtigem Namen heißen.«

»Kommt nicht in Frage.«

»Dann erzählen Sie mir wenigstens, wo das nächste Treffen des Spiritistischen Zirkels stattfinden wird. Ich war beim letzten Mal sehr beeindruckt …«

»Sparen Sie sich Ihren Atem für's Suppeblasen«, unterbrach sie ihn. »Am Dienstag nächster Woche im Gasthaus Grubmüller in Faistenau. Neunzehn Uhr. Gemeinsam mit Sherlock sind Sie herzlich in unserer Runde willkommen.«

Sherlock … erst nach einigen Augenblicken fiel Peck ein, dass dies Funkes Nickname war.

»Aber ich warne Sie.« Hedda unterstützte ihre scharfen Worte durch kräftiges Schütteln ihres mächtigen Zeigefingers. »Wenn Sie auch nur eine indiskrete Frage an einen unserer Mitglieder stellen, werde ich unsere Gastfreundschaft auf der Stelle beenden.«

Hedda erhob sich und richtete sich zu ihrer monströsen Größe auf, sodass Peck erschrocken zurückzuckte.

»Warum sind Sie so versessen darauf, die Namen der Esoteriker zu erfahren?«, fragte Braunschweiger, als sie sich bereits auf der Rückreise befanden.

»Weil mit diesem Club etwas faul ist.«

»Sagt wer?«

»Sagt mein Instinkt.«

»Chef, Sie sind übersensibel.«

Das sagt Sophia auch manchmal, dachte Peck. Es war wenig Verkehr auf der Bundesstraße 1 und in weniger als einer Dreiviertelstunde erreichten sie Straßwalchen, wo Peck auf die Köstendorfer Landesstraße abbog.

»Chef, nach Salzburg geht's geradeaus.«

»Wir besuchen Herrn Gallus.«

»Es gab mal einen Gallus Julius Caesar. Habe ich in der Schule gelernt. Ist aber schon tot.«

»Braunschweiger! Sie waren anwesend, als Funke über seinen früheren Kollegen gesprochen hat. Erwin Gallus. Er hat einige Jahre die Ermittlungen nach dem Mattseemörder geleitet. Jetzt ist er in Pension.«

»Und warum reden wir mit einem Rentner? Er hat damals erfolglos nach dem Mörder gefahndet. Da wird er uns zwanzig Jahre später auch nicht mehr helfen können.«

»Ich schätze Ihre Logik.« Peck machte einen kurzen Seitenblick zu seinem Beifahrer. »Aber wissen Sie, dass zu viel Logik schädlich sein kann?«

»Das müssen Sie mir erläutern, Chef.«

»Nicht jetzt.«

»Ich habe Hunger.«

Peck sah auf die Uhr. »Diese Art von Logik mag ich. Da vorne ist ein Gasthaus.«

In der gemütlichen Gaststube war ein Tisch am Fenster frei und Peck bestellte bei dem freundlichen Mädchen ein Schnitzel und ein kleines Bier.

»Ich begnüge mich mit einem gebratenen Leberkäse.« Braunschweiger tippte mit dem Zeigefinger auf die Tageskarte. »Und dazu ein kleines Sodawasser.« Dann wandte er sich mit gerunzelter Stirn Peck zu: »Was erwarten Sie sich von dem Gespräch mit dem pensionierten Polizisten?«

Peck zog die Mundwinkel nach unten und zuckte mit den Schultern.

»Ich hoffe, er kann uns hilfreiche Hinweise geben. Immerhin hat er jahrelang den Serienmörder gejagt.«

Braunschweiger prostete Peck mit dem Wasserglas zu. »Was ist das Besondere an einem Serienmörders?«

»Das sollten Sie mal googeln, Braunschweiger. Haben Sie keinen Computer?«

»Nein. Ich habe eine elektrische Kaffeemaschine.«

»Funke hat einen Psychologen engagiert«, sagte Peck und trank mit einem Schluck das Bierglas zur Hälfte leer. Das mit dem kleinen Bier war ein großer Fehler gewesen. »Und Ihre Frage wird die erste sein, die wir dem Psycho stellen werden.«

»Empfindet ein Serienmörder Lust, wenn er andere umbringt?«

»Das ist der ausschlaggebende Punkt«, antwortete Peck. »Ein Einzelmord ist oft eine Beziehungstat und in der Mehrzahl der Fälle kennen sich Opfer und Täter, verstehen Sie? Mann ermordet seine Frau, Frau tötet Ehemann oder so ähnlich. Ein Serienkiller hingegen wird von einem Zwang getrieben, immer aufs Neue zu morden. Und meistens auf die gleiche Weise.«

»Meistens auf die gleiche Weise«, wiederholte Braunschweiger. »Das mit den vertauschten Händen zum Beispiel.«

»Ich weiß, dass es auch Serienkiller gibt, die geisteskrank sind und andere Menschen umbringen, weil sie dabei high werden und es sie anmacht. Sie massakrieren ihre Opfer und je brutaler die Folter ist, desto größer fällt wohl ihre Befriedigung aus.«

»Was ist das für ein Mensch, den wir suchen?«, fragte Braunschweiger, während er unbarmherzig über seinen Leberkäse herfiel. »Welchen Beruf hat er? Ist er einer der Soldaten, nach denen wir gerade suchen?«

»Schwierig zu sagen. Ich habe ein Buch, das ich Ihnen borgen werde.«

»Chef, ich habe mich durch viele Bücher geackert und weiß sehr viel.«

»Ich bin beeindruckt, Braunschweiger. Trotzdem … man kann nie genug wissen. Es gibt zwar Ausnahmen, in dem Buch werden Serienmörder als meist durchschnittlich intelligent beschrieben. Und häufig wohnen die Opfer in der Nähe des Ortes, in dem der Killer zu Hause ist.«

»Kann es auch eine Frau sein?«

»Ich weiß es nicht. Statistisch gesehen sind Serientäter meist Männer, aber möglich ist alles. Um ein Mädchen oder eine Frau mit den Händen zu erwürgen, bedarf es großer Kraft, vergessen Sie das nicht.«

Als sie Perwang erreichten, rief Sophia an. »Wie geht's dir mein Schatz? Bist du mit Braunschweiger unterwegs?«

»Ich bin in Eile.«

»Eile ist die Tüchtigkeit der Stümper.«

»Warum rufst du an?«

»Der Autor, von dem du mir erzählt hast, hält eine Lesung in der Bibliothek Mattsee.«

»Sprichst du von Albert Roller?«

»Genau der.«

»Wann ist die Lesung?«

»Morgen Nachmittag um sechzehn Uhr.«

»Danke. Das wird ein Fall für Braunschweiger.«

»Mein Cousin liest nur selten gute Bücher.«

»Braunschweiger geht jetzt bereits längere Zeit durch meine Schule.«

»Und was bewirkt deine Schule?«

»Er wird von Tag zu Tag klüger.«

»Grüß ihn von mir.«

Sein Mitarbeiter hatte interessiert die Ohren gespitzt. »Ich bin nicht Braunschweiger, Chef. Ich bin Herr Braunschweiger.«

»Lieber Herr Braunschweiger, morgen in der Bibliothek Mattsee lernen Sie Albert Roller kennen. Schriftsteller und ein verdächtiger Zeitgenosse.«

»Ist das der von dem esoterischen Verein?«

»Genau.«

»Und warum ist er verdächtig?

»Sagt mein Instinkt.«

»Chef, Sie sind übersensibel.«

»Braunschweiger, das hatten wir bereits. Gehen Sie zu der Autorenlesung. Sein Buch heißt übrigens ›Einsteins Fehler: Die Relativitätstheorie ist nicht relativ‹. Passen Sie gut auf. Einstein war ein kluger Mann.«

Das Zentrum von Perwang am Grabensee bestand aus der breiten Hauptstraße, an der die Pfarrkirche lag. Und daneben der Kirchenwirt, wie es sich gehört am Dorf. Über der breiten Tür des Gemeindeamts prangte das weiß-rot-gelbe Gemeindewappen, auf dem ein Holzschaff abgebildet war und darunter drei goldene Blumen. Erst beim zweiten Versuch stieß Peck auf den abgelegenen Eichengrubenweg, eine schmale Sackgasse, an deren Ende sie parkten. Das Haus von Erwin Gallus sah in die Jahre gekommen aus, zumindest hätte es einen neuen Anstrich vertragen können.

Sylvia und Erwin Gallus stand auf dem kleinen Namensschild an der Haustür, an die Peck drei Mal Male klopfte, bis sich leise, schlurfende Schritte näherten und eine ältere Frau mit weißen Haaren öffnete, die Peck an seine vor Jahren verstorbene Großmutter erinnerte.

»Frau Gallus?«

Die Frau nickte. »Haben Sie angerufen?«

»Ich bin ein Freund Leopold Funkes, einem früheren Kollegen Ihres Mannes«, sagte Peck, was ausreichend der Wahrheit entsprach.

Die Frau sah über ihre Schulter, ob auch niemand mithörte. »Meinem Mann geht es heute nicht gut. Sie können mit ihm reden, aber nicht zu lange.«

Erwin Gallus war ein kleiner Mann mit einem kahlen Schädel und müden Augen. Er saß in einem riesigen Lehnstuhl, eine karierte Decke auf dem Schoß.

»Ich soll Ihnen schöne Grüße von Ihrem früheren Chef ausrichten.«

Peck nahm auf der Couch neben Braunschweiger Platz, die Ehefrau rückte ihren Sessel nahe an den ihres Mannes heran und griff nach seiner Hand. Peck erinnerte sich an Funkes Worte: *Erwin hat eine jüngere Witwe kennengelernt.* So viel jünger sah die Witwe nicht aus.

»So, so«, sagte Gallus, »wie geht es denn Leo?«

»Seine Frau ist vor einiger Zeit gestorben«, sagte Braunschweiger voreilig. »Aber jetzt hat er sich erholt von dem Schmerz.«

»Ist dir auch nicht kalt, mein Bärchen?«, fragte Frau Gallus und strich besorgt über seine Hand.

Er warf ihr einen unfreundlichen Blick zu und wandte sich an Peck. »Ich höre, Sie jagen den Mattseemörder ... etwas spät, nicht wahr?«

»Besser spät als gar nicht«, sagte Braunschweiger, was ihm einen bösen Blick der Frau einbrachte.

»Er meint's nicht böse, mein Bärchen.«

Ein Sonnenstrahl fiel ins Zimmer und tauchte die Glatze des Mannes in goldenes Licht.

»Es gab eine Zeit ... viele Jahre her, da war ich sehr sicher, dass ich ihn erwische, dieses Schwein.«

»Sie haben die Leichen dieser unschuldigen Mädchen gesehen.« Während Peck redete, machte er einen kurzen Seitenblick zu der Frau. »Warum hat er seinen Opfern die Hände abgeschnitten?«

»Und vertauscht ... die linke Hand zum rechten Arm und umgekehrt. Ich weiß es nicht. Wir haben uns darüber den Kopf zerbrochen, Leo Funke und ich ... und alle anderen, die den Mattseemörder gejagt haben.«

»Wurde nie ein Psychologe eingeschaltet?«

»Erst Dolezal hat die Sache mit dem Profiler aus Amerika mitgebracht. Kennen Sie Dolezal?«

»Nicht gut«, sagte Peck. »Gottseidank«, fügte er dann hinzu.

Gallus lächelte zustimmend.

»Das mit den vertauschten Händen …« Er lehnte sich zurück und schien plötzlich mit den Gedanken weit weg zu sein. »In einem anderen Mordfall, den Leo Funke und ich aufgeklärt haben, fehlte dem Opfer ein Ohr. Später haben wir das Ohr gefunden, sorgsam in Papier eingewickelt. Als wir den Mörder hatten, stellte sich heraus, dass der Mann als Kind darunter gelitten hat, dass ihm seine Mutter nie zugehört hat. Mangelnde Mutterliebe, verstehen Sie? Den Frust, von der Mutter nicht geliebt worden zu sein, hat er an anderen Frauen ausgelassen und ihnen die Ohren abgeschnitten.«

»Bist du auch nicht müde, mein Bärchen?«

»Ist der Mattseemörder ein Mann oder eine Frau?«, fragte Braunschweiger.

»Ein Mann natürlich«, sagte die Frau laut und verschränkte die Arme vor ihrer gewaltigen Brust.

Braunschweiger verschränkte ebenfalls die Arme vor der Brust.

»Wenn Sie gestatten, würde ich gern die Meinung Ihres Mannes hören.«

Braunschweiger, du machst dich, dachte Peck und sah zu, wie sich Frau Gallus beleidigt tief in ihrem Sessel vergrub.

»Mit hoher Wahrscheinlichkeit ein Mann«, sagte der Alte. »Alleine die Kraftanstrengung beim Erwürgen oder Erdrosseln der Frauen deutet auf einen Mann hin.«

Die Frau hob beide Hände mit den Handflächen nach oben. *Wie ich es vorhin sagte*, hieß diese Geste.

»Der Mann hat zuerst im Raum Ried gemordet und später in Salzburg. Darüber haben Sie doch sicher nachgedacht.«

»Stundenlang haben Leo und ich darüber geredet.«

»Wir beide«, Peck sah zu Braunschweiger hinüber, »verfolgen die Frage, ob es möglicherweise ein Soldat war, der seiner

Wehrpflicht zuerst in Ried nachgekommen ist und später nach Salzburg versetzt wurde.«

»Vielleicht haben wir auch das untersucht.« Er machte eine müde Handbewegung. »Heute ist das alles weit weg. Ich bewundere Sie ... und Leo Funke.«

»Und mich«, warf Braunschweiger von der Seite her ein. »Wir hatten gehofft, dass Sie uns noch etwas Wichtiges sagen könnten.«

»Junger Freund, wir haben damals alle möglichen Spuren verfolgt, glauben Sie mir das.«

»Bist du auch bestimmt nicht müde, mein Bärchen?«

Der Mann richtete sich auf und blitzte seine Frau an. »Kannst du bitte aufhören, mich Bärchen zu nennen. Wenigstens solange wir Besuch haben.«

Der Frau traten die Tränen in die Augen. Lautstark putzte sie sich die Nase, sprang auf und lief aus dem Zimmer.

»Irgendwann bringe ich sie um«, sagte Gallus leise.

7. Kapitel

Am Alten Markt blieb er einige Augenblicke in der noch nicht allzu kräftigen Vormittagssonne stehen und überlegte, ob er im Café Tomaselli einen Großen Braunen zu sich nehmen oder direkt ins Büro gehen sollte, wo viel Arbeit auf ihn wartete.

Peck mochte diese Art von Entscheidungen, bei denen er bereits im Voraus sagen konnte, wie sie ausfallen würden. Vor kurzem hatte er in der Zeitung gelesen, dass jeder Mensch täglich rund zwanzigtausend Entscheidungen trifft. Und mit jeder dieser Festlegungen für etwas, entscheidet er sich gleichzeitig gegen etwas. Die wesentliche Erkenntnis in dem Zeitungsartikel war, dass der Mensch seine Entscheidungen entweder mit dem Verstand oder intuitiv trifft. Sämtliche Entscheidungen, die in direktem Zusammenhang mit dem Genuss eines Großen Braunen standen, traf Peck stets aus dem Bauch heraus.

Die Tatsache, dass einer der Tische auf dem sonnigen Platz vor dem Tomaselli frei war, war ein Wink des Schicksals und versprach einen prompten Kaffeegenuss. Peck war ein überzeugter Anhänger kurzfristig wirkender Belohnungssysteme.

Nachdem er seine Bestellung aufgegeben hatte, beobachtete er das geschäftige Treiben am Alten Markt. Auf den Stufen des Florianibrunnens in der Mitte des Platzes saß eine Gruppe gut gelaunter Jugendlicher, die lachend auf ihren Handys herumwischten.

Touristen in luftiger Kleidung und Rucksackreisende in ausgefransten Jeans umkurvten den Brunnen oder betrachteten mit gespannt erhobenen Köpfen die Fassaden der umliegenden Gebäude. Hausfrauen trugen selbstbewusst ihre prall gefüllten Taschen und in das strenge Grau ihrer Businessanzüge gezwängte Herren stolzierten würdevoll den Platz hinunter zum Sparkassengebäude. Peck schien es, als ob alle ihre Geschwindigkeit reduzierten, um sich der stilvollen, barocken Umgebung anzupassen.

Die Frau am Nebentisch, die er seit einiger Zeit aus den Augenwinkeln beobachtete, hatte dunkles, gelocktes Haar, das ihr bis auf die Schulter fiel. Ihre rechte Hand zupfte an ihrem kurzen Samtkleid, mit der linken presste sie ihr Handy ans Ohr, sprach aber kein Wort, während sie bewegungslos das schräg gegenüberliegende Gebäude der ›Alten f.e. Hofapotheke‹ zu fixieren schien. Nach fünf Minuten weiterer Beobachtung kam Peck zu der Auffassung, dass die Frau um die vierzig sein dürfte, vielleicht etwas älter. Er rief sich zur Ordnung, wandte den Blick von ihr ab. Als sich der Kellner in der Nähe befand, deutete Peck auf seine leere Kaffeetasse und hob den Zeigefinger, was der aufmerksame Bedienstete mit einem vornehmen Kopfnicken zur Kenntnis nahm. Paul, reiß dich zusammen, sagte er sich noch einmal, es steht dir nicht zu, hübsche Frauen anzustarren. Außerdem ist sie zu jung für dich. Und Sophia mit ihrer Buchhandlung ist kaum fünf Minuten entfernt.

Das Handy der dunkelgelockten Frau war verschwunden, wahrscheinlich in die zerknautschte Ledertasche, die bei ihren Füßen stand. Jetzt kreuzte sie die sonnengebräunten Beine übereinander, soweit es die Stoffmenge ihres hochgeschobenen Kleides zuließ.

Peck warf eine halbe Tablette Süßstoff in den Espresso und mischte ein wenig flüssigen Schlagobers dazu. Als er zum Nebentisch sah, blätterte sie unkonzentriert in einem dünnen Büchlein, das sich bei näherem Hinsehen als Salzburger Stadtführer herausstellte.

Es fiel ihm auf, dass die Frau auch die Augen anderer Männer auf sich zog, was ihn ärgerte. Umso erstaunter war er, als sie sich ihm zuwandte, ihn kurz abschätzte und ihm dann das Titelbild des Reiseführers entgegenhielt.

»Sind Sie Salzburger?«

Noch bevor Peck »Ja« sagen konnte, war er hilfsbereit zu ihrem Tisch geeilt. Alles für den Fremdenverkehr.

»Es wäre praktischer, wenn Sie sich setzen.« Sie bückte sich und schob die Tasche ein Stück zur Seite.

»Ich bin so frei«, sagte Peck und ärgerte sich über die dumme Bemerkung. Die Frau hatte einen vollen, dunkelroten Mund. An ihren Ohren baumelten dünne, goldene Ringe, ihr dunkelbraunes Haar glänzte in der Sonne.

»Also …«, sagte er und in diesem Moment dachte er an seinen alten Deutschlehrer, der im Gymnasium penetrant darauf hinwies, dass das Wort »Also« einen geradezu verbotenen Satzanfang darstellt.

»Wo kann ich Ihnen helfen? Ich bin bereit, Ihnen mein geballtes Salzburg-Wissen zur Verfügung zu stellen.«

»Um Gottes willen!« Sie lachte perlend. »Und geballt auch noch!«

»Habe ich die Prüfung nicht bestanden?«

Wieder lachte sie und tippte mit dem Zeigefinger auf den Stadtführer. »Ich suche das Trakl-Museum. Nach dem Buch kann es nicht weit weg sein.«

Jetzt fiel Peck auf, dass sie strahlend blaue Augen hatte, umgeben von winzigen Lachfalten.

»Welches seiner Gedichte mögen Sie am liebsten?«

»Sie stellen Fragen … Ich weiß nicht, wie das Gedicht heißt, aber ich mag es, weil es einem das Gefühl gibt, geborgen zu sein, zu Hause. Der Tisch ist gedeckt, es fällt Schnee und eine Glocke läutet.«

»Ein Winterabend«, sagte Peck und zeigte nach Norden. »So heißt das Gedicht. Und da drüben am anderen Salzachufer finden Sie es an der Wand einer Kirche. Es ist die evangelische Christuskirche und im Pfarrhaus daneben hatte der kleine Georg gemeinsam mit seinen Geschwistern Religionsunterricht. Daran soll das Gedicht an der Kirchenmauer erinnern.«

»Wow!«, sagte sie. »Das ist tatsächlich geballtes Wissen.«

»Vielen ist der Tisch bereitet. Und das Haus ist wohlbestellt, heißt es in dem Gedicht. Jedes Mal, wenn ich es höre, bekomme ich Hunger.«

Einen Moment sah sie Peck wehmütig an, zog im selben Moment die Augenbrauen hoch und betrachtete ihn spitzbübisch.

»Was wetten, dass Sie mich innerhalb der nächsten zehn Minuten zum Essen einladen werden.«

Peck spürte, wie sich sein Herzschlag verstärkte. Irritiert sah er sich um, als ob er Angst hätte, dass Sophia irgendwo in der Nähe wäre und ihn beobachtete.

»Wo ist er nun zu Hause gewesen, Ihr Georg?«

»Da drüben.« Peck zeigte zuerst quer über den Platz, dann nahm er ihr den Stadtführer aus der Hand und wies auf den Waagplatz. »Hier hat er gewohnt und dort ist die Gedenkstätte. Keine fünf Minuten von hier.«

Er hätte nicht sagen können, warum ihn das Gefühl beschlich, dass die Frau ihn nicht ernst nahm. Während sie sich mit einer langsamen Bewegung die Haare hinter das Ohr zurück strich, ließ sie ihn nicht aus den Augen. Mit einem Mal wusste Peck nicht mehr, was er sagen sollte. Irgendetwas Intelligentes müsste es sein, dachte er, etwas Geistreiches.

Sie richtete sich auf und lächelte. »Wollten Sie mir nicht noch etwas mitteilen?«

»Doch!« Wieder zeigte er über den Platz Richtung Residenzgebäude. »Dort ist das Wohnhaus Trakls und gegenüber befindet sich das Café Glockenspiel. Dort betrieb Trakls Vater eine Eisenhandlung.«

»Eine Eisenhandlung. Wie spannend«, sagte sie. »Und weiter?«

»Vielleicht doch ein gemeinsames Essen«, sagte er und bemerkte, dass seine Stimme heiser klang.

»Jetzt ist es raus«, sagte sie lächelnd. »Denn vielen ist der Tisch bereitet. Und das Haus ist wohlbestellt.«

Peck tat, als ob er sich intensiv nach dem Kellner umsehen müsste. Als er sich ihr zuwandte, hatte sie sich bereits erhoben und hielt ihm ihre ausgestreckte Hand hin, sodass er gezwungen war, ebenfalls aufzustehen.

»Das ist ein überaus verführerisches Angebot«, sagte sie. »Das mit der Essenseinladung müssen wir aber auf ein anderes Mal verschieben. Jetzt muss ich leider los.«

Sie schenkte ihm noch ein kurzes Lächeln, dann entfernte sie sich und war nach wenigen Metern in der Menge verschwunden. In diesem Moment fiel ihm jene geistreiche Bemerkung ein, nach der er vorher verzweifelt gesucht hatte. Etwa fünf Meter zu spät.

Peck sah auf die Uhr und erhob sich. Höchste Zeit fürs Büro.

*

Drei Mal hatte Braunschweiger Konrad Feuerbach angerufen, doch der meldete sich nicht. Der zweite auf der Liste, die Peck von dem Oberstleutnant in Ried erhalten hatte, war Florian Mündl, der damals als fünfzigjähriger Oberwachtmeister von der Zehner-Kaserne nach Salzburg versetzt wurde. Müsste jetzt an die siebzig sein, dachte Braunschweiger. Mit Hilfe einer List war es ihm am Telefon gelungen, von einer freundlichen Frau am Einwohnermeldeamt die Adresse Mündls zu erfahren. Eichenstraße 45 in Anif. Nicht weit von der Autobahn entfernt.

Das Haus Nummer 45, ein Stück von der Straße zurückgesetzt, war ein aus den Sechzigerjahren stammender kistenförmiger Wohnblock mit einem schmalen Rasenstreifen und noch nie geschnittenen Sträuchern vor der Eingangstür, die weit offen stand.

Braunschweiger blieb noch etwas im Auto sitzen, ordnete seine Gedanken und überlegte sich ein paar messerscharfe Fragen, die er dem Mann stellen würde. Für einen Moment schoss ihm der Gedanke durch den Kopf, Florian Mündl wäre tatsächlich der Mörder und ihm würde es in der nächsten Minuten gelingen, den Serienkiller dingfest zu machen. Wie sollte er konkret vorgehen? Die erste Stufe einer Vernehmung sollte stets darin bestehen, den Deliquenten in die Enge zu treiben, ihn nach seinem Alibi auszuquetschen und danach in ein gnadenloses Kreuzverhör zu verstricken. Wenn Mündl der Mörder war, würde Braunschweigers Cleverness ausreichen, um die Wahrheit aus dem Mann herauszupressen.

Er warf einen Blick auf das riesige Feld voller Klingelknöpfe, je zwölf neben- und vier übereinander. Er fand den Namen Mündl als fünfter von links in der vierten Reihe von unten. Oberster Stock wahrscheinlich.

Leise Musik drang durch die Wohnungstür und es dauerte nicht lange, bis ihm eine ältere, schwarz gekleidete Frau öffnete.

»Ich möchte zu Herrn Mündl«, sagte Braunschweiger.

Die Frau lächelte und winkte ihn herein. »Das ist nett, dass Sie vorbei kommen. Florian hätte sich sehr gefreut darüber.«

Braunschweiger war verwirrt. »Ist er nicht da?«

»Doch, doch. Im Schlafzimmer. Kommen Sie.«

Viele Menschen, alle schwarz gekleidet, drängten sich im überheizten Vorzimmer. Sie sprachen leise miteinander. Irgendwo im Hintergrund hörte man das ungehemmte Weinen eines Kindes. Im Vorbeigehen gelang Braunschweiger ein Blick in die kleine Küche, auch dort standen zwei Frauen mit Blumen und drei Männer mit Biergläsern in der Hand.

»Gehen Sie nur weiter«, sagte die Frau, die ihn eingelassen hatte und er spürte ihre Hand im Rücken, die ihn nach vorne schob. »Unser lieber Florian ist im Schlafzimmer.«

»Ist er krank?«, wollte Braunschweiger fragen, ließ es aber sein, da er in diesem Moment ins Schlafzimmer bugsiert wurde.

Dort lag ein Toter, feierlich im Doppelbett aufgebahrt. Links und rechts des Bettes standen Kerzen und das Fußende zierte eine Blumenvase mit Chrysanthemen, die ihre leicht bräunlichen Köpfe hängen ließen. Eine Frau und ein junger Mann saßen neben dem Bett und murmelten etwas, das sich wie ein Gebet anhörte.

Versteinert stand Braunschweiger neben den Chrysanthemen und wusste nicht, was er tun sollte. Er wusste nicht einmal, was er denken sollte.

Die Leiche, bei der es sich wohl um Florian Mündl handelte, lag mit über der Brust gefalteten Händen, in einen dunklen

Anzug gekleidet und perfekt frisiert in der Mitte des Doppelbettes. Das Gesicht war eigenartig starr.

Zu spät, dachte Braunschweiger, dieser Zeuge wird mir nichts mehr verraten. Ein respektvolles Flüstern riss ihn aus seinen Gedanken.

»Sind Sie ein Freund Florians?«

Ein Vollbart mit einem schlanken Herrn, war Braunschweigers erster Gedanke, als er sich umdrehte und den Mann sah, der, den Kopf neugierig nach vorn gereckt, hinter ihm stand.

»Wenn Sie mich so fragen ... annäherungsweise«, sagte er, warf noch einen Blick auf das wächsern gelbe Gesicht der Leiche, dann spürte er, wie Übelkeit in ihm aufstieg.

»Es ging alles so schnell.« Der Vollbart flüsterte, als ob Gefahr bestünde, dass der Tote wieder aufwachte. Jetzt, wo er wusste, dass Braunschweiger ein Freund war, bekam der Mann einen freundlicheren Gesichtsausdruck.

»Gestern Abend war Papa noch gut gelaunt. Und dann plötzlich ... patsch, lag er da. Mausetot. Akuter Koronarinfarkt mit kardiogenem Schock, sagte der Arzt. Ich weiß zwar nicht, was das ist, aber ich möchte es nicht haben.«

Braunschweiger verbeugte sich leicht und flüsterte: »Sie sind der Sohn ... Mein Beileid.«

Der Vollbart machte eine kleine Verbeugung und hielt Braunschweiger die Hand hin. »Siegfried Mündl. Papa nannte mich Siegi.«

»Ich kenne Ried im Innkreis gut«, schwindelte Braunschweiger. »Dort haben Sie doch Ihre Kindheit verbracht.«

Sein Gegenüber runzelte die Stirn, als ob er Braunschweigers Bemerkung erst verarbeiten müsste. »Setzen wir uns drüben hin«, sagte er dann.

Braunschweiger folgte dem Mann ins Wohnzimmer, das spartanisch, aber nicht ungemütlich eingerichtet war.

Siegi Mündl wies auf einen Sessel und setzte sich Braunschweiger gegenüber, so knapp, dass sich ihre Knie berührten. Ein guter Mittvierziger, dessen zerfurchtes Gesicht die Spuren langjährigen Alkoholkonsums offenbarte. Das fettige, dünne Haar war glatt zurückgekämmt, nur einige Strähnen standen störrisch seitlich vom Kopf weg und unterstrichen den ungepflegten Eindruck. Aber es waren hellwache Augen, die Braunschweiger beobachteten.

»Ich habe mehr als meine Kindheit in Ried verbracht. Nach der Schule habe ich im Hotel Kaiserhof Koch gelernt und mein Vater hat mir geholfen, einen Job beim Bundesheer zu bekommen.«

»In Ried?«

»Als Feldkoch in der Zehnerkaserne.«

»Arbeiten Sie heute noch dort?«

»Ich habe mir vor einiger Zeit einen Job in Salzburg gesucht.«

»Arbeiten Sie nach wie vor als Koch?«

»Einmal Koch, immer Koch.« Er grinste. »Heute bin ich Chefkoch im Landgasthaus und Restaurant Rechenwirt in Salzburg.«

»Wenn man seine Kindheit und Jugend in einer kleinen Stadt wie Ried verbringt ... da kennt man doch viele Leute«, fragte Braunschweiger lauernd.

»Vor allem Mädchen und Frauen ... das war meine Sturm- und Drangzeit damals. Warum fragen Sie mich das? Sind Sie in Ried zu Hause?«

»Fast ungefähr. Kannten Sie eine Susanne Wenz? Sie hat bei einem Notar gearbeitet.«

»Meinen Sie Susi? Die kannte ich gut. Ein scharfer Feger. Wir sind miteinander gegangen ... nicht lange. Zuerst kam ein anderer und hat sie mir weggeschnappt und ein paar Wochen später hat sie einer umgebracht.« Er fuhr sich mit dem ausgestreckten Zeigefinger quer über den Hals.

»Wer war das?«

»Was meinen Sie?«

»Wer hat sie Ihnen weggeschnappt?«

»Martin hieß er. Er war der Rieder Buchhändler. Ein langweiliger Affe übrigens. Hat nur über Bücher und Literatur geredet und so.«

»Wie hieß dieser langweilige Martin noch?«

»Martin Kalupka.«

»Ich war lange nicht mehr in Ried. Hat Kalupka seine Buchhandlung noch dort?«

»Der ist von einem Tag zum anderen aus Ried verschwunden. Die Buchhandlung existiert noch, aber Martin soll sich in Amerika aufhalten.«

Mündl sah auf die Uhr und erhob sich. »Ich muss wieder rüber. Die Toten rufen. Sie entschuldigen mich bitte.«

Braunschweiger bedankte sich, verließ die Wohnung und zog sein Handy aus der Hosentasche.

*

Peck hatte sich angewöhnt, seinen Arbeitstag im Büro mit einem Blick aus dem Fenster auf die zu jeder Tageszeit stark befahrene Innsbrucker Bundesstraße zu beginnen. Gleichzeitig startete er mit diesem Ausblick einen Vorgang, der für sein Wohlbefinden wichtig war, nämlich der Versuch, sich selbst als Subjekt wahrzunehmen. Es gibt es nichts Wichtigeres, sagte er sich, als sich selbst zu erkennen, denn nur dann weiß man, wer man ist. Und war nicht die Selbsterkenntnis eine der Voraussetzungen für jenes Selbstbewusstsein, das Peck für den Umgang mit seinen Klienten brauchte? Und für den Umgang mit Sophia.

Die Methode, die Peck bei Jean Paul Sartre kennengelernt hatte, hieß: Sich seiner selbst bewusst werden durch den Blick eines Anderen. Peck praktizierte dieses Verfahren hier am Fenster, wobei er das Gebäude nutzte, das seinem Büro gegenüber lag und ihm den ewig gleichen Blick in einen hell erleuchteten Büroraum bot. Wie in einer kleinen Guckkastenbühne saßen dort zwei mittelalterliche, grau gekleidete Frauen vor dem Bildschirm, führten endlos lange Telefongespräche und schlugen auf die Tastatur ihrer Notebooks. Schreibbüro, dachte er, Briefkastenfirma oder Call Center.

Einem von ihm erarbeiteten Ritual folgend stellte sich Peck nah ans Fenster und hob beide Hände, was von drüben eigenartig aussehen musste, aber so gelang es ihm, innerhalb kurzer Zeit die Aufmerksamkeit einer der beiden Frauen auf sich zu lenken. Und das war es, worauf es ankam. In diesem Moment brachte Peck Sartre ins Spiel. War es nicht so, dass jeder Mensch Zweifel haben musste, überhaupt zu existieren, solange er allein war? Sobald jedoch die Frau auf der anderen Straßenseite den Kopf hob, zu ihm herübersah und ihm manchmal sogar zuwinkte, änderte sich nach Sartre alles. Erst der Blick des Anderen, in diesem Fall der grauen Frau von gegenüber, war es, dass sich Peck seiner eigenen Existenz bewusst wurde.

Freundlich winkte er der grauen Frau kurz zurück und machte einen Schritt vom Fenster weg. Zweck erfüllt. Sie hatte ihn gesehen. Also existiere er.

Peck war gerade damit beschäftigt, den täglichen HÄGAR-Comicstrip aus der Zeitung auszuschneiden, als Funke ohne anzuklopfen hereinstürmte und vor dem Schreibtisch stehen blieb.

»Du könntest die Besucher wenigstens ansehen, die in dein Büro kommen.«

»Du hast nicht angeklopft«, sagte Peck. »Außerdem habe ich wichtige Dinge zu erledigen.«

»Das sehe ich.«

»Setzen.«

»Was macht unser Fall?«

»Braunschweiger hat mich vorhin angerufen. Er hat einen der Soldaten aufgetrieben, die vor achtzehn Jahren von Ried in eine Kaserne nach Salzburg versetzt wurden. Aber er konnte den Mann nicht befragen.«

»Warum nicht?«

»Er ist tot.«

»Wie tot?«

»Sehr tot. Herzinfarkt.«

Funke holte eine Packung Zigaretten aus der Tasche und

steckte sie knurrend wieder ein, als Peck auf das Schild RAUCHVERBOT an der Wand zeigte.

Peck klopfte auf den Aktenordner, der auf seinem Tisch lag, was eine kleine graue Staubwolke auslöste. »In einer der alten Akten stieß ich auf den Namen einer gewissen Eva Pollinger. Sie soll auf einem Parkplatz in der Nähe des Mattsees überfallen worden sein, hat aber überlebt. Und der Mann ist geflüchtet. Was ich vermisse, ist die Aussage dieser Pollinger.«

»Ich weiß.« Funke runzelte die Stirn, was ihm ein gramgebeugtes Aussehen verlieh. »Aus manchen Ordnern sind Unterlagen verschwunden.«

»Wie … verschwunden?«

Funke warf seine Arme in die Luft. »Ich habe mich genügend geärgert. Irgendjemand hat Papiere entfernt in den zwanzig Jahren, seitdem die Unterlagen im Archiv liegen. Ich kann es auch nicht ändern.«

Peck grinste. »Ich kenne Leute, die entführen nicht nur einzelne Papiere, sondern kiloweise ganze Aktenordner aus dem Polizeikeller.«

Funke machte eine beleidigende Handbewegung.

»Diese Eva Pollinger müssen wir finden«, sagte Peck. »Sie ist die einzige, die den Mörder gesehen hat. Hat man damals diese Spur nicht erkannt? Oder erkannt und nicht weiter verfolgt?«

»Ich habe einen meiner früheren Kollegen gebeten, den Aufenthaltsort dieser Pollinger herauszufinden. Und ich bin morgen am Einwohnermeldeamt. Wenn sie noch lebt, finden wir sie.«

»Was macht unser Fall, hast du vorhin gefragt …«

»Und?«

»Ich habe nach wie vor das Gefühl, dass Braunschweiger und ich die einzigen sind, die mit wirklichem Engagement bei der Sache sind.«

»Dein Gefühl täuscht.«

»Was ist zum Beispiel mit Martin Kalupka? Er ist einer der Verdächtigen im Mordfall Susanne Wenz. Der Bursche ist in den USA untergetaucht und du wolltest dich darum kümmern, seinen Aufenthaltsort herauszufinden.«

»Ich habe die Leute in der Alpenstraße, die das für mich erledigen, erst gestern gemahnt. Sie kümmern sich darum. Sagen sie.«

»Braunschweiger und ich haben mit deinem ehemaligen Mitarbeiter Erwin Gallus gesprochen. Das hat uns gezeigt, dass sich an der Situation seit zwanzig Jahren nichts geändert hat.«

»Welche Situation?«

»Wir wissen zu wenig über Serienkiller.«

Funke sah auf die Uhr. »Sie müsste jeden Moment da sein.«

»Wer?«, fragte Peck.

»Die Psychologin.«

»Eine Frau? Ich dachte, du hast einen psychologischen Mann engagiert.«

»Das ist sie«, sagte Funke.

Peck sprang auf und öffnete. Vor ihnen stand eine attraktive Frau mit dunkel gelocktem, schulterlangem Haar. An ihren Ohren baumelten dünne, goldene Ringe.

»Darf ich dich mit Dr. Christiansen bekannt machen«, sagte Funke.

Peck zuckte zusammen und starrte die Frau an.

»Vielen ist der Tisch bereitet. Und das Haus ist wohlbestellt«, sagte sie mit einem spöttischen Funkeln in ihren Augen. »Man trifft sich immer zwei Mal im Leben.«

Peck erinnerte sich, dass ihm bereits im Café Tomaselli ihre strahlend blauen Augen aufgefallen waren, die von winzigen Lachfalten umgeben waren.

»Haben Sie das Trakl-Museum gefunden?« Peck fiel auf, dass seine Stimme belegt klang.

»Ihr kennt euch?«, fragte Funke.

»Wir kennen uns«, sagte Peck.

Sie trug das gleiche figurbetonte Samtkleid und dazu eine taillierte, eng geknöpfte Jacke.

»Wir haben vor zwei, drei Jahren bei einem Fall zusammengearbeitet. Frau Dr. Christiansen hat einen Lehrauftrag an der

Donau-Uni Krems.« Funke sagte es mit Stolz in der Stimme, als ob er über seine Tochter spräche. »Ihr Fachgebiet ist die klinische Psychologie.«

»Und Gesundheitspsychologie«, ergänzte sie mit einem, wie Peck fand, außerordentlich charmanten Lächeln. »Ich bin zurzeit dabei, mich auf die Kriminologie serieller Tötungsdelikte zu spezialisieren. Besonders interessiere ich mich für die Sozialisationshintergründe und psychodynamischen Ansätze von Serienmördern.«

»Sozialisationshintergründe und Psychodynamik«, wiederholte Peck. Er hatte keine Ahnung, was man darunter verstehen konnte.

Funke nickte der Frau zu. »Das wird unsere Arbeit voranbringen.«

Es entstand eine längere Pause, bis Peck das Wort ergriff. »Wie gehen wir jetzt konkret vor?«

»Ich kenne den Fall des Mattseemörders nur in Umrissen. Deshalb möchte ich damit starten, die Unterlagen zu studieren.« Sie lachte. »Mich einlesen, sozusagen.«

»Und dann?«, fragte Peck.

»Zuerst stopfe ich mich mit Fakten voll und dann denke ich darüber nach. Und meist ist das, was hernach herauskommt, sinnvoll für den Auftraggeber. Versprechen kann ich jedoch nichts. Und noch etwas: Ich werde Ihnen meine Unterstützung nicht aufdrängen.«

Dräng dich ruhig auf, dachte Peck.

»Drängen Sie sich ruhig auf«, sagte Funke.

»Das, was hernach herauskommt, sagten Sie …« Peck überlegte, wie er den Satz beenden sollte. »Ist das so etwas Ähnliches wie ein Täterprofil?«

»Sie halten nicht viel von Profilern, stimmt's?« Sie lachte.

Funke sah auf die Uhr. »Ich muss los.«

»Können Sie mich im Hotel abliefern?« Hilfebedürftig deutete sie auf die übereinandergestapelten Aktenordner. »Sind das alle?«

»Bis auf einen«, sagte Peck. »Den studiere ich gerade.«

Sie erhob sich und gab Peck die Hand. »Ich rufe Sie an.« Sie lächelte. »Wegen des Serienmörders, meine ich.«

8. Kapitel

Bevor Peck ins Auto stieg, studierte er noch einmal die Akten über den Mord an Dorothea Grüner. Sie war Opfer Nummer fünf gewesen.

Es war ein Dienstag am frühen Nachmittag, als Robert und Marianne Güssing, ein Ehepaar aus dem Stadtteil Aigen, die Leiche entdeckten Die Tote lag, notdürftig verscharrt und mit Laub und Zweigen zugedeckt, in einer Bodenmulde. Das Ehepaar, das mit ihrem Boxerhund von Höhenwald, einem zu Elsbethen gehörigen Weiler nach Glasenbach unterwegs war, wanderte den Klausbach entlang. Wenige Meter von der Stelle entfernt, an der der Lettenbach in den Klausbach mündet, stießen sie auf die Tote. Da der Körper deutliche Verwesungs- und Bissspuren aufwies, gehen die Ermittler davon aus, dass die sterblichen Überreste schon länger in dem Waldgebiet gelegen haben. Die Ermordete konnte rasch als die fünfundzwanzig Jahre alte Prostituierte Dorothea Grüner identifiziert werden. Als Todesursache wurde Erstickung durch Erwürgen angenommen. Kampfspuren am Fundort führten zu dem ersten Eindruck, dass das Opfer am Fundort ermordet wurde.

Der Himmel hatte sich bewölkt und es begann leicht zu nieseln. Aufgrund warnender Verkehrsdurchsagen beschloss Peck, die Innenstadt zu meiden, sodass er am Kreisverkehr beim Steinlechner rechts abbog und den Kapuzinerberg umrundete.

Das Ehepaar Grüner wohnte in einem Wohnblock der Salzachsiedlung in Liefering.

Was er hier zu sehen bekam, war genauso trübe wie das Wetter. Es war zwar während der letzten Jahre viel renoviert worden, aber die Straße, in der die Grüners lebten, machte immer noch einen tristen Eindruck. Peck parkte nicht direkt vor dem Haus, sondern eine Nebenstraße entfernt und ging im Nieselregen zur Nummer elf zurück, einem monströsen vierstöckigen Häuserblock mit unansehnlicher hellbrauner Fassade und vielen Fenstern mit schief hängenden Jalousien oder ganz ohne Vorhänge.

Das Treppenhaus war schmutzig, leere Bierflaschen standen auf der Stiege. Es roch schwach nach irgendeiner Chemikalie.

Der Mann, der öffnete, war ein paar Zentimeter kleiner als Peck. Er trug eine dunkle Hose und eine ausgewaschene Strickweste, die früher einmal rot gewesen sein könnte.

»Lukas Grüner.« Er streckte Peck die Hand hin.

»Peck. Ich habe mit Ihrer Frau telefoniert.«

»Kommen Sie rein.«

Er führte Peck ins Wohnzimmer und deutete auf einen der Stühle, die um den quadratischen Tisch standen. Eine Frau kam ins Zimmer. Sie war breit und groß, ihre Haare waren kurz geschnitten. In der rechten Hand hielt sie eine Fernsehzeitung, die sie auf den Couchtisch fallen ließ.

»Dürfen wir Ihnen was zum Trinken anbieten?«, fragte der Mann.

»Überlass das mir«, unterbrach sie ihn. »Dürfen wir Ihnen was zum Trinken anbieten?«

Peck bat um ein Glas Wasser und setzte sich. Die Frau ging in die Küche und kam mit einem Glas Wasser wieder.

»Sie sind von der Polizei?«

»Ich arbeite mit der Polizei zusammen.«

»Unsere Tochter starb vor achtzehn Jahren. Was soll das Ganze?«, fragte die Frau und schob ihm das Glas hin. »Warum kommen Sie jetzt, nach dieser langen Zeit?«

»Um Ihre noch nicht gestellte Frage zu beantworten«, sagte Peck. »Es gibt keine neuen Erkenntnisse. Wir nehmen aber die Sache sehr ernst und …«

Der Mann unterbrach ihn. »Das heißt, dass Sie damals die Sache nicht ernst genommen haben.«

Peck überlegte, ob das eine Frage oder eine Feststellung war, kam aber zu keinem Ergebnis und beschloss, den Einwurf zu ignorieren.

»Es war furchtbar«, sagte die Frau, der die Tränen in die Augen schossen. »Ich weiß es noch, als ob es gestern gewesen wäre. Da kam der Anruf des Polizisten, der nach Dorli gefragt hat. In diesem Moment war mir sofort klar, dass etwas Furchtbares mit ihr passiert war.«

Der Mann legte die Hand auf die Schulter seiner Frau, während er Peck nicht aus den Augen ließ. »Sie nimmt sich alles sehr zu Herzen, selbst nach so vielen Jahren.«

Mit einer schroffen Bewegung schob die Frau seine Hand weg. »Der Polizist sagte uns, dass Dorli erwürgt wurde.«

»Diese Schweine von der Zeitung haben behauptet, dass unsere Tochter eine Prostituierte war. Kein Wort davon ist wahr.«

»Sind Sie sofort hingefahren?«, fragte Peck. »Wo man ihre Tochter gefunden hat, meine ich.«

»Die Polizei sagte uns, dass wir nicht hinkommen, sondern warten sollten, bis man unser Mädchen ins Krankenhaus gebracht hat.«

»Natürlich sind wir hingefahren. Dorli brauchte kein Krankenhaus mehr.« Die Frau schnäuzte sich laut und strich sich mit dem Taschentuch über die Augen. »Wie sie da lag ... es war furchtbar.«

»Ihre Tochter lag mindestens zwei Tage da oben im Wald. Das muss Ihnen doch zu denken gegeben haben, ich meine ... hatten Sie keinen Kontakt zu ihr?«

Die Frau warf ihrem Mann einen raschen Blick zu. »Dorothea lebte ihr eigenes Leben. Sie hatte eine schöne, große Wohnung in der Altstadt ... da sieht man sich nicht jeden Tag, verstehen Sie?«

In diesem Moment fiel ein Sonnenstrahl ins Zimmer und durch das schmutzige Fenster sah man, dass das Wetter aufgeklart hatte. Auf der Couch lagen eine fleckig-graue Decke, zahllose Polster und ein überdimensional großer Teddybär. Peck kam es vor, als ob ihn der Bär mit starrem Blick von der Seite beobachtete.

Den Boden bedeckte ein Fleckerlteppich in gedämpft grauen Farbtönen. So vieles war grau in dieser Wohnung, kein einziges

Gemälde hing an der Wand, um die düstere Stimmung aufzuhellen. Nur über der Couch stand ein gerahmtes Foto, das ein vielleicht sechzehnjähriges, blondes Mädchen zeigte, die strahlend in die Kamera lachte.

»Ist das Dorothea?«

Ohne hinzusehen sagte die Frau: »Ein Holzrahmen und ein Nagel in der Mauer ... das ist alles, was von ihr übriggeblieben ist.«

»Und ein Lächeln«, ergänzte der Mann.

»Ihre Tochter soll ein paar Tage vor dem Mord von einem Mann bedroht worden sein.«

»Wer sagt das?« Erregt hob die Frau den Kopf.

»Ich habe die Akten gelesen. Die Polizei hat damals mit einer der Freundinnen Ihrer Tochter gesprochen, die zu Protokoll gab, dass ihr Dorothea dies erzählt habe.«

»Das muss diese Irene gewesen sein«, sagte der Mann.

»Mit dieser Irene würde ich gerne reden.« Peck zückte sein Notizbuch. »Haben Sie noch Kontakt zu ihr?«

Der Mann lachte kurz auf. »Diese Art von Freundinnen hatte Dorli viel. Und mit Irene können Sie nicht reden. Die ist tot. Aids.«

Peck überlegte, wie er den nächsten Satz formulieren sollte. »Ihre Tochter ... sie war der Polizei nicht unbekannt.«

Die Frau wischte über ihre Augen, obwohl diese trocken waren. »Dorothea hatte einige Male Pech gehabt in ihrem Leben. Mit ihren Beziehungen und im Beruf. Sie hatte einen guten Job bei einer Firma in Hallwang ... Sekretärin oder so. Die Firma ging pleite und sie stand auf der Straße.«

Und da ist sie geblieben, dachte Peck.

»Unsere Tochter ging auf den Strich«, sagte der Mann. »Das ist die Realität.«

Seine Frau hob den Kopf und sah ihn entgeistert an. »Was erlaubst du dir? Wie sprichst du über meine Tochter?«

»Dorli war auch meine Tochter. Sie hat sich an Männer verkauft. Und einer ihrer Freier hat sie umgebracht.«

»Aber warum in dieser abgelegenen Gegend? Da kommt man kaum hin mit dem Auto.«

»Sie hat damals zwei Jahre als Prostituierte gearbeitet, zuerst für ein paar Monate in einem Club in der Nähe vom Bahnhof. Dort hat sie wohl den Kontakt zu Drogen gefunden, jedenfalls wurde sie wenig später aus dem Puff hinausgeworfen.«

»Lukas!« Die Frau schrie es laut heraus. »Du sprichst von unserer Tochter.«

Er nickte mehrmals. »Ich spreche von unserer Tochter.«

Peck fragte nach weiteren Freunden oder Bekannten der Tochter, musste jedoch nach einigen vergeblichen Anläufen einsehen, dass das Gespräch keine weiteren Erkenntnisse bringen würde.

Nachdem Peck die Wohnungstür hinter sich geschlossen hatte, hörte er in der Wohnung die schrille Stimme der Frau, die wenige Augenblicke später in ein Schluchzen überging.

Peck war froh, dem grauen Mief der Wohnung entkommen zu sein und atmete tief durch. Es hatte aufgehört, zu regnen, noch hingen aber graue Wolken über der Stadt. Der nasse Asphalt glänzte und von den Ästen der Bäume fielen schwere Tropfen. Peck brachte sich auf dem Gehsteig in Sicherheit, als ein vorbeifahrendes Auto eine Wasserfontäne hinter sich her zog.

*

Braunschweiger blätterte in seinem Notizheft, bis er die Eintragung fand. *Bibliothek Mattsee, Lesung, Albert Roller, Schriftsteller.*

Einen eigenartigen Zeitgenossen hatte sein Chef den Dichter genannt. Dichter oder Schriftsteller, dachte Braunschweiger und überlegte, was der Unterschied war. Ein Dichter dichtet Wasserleitungen ab und ein Schriftsteller schreibt Dichtungen hatte ihm sein Vater erklärt, aber Braunschweiger glaubte das nicht. Oft hatte er daran gedacht, selbst einen Roman zu schreiben und seitdem verfolgte ihn die Frage, ob das ein schwieriges Unterfangen war. »Wie schreibe ich einen verdammt guten Roman?« hieß der Ratgeber im Internet, dem er entnahm, dass es sehr einfach wäre, ein Buch zu verfassen, solange man nur folgender Empfehlung folgte: ›Schreibe einen Satz nach dem anderen‹. Nach dieser gut verständlichen Anweisung zog er sein literarisches Projekt konsequent durch. Schon seit den Kindertagen liebte Braunschweiger Cowboygeschichten über alles, sodass für ihn nur ein Wildwestroman in Frage kam. Der Titel war rasch gefunden: »Der Gaucho vom Rio Grande«. Vor zwei Jahren hatte er mit dem Schreiben des Romans begonnen und vor einer Woche war er bereits auf Seite 26 angekommen. Schriftsteller Braunschweiger stufte dies als passablen Fortschritt ein, zumal er das Manuskript Seite für Seite handschriftlich zu Papier brachte, dann sofort mehrere Male korrigierte, an Formulierungen feilte und vor allem die Dialoge zwischen Oklahoma Bill, seinem Helden, und der blonden Jenny mehrmals überarbeitete, bis sie seinen kritischen Ansprüchen genügten. Während er noch über die Frage nachdachte, ob er den Roman unter seinem wirklichen Namen oder einem Pseudonym veröffentlichen sollte, fand er nach einigem Suchen einen Parkplatz vor der Raiffeisenbank, lief die Seestraße hinunter und stand erhitzt vor dem Plakat an der Eingangstür der Bibliothek:

AUTORENLESUNG
Albert Roller liest aus seinem Buch
EINSTEINS FEHLER: DIE RELATIVITÄTSTHEORIE IST NICHT RELATIV.

*

Unter verhaltenem Applaus und leicht schwankend betrat der Autor die behelfsmäßige Bühne mit der für eine Null-acht-fünfzehn-Lesung typischen Ausstattung: Tisch, Stuhl, Leselampe und Wasserglas. Verdammt, dachte er, den letzten Schnaps nach dem Essen hätte er stehen lassen sollen. Neben ihm an der Wand hing ein Poster, das auf die nächste Lesung in zwei Wochen hinwies. »Der Esoteriker Waldorf Schlaubäcker liest aus seinem neuesten Buch *Individuell, eigenverantwortlich selbstbestimmt und nachhaltig in die Welt der Geografie reisen und in andere Welten, die es auch noch geben soll.*« Was es alles gibt, dachte der Autor.

Drei Männer waren unter den Zuhörern. Der große Rest des Publikums war weiblich. Männer lesen nicht … das bestätigte sich wieder einmal. Dabei war das Thema seines Buches ein rein naturwissenschaftliches. Das müsste vorwiegend Männer interessieren. Tat es aber nicht.

Direkt vor ihm in der ersten Reihe saßen fünf mittelalterliche Damen nebeneinander und sahen ihn freundlich lächelnd und mit erwartungsvollem Blick an.

Er fühlte sich unkonzentriert, konnte aber nicht sagen, warum. Seit einigen Tagen schreckte er regelmäßig in der Nacht hoch und konnte dann nicht wieder einschlafen. Nächstes Jahr wurde er vierundsechzig und immer öfter befürchtete er, nicht mehr lange zu leben. Er dachte an seine Eltern und Großeltern und daran, dass ein hohes Alter offenbar nicht in den Genen seiner Familie lag. Nimm dich zusammen und konzentrier dich. Jetzt geht es um dein Buch und darum, einen guten Eindruck auf die Leute da unten zu machen, auch wenn sie nichts verstanden von Einstein und seinen Relativitätstheorien. Er lächelte innerlich. Sein Blick fiel auf zwei weißhaarige Frauen in der ersten Reihe, die wie Zwillinge aussahen und ihn blöd anlächelten. Einsteins Perlen vor die Laien geworfen. Es war ein Fehler gewesen, in dieses literarische Provinznest zu kommen. Aber sein Verlag hatte ihn dazu gedrängt. Wenn die Leute nicht in die Buchhandlungen gehen, um Ihr Buch zu kaufen, müssen Sie zu Ihren Kunden pilgern, hatte sein Verleger ihm gepredigt. Sein Fehler, auf den Verleger zu hören. Er hätte es wissen müssen. Bereits im spiritistischen Freundeskreis war er mit seinen Ansichten auf Ablehnung und Unverständnis gestoßen. Hedda hatte ihn sogar offen ausgelacht, als er versuchte, ihr die wesentlichen Fehler zu erläutern, die Albert Einsteins Relativitätstheorie unhaltbar machte. In einem Moment wie diesem hatte er alles so satt, das jammervolle, bürgerliche Leben, die eigene Frau wie seinen langweiligen Beruf. Früher war alles besser gewesen. Wieder überkam ihn ein Lächeln und während er an früher dachte, spürte er, wie sein Mund trocken wurde. Jetzt ein großes Glas Schnaps … Plötzlich fühlte er sich allein, einsam und fremd. Er richtete sich auf und rief sich zur Ordnung.

Die Leiterin der Bibliothek kletterte auf die Bühne, stellte sich neben ihn, wobei sie sich mit einer Hand auf dem Tisch abstützte. Er hörte nur oberflächlich zu, was sie sagte, irgendetwas von großer Freude und dass sie alle willkommen hieße. Obwohl sie es in einem langweilig leiernden Tonfall sagte, lächelten die mittelalterlichen Damen in der ersten Reihe noch freundlicher und erwartungsvoller als vorhin.

Verdammt, warum hatte er sich diese Veranstaltung angetan? Während die Frau, die neben ihm stand, zum dritten Mal wiederholte, wie sehr sie sich über den zahlreichen Besuch freute, beobachtete er die Tür im Hintergrund und den Mann, der soeben den Raum betrat. Irgendetwas stimmte nicht mit dem Typen, war sein erster Gedanke. Er passte nicht hierher. Der Mann hatte senffarbene, eigenartig gescheitelte Haare und bestimmt fünfzehn Kilos zu viel. Man kann zwar in einen Menschen nicht hineinsehen, doch dieser Mann sah nicht wie ein Bücherfreund aus. Eine der Bibliotheksangestellten ging auf den Mann zu, flüsterte ihm etwas ins Ohr und zeigte auf einen freien Platz in der zweiten Reihe.

Magerer Applaus erklang. Die Leiterin der Bibliothek wirkte verwirrt, als sie ihre Rede beendet hatte, als ob sie mit frenetischem Beifall gerechnet hätte. Wie verunsichert trat sie zwei kleine Schritte zurück. Dann wies sie auf ihn und sagte: »Wir freuen uns auf Ihre Lesung.«

Wir freuen uns auf Ihre Lesung. Die Freude bei den Zuhörern hielt sich jedenfalls in Grenzen. Das anfängliche Interesse war nach wenigen Minuten einer für alle sichtbaren Gleichgültigkeit gewichen. Einstein und seine Theorien interessierten kein Schwein. Selbst die vorhin so erwartungsfrohen Gesichter der Frauen in den ersten Reihen wirkten wie eingefroren. Nur der Mann mit den senffarbenen Haaren in der zweiten Reihe verfolgte seine Rede mit sichtbar großem Interesse und einmal machte er sich sogar Notizen. Was schreibt der auf, dachte er, bevor er sich wieder auf seine Rede konzentrieren musste.

Nach zwanzig Minuten beendete er vorzeitig die Lesung. Höflicher Applaus plätscherte durch den Raum. Er erhob sich und kämpfte einen Moment mit seinem Gleichgewicht. Von neuem stieg Übelkeit in ihm hoch.

Hektische Betriebsamkeit herrschte im Raum, während sich die Menschen, laut miteinander diskutierend, zum Ausgang schoben. Nur der Mann mit dem senffarbenen Haar bewegte sich nicht, sondern starrte ihn an. Der Mann passte nicht hierher, dachte er wieder und beschloss, ihn anzusprechen. Albert Roller stieg die drei Stufen von der Bühne hinunter und näherte sich dem Mann von der Seite.

»Interessiert Sie Einstein?«

»Wenn Sie mich so fragen … annäherungsweise.« Dann verbeugte sich der Mann mit dem senffarbenen Haar und es hörte sich an, als ob er gleichzeitig die Hacken zusammenknallte. »Gestatten, Braunschweiger.«

9. Kapitel

Peck hatte kurz mit Frau Schütz telefoniert und seinen Besuch für vier Uhr angekündigt. Der Himmel war dunkel verhangen, als Peck nach Mehrnbach fuhr, einer Gemeinde in Oberösterreich, die im Osten direkt an das Stadtgebiet von Ried im Innkreis anschloss.

Gabriele Schütz, die Tochter der Familie, war vor zwanzig Jahren in einem Waldstück nördlich der Bundesstraße 141 gefunden worden. Opfer Nummer drei auf Braunschweigers Liste.

Bevor sich Peck ins Auto setzte, hatte er sich am Notebook die Geografie genauer angesehen. Die Fundstelle der Leiche war exakt acht Kilometer von der Kasernstraße in Ried entfernt. Zehn Minuten mit dem Auto von der Kaserne bis zum Tatort. Oder eine halbe Stunde mit dem Fahrrad. Oder eineinhalb Stunden zu Fuß. An dem Tag, an dem sie starb, hatte Gabriele um halb eins Unterrichtsschluss gehabt. Normalerweise fuhr sie mit dem Bus nach Hause, doch aus irgendeinem Grund, so vermutete die Polizei, ging sie an diesem Tag zur Rieder Straße und stieg in ein vorbeifahrendes Auto. Als das Mädchen zwei Stunden später noch nicht zu Hause angekommen war, fuhr Horst Schütz die Strecke bis zur Schule ab, nach weiteren zwei Stunden rief er die Polizei in Ried an.

Erst zwei Tage später und durch Unterstützung von Suchhunden fand man das Mädchen in dem Waldstück, nur sechs Autominuten vom Elternhaus entfernt.

»Ist das wirklich notwendig?«, fragte Horst Schütz, als Peck mit seinen Fragen begann.

Peck murmelte eine Entschuldigung.

»Gabi war für uns alles«, sagte der Mann und sah zu seiner Frau, die in einem bequemen Lehnsessel saß und wie verbissen mit den Stricknadeln klapperte.

»Einige Fragen nur.«

»Muss das sein? Sie stochern in alten Wunden herum.«

Eine halbe Stunde später verabschiedete er sich ohne nennenswerte Erkenntnisse wieder. Kein Wunder, nach zwanzig Jahren.

Deprimiert saß Peck noch einige Minuten im Auto, dann blätterte er in seinem Notizbuch, bis er die Eintragung fand: *Nächstes Treffen des Spiritistischen Freundeskreis Salzburgs. Heute um neunzehn Uhr, Gasthaus Grubmüller in Faistenau.*

*

Gasthaus Grubmüller entzifferte Peck das verwitterte Holzschild über der Eingangstür, dann stieg er ins Auto und parkte einige Meter vom Haus entfernt und außerhalb des Lichtkegels einer einsamen Straßenlampe. Von dort aus hatte er einen ungestörten Blick auf den restlichen Parkplatz und den Eingang des Gasthofs.

Halb sieben zeigte die Uhr, als ein Wagen auf den Parkplatz fuhr und zwei Männer in Kniebundhosen ausstiegen, die eifrig miteinander redend, zum Gasthaus marschierten.

Das Gasthaus Grubmüller lag in der Fuschlseeregion, weit weg von der Stadt und mit öffentlichen Verkehrsmitteln schwer zu erreichen. Pecks Ziel war, über die KFZ-Kennzeichen und mit Funkes Hilfe möglichst viele Fahrzeughalter zu eruieren.

Hoffentlich kam jeder mit dem eigenen Auto. Peck hätte nicht sagen können, warum ihm einige Mitglieder dieses spiritistischen Klubs verdächtig vorkamen. Vielleicht war es ihr Benehmen, das ihm eigenartig vorkam. Oder ungewöhnlich. Und ein Gefühl sagte ihm, dass es eine Verbindung zwischen diesen esoterisch angehauchten Menschen und den Kriminalfällen gab.

Langsam kroch nicht nur die Kälte die Beine hoch, sondern auch der Hunger in seinen Bauch. Gegenüber des Gasthauses war eine Metzgerei, bei der just in diesem Moment die Rollläden herunterratterten. Peck verfluchte sich. Er hätte genügend

Zeit gehabt, um zwei Leberkässemmeln zu kaufen. Er machte es sich auf seinem Sitz bequem, soweit dies mit knurrendem Magen möglich war und bereitete sich auf eine längere Wartezeit vor.

Nach zwanzig Minuten hielt ein etwas ramponierter Opel Astra genau unter der Straßenlampe. Die Frau, die mühsam und verkehrt herum aus dem Wagen kletterte, war unförmig dick. Umständlich verschloss sie den Wagen, prüfte zwei Mal nach, ob auch alle Türen gesichert waren, dann überquerte sie den Gehsteig und watschelte zur Tür des Gasthauses.

Die Uhr zeigte zwei Minuten nach sieben, als zwei weitere Wagen hintereinander auf den Parkplatz rollten. Aus dem ersten quälte sich Hedda, aus dem daneben parkenden Peugeot stieg der Typ, der wie Pecks früherer Deutschlehrer aussah. Hohe Stirn und schütteres, streng zur Seite gekämmtes Haar. Das war der Mann, der Peck als Herby vorgestellt worden war, angeblich eines der Gründungsmitglieder im Spiritistenclub. Peck hatte ihn eine Zeitlang beobachtet, als er ihm gegenüber saß, während Hedda versuchte, mit dem Jenseits Kontakt aufzunehmen. Herby, so erfuhr Peck, glaubte an verwunschene Orte und verborgene Kräfte. Entweder ist er ein phlegmatischer Mensch oder in der Lage, sein Temperament gut im Zaum zu halten, dachte Peck, während er sich die Kennzeichen notierte.

Albert Roller kam mit dem Taxi. Er kletterte aus dem gelben Mercedes, der fünf Minuten später auf den Parkplatz fuhr, der sich in der Zwischenzeit gut gefüllt hatte.

Der Herr Schriftsteller ist dauernd besoffen. War es nicht Funke, der dies sagte?

Während der nächsten zehn Minuten wurde es ruhig auf dem Parkplatz. Peck griff nach seinem Telefon, das auf dem Beifahrersitz lag, wählte Funkes Nummer und diktierte ihm die Autonummern, die er sich während der letzten halben Stunde notiert hatte.

»Wo bist du gerade?«, fragte Funke.

»Im Auto.«

»Und wo ist dein Auto?«

»Region Fuschlsee.«

»Und was machst du im Fuschlsee?«

»Am Fuschlsee. Zum Unterschied zu dir nehme ich die Ermittlungsarbeiten ernst.«

»Was soll der Vorwurf?«

»Der Vorwurf soll dich daran erinnern, dass du mir noch Antworten schuldig bist, zum Beispiel, was mit der Autonummer los ist, die ich dir vor einigen Tagen gegeben habe.« Peck blätterte in seinem Notizbuch. »SL 19 BLU. Die Nummer gehört zu dem verdächtigen Wagen, den ein Zeugen gesehen haben will, nicht weit von einem der Tatorte entfernt.«

»Jetzt erinnere ich mich. Sorry, habe ich verschwitzt. Diese KFZ-Nummer gibt es nicht. Und sie hat auch nie existiert. Der Zeuge muss sich geirrt haben.«

*

Als Peck Sophias Wohnzimmer betrat, schob sie gerade den Schrank von der einen Seite zur anderen. Pecks Lieblingssessel war lieblos neben die Tür gerückt worden. Da, wo er nicht hingehörte.

»Was machst du da?«

Sophia blieb mitten im Zimmer stehen und stemmte die Hände in die Hüften. »Ich stelle die Möbel um.«

»Warum?« Erregt zeigte er auf den Lehnstuhl. »Der Sessel hat die Seiten gewechselt. Das mag ich nicht.«

»Jeder muss manchmal die Seiten wechseln. Alle Frauen machen das von Zeit zu Zeit. Perspektivenwechsel nennen wir das.«

»Von Zeit zu Zeit ... Gegen einen Perspektivenwechsel habe ich nichts einzuwenden. Die Möbel verschoben hast du aber schon hundert Mal während der letzten Jahre.«

»Du übertreibst, mein Schatz.« Sie stemmte sich gegen den

126

schweren Eichenschrank, der mitten im Zimmer stand. »Hilf mir lieber.«

»Wo soll der hin?«

Sie dachte einen Augenblick nach, dann hob sie den Zeigefinger. »Da rüber.«

»Sophia! Da stand er schon mal. Und nicht nur einmal.«

»Das ist ein Jahr her. Hilf mir. Das Ding wiegt mehr als tausend Kilo.«

Peck stemmte sich mit aller Kraft gegen den Schrank und gemeinsam schafften sie es.

»Danke«, sagte Sophia, wischte sich über die Stirn und drehte sich um die eigene Achse. »Jetzt sieht das Wohnzimmer viel größer aus.«

»Perspektivenwechsel«, brummte Peck.

Eine halbe Stunde später war Ruhe eingekehrt, die plötzlich unterbrochen wurde, als Sophia sagte: »Da fällt mir ein … Ich habe dich gestern vor dem Tomaselli sitzen sehen. Die Frau neben dir war verdammt hübsch.«

»Warum bist du um diese Zeit nicht in deinem Buchgeschäft?«

»Ich musste zur Sparkasse. Also … Ansage mir frisch, wer war das Weib?«

»Das war rein dienstlich. Funke hat die Frau engagiert. Sie ist Psychologin und hilft uns, die tieferen Gedankengänge des Serienkillers zu verstehen.«

»Und wer versteht meine tieferen Gedankengänge?«, schnaufte Sophia.

In diesem Moment zuckte ein Blitz über den Himmel, der das Zimmer taghell erleuchtete, gefolgt von ohrenbetäubendem Donner. Sophia ging zum Fenster und zog den Vorhang zur Seite. Der Regen trommelte gegen die Scheibe, sodass man die Straßenlampe, die vor dem Haus stand, nur unscharf wahrnehmen konnte.

Als ein weiterer Donnerschlag das ganze Haus erschütterte, zog Sophia mit einem Ruck den Vorhang wieder zu.

»Donner und Gewitter. Jetzt weißt du, was dir blüht, wenn du dich mit anderen Frauen einlässt.«

Peck sagte nichts und lauschte dem gleichmäßigen Rauschen des Regens. Er hatte sich einen doppelten Lagavulin geholt und war dabei sich an die Tatsache zu gewöhnen, dass sein Sessel ab heute an der falschen Stelle stand.

»Macht ihr Fortschritte, Braunschweiger und du?«

»Bis vor zwei Stunden glaubte ich noch daran.«

Peck erzählte von dem verdächtigen Wagen, den Daniel Leuger gesehen haben will. »Doch die Autonummer gibt es nicht, sagt Funke.«

»Und sonst kein Verdächtiger?«

»Doch. Martin Kalupka. Ein Buchhändler aus Ried, der eines der Opfer gut gekannt haben soll.«

»Buchhändler sind anständige Menschen«, sagte Sophia. »Diesen Martin kannst du von der Liste der Verdächtigen streichen.«

»Er ist sowieso in Amerika verschollen.« Peck erhob sich stöhnend aus seinem Sessel und griff nach seinem leeren Glas. »Ich trinke noch einen. Whisky hält gesund.«

»Du bist gesund genug«, sagte sie. »Kein Whisky mehr.«

*

Schmerzhafte Einsamkeit und wie fremd in der eigenen Wohnung. Vor allem, wenn die dumme Kuh weg war. Achtzehn Jahre durchgehalten. Achtzehn lange Jahre. Und dann dieses junge Mädchen vor der Schule. Und die Vorstellung, ihr die Hände um den Hals zu legen und zuzudrücken. Zuerst eine halbe Flasche von dem klaren Schnaps, dann der Gedanke an das Mädchen und die lustvolle Erregung, die einen ansprang, spontan wie ein wildes Tier. Jahrelang war Geduld das Motto gewesen. Aus mit der Geduld. Jung war sie und hübsch. Ein zierlicher, schlanker Körper. Und ein zierlicher Hals. Leicht zu umfassen. Der Tag des Handelns war gekommen. Endlich. So nahe war sie gekommen, dass ihr Parfum in der Luft lag, ein zugleich herber wie süßer Duft. Ein anderes Mädchen hatte ihr den Namen zugerufen. Belinda. Welch ein Name. Belinda töten, das war das Ziel. Belinda. Sie quälen, das würde die Erlösung bringen. Sie auf den Rücken drehen und die Beine spreizen. Purer Genuss. Die Finger um ihren Hals legen und langsam zudrücken. Es würde wie früher sein, zuerst die Gegenwehr, ein paar kurze Schreie, ein Fluchtversuch, verzweifelte Tritte und Schläge mit ihren kleinen Fäusten. Gut so. Ganz sanft, zärtlich sogar und wie von selbst schlingen sich die Finger um ihren Hals. Tränen der Freude und pure Lust, wenn die Daumen gegen ihren Kehlkopf drücken, bis sie den Kopf zurückwirft und aus ihrem Mund das Röcheln kommt, das auf so wunderbar verführerische Weise das Ende ihres Lebens anzeigt. Der bewährte Würgegriff, der den Garaus garantiert, während sich ihr Mund weit öffnet und ihre bläulich verfärbte Zunge zum Vorschein kommt. Dann kein Schreien mehr und kaum noch Gegenwehr. Der finale Würgegriff: Er lässt keine Abwehr mehr zu. Das war der Moment für die letzte, unendliche Zärtlichkeit. Nahe kommen. Ganz nahe. Selbst bei der stärksten Erregung verlangt die Anmut Belindas sorgfältige Beachtung und Bewunderung. Trotz äußerster Lust gilt es, die ästhetische Distanz zu bewahren, um den Genuss vollkommen zu machen. Vollkommen. Kein weiterer Aufschub mehr möglich. Jetzt ist der Zeitpunkt des Handelns gekommen. Zu lange schon das Warten. Jetzt ... Belinda.

10. Kapitel

»Sag bloß, du sitzt schon die ganze Nacht hier«, sagte Sophia überrascht, als sie am Morgen die Küche betrat.

»Ich konnte nicht schlafen. Also habe ich beschlossen, zu arbeiten.«

»Und? Mit welchem Ergebnis kannst du aufwarten?«

»Ich bin hundemüde.«

Sophia setzte sich und legte ihre Hand auf seinen Arm. »Worüber zerbrichst du dir den Kopf?«

»Über die Hände.« Er zeigte auf den dicken Aktenordner am Küchentisch. »Ich habe zum wiederholten Mal alle Berichte durchgelesen. Der Mörder hat jedem seiner Opfer die Hände abgeschnitten. Warum, frage ich mich, hat er das getan?«

»Zu welchem Resultat bist du gekommen?«

»Wenn ich das wüsste. Der Mann muss pervers sein. Oder verrückt. Außerdem möchte ich wissen, wie man die Hand eines Menschen abschneidet.«

»Ich mache dir gerade das Frühstück. Das mit der Leichenschändung passt gut dazu.«

»Das ist tatsächlich kein Thema, das zum Frühstück passt, entschuldige bitte … aber ich frage mich, wie man die Hand eines Menschen vom Unterarm abtrennt.«

Sophia drehte sich zu ihm um und umschloss prüfend ihr Handgelenk. »Mit einer Axt müsste das gehen … kommt darauf an, ob das Gelenk einem Schwergewichtsboxer gehört oder einer zarten Maid wie ich es bin.«

»Die Opfer waren alle junge Mädchen. Ich glaube aber nicht, dass der Mörder eine Hacke zum Tatort mitgeschleppt hat.«

»Vielleicht reicht auch ein scharfes Messer. Was steht bei dir heute auf dem Programm? Mörderjagd Teil drei?«

»Funke lässt mich hängen. Ich habe ihm einige Autonummern durchgegeben, für die er den Fahrzeughalter ermitteln soll. Dabei braucht er nur seine ehemaligen Kollegen in der

Alpenstraße einschalten. Bei ihm geht alles sehr langsam in letzter Zeit.«

»Alle Männer werden alt, der eine später, Funke eben früher.«

Peck sah Sophia erstaunt an. »Für mich gilt das nicht. Ich kann noch mit sechzig wie vierzig sein.«

»Aber nur eine halbe Stunde am Tag«, sagte Sophia.

In diesem Moment läutete Pecks Handy, worüber er froh war. Auf die letzte Äußerung Sophias wäre ihm keine Antwort eingefallen.

»Hier ist Carmen Christiansen.«

»Gibt's was Neues?«, fragte Peck, wobei er Sophia nicht aus den Augen ließ.

»Gut«, sagte er dann, bemüht um einen möglichst sachlichen Tonfall. »Ich komme.«

*

Die regennasse, schmale Straße lag menschenleer und still in der Dunkelheit vor ihr, nachlässig erhellt von einigen weit auseinander stehenden Straßenlampen, die einsame gelbe Kreise auf die Fahrbahn zeichneten. Sie spürte die feuchte Kälte im Gesicht, als sie sich dem Waldrand näherte. Normalerweise waren Waldspaziergänge ein wirksames Rezept, um Ordnung in ihre Gedanken zu bringen. Heute gelang ihr das nicht. Panisch blickte sie sich um. Hatte sie die Orientierung verloren? In der Dunkelheit sah alles anders aus als am Tag. Hier irgendwo musste sie den Pfad verlassen und querbeet in östlicher Richtung weitergehen, um die kleine Lichtung zu erreichen. Plötzlich wurde sie unsicher. Sie hatte sich verirrt. Die Einsamkeit und das Rauschen der Bäume beunruhigten sie. Unheimlich war es hier.

Sie war noch nicht einmal eine Viertelstunde im Wald unterwegs, als sie ein Geräusch hörte. Sie machte halt, horchte und sah sich nach allen Seiten um. Dann marschierte sie den langgezogenen Hang hinauf, der ihr gut bekannt war, dorthin, wo die Bäume dichter standen und sie auf die Wurzeln und unebene Stellen achten musste, um nicht zu stürzen.

Schwere Tropfen fielen von den Bäumen. Wieder vernahm sie das Geräusch. Schritte und brechende Zweige. Instinktiv trat sie hinter einen Baum und starrte in die Richtung, aus der die Geräusche kamen. Wenige Meter vor ihr sah sie einen dünnen Zweig zittern. Vorsichtig nach links und rechts schauend folgte sie dem steinigen Pfad nach rechts die Bergkuppe hinauf.

Dann sah sie die Gestalt. Zuerst eine Silhouette im Schatten der überhängenden Felsen. Dann hatte sie die Person im Blick. Ein Mann. Jedenfalls sah die Gestalt aus der Entfernung so aus.

Es roch nach nassem Laub und vermoderter Erde. Sie kämpfte sich durch das undurchdringliche Dickicht, als ihr ein dorniger Ast wuchtig ins Gesicht schnellte. Sie taumelte benommen zurück, fluchte leise und stieg über einen Felsbrocken, der wie ein Findling mitten im Wald lag.

Da waren die Geräusche wieder, die sich anhörten, als ob mehr als eine Person unterwegs wäre. Ein Trampeln, ein Stampfen, Stöhnen und Schläge. Diesmal nur wenige Meter entfernt. Ein Keuchen, wie ein Kampf und schrille Schreie und dann augenblicklich Stille. Schritt für Schritt tastete sie sich nach vorne und starrte in die Dunkelheit.

Sie hielt den Atem an. In diesem Augenblick brach die Wolkendecke auf und in dem fahlen Mondlicht erkannte sie den Mann. Und sie sah das Mädchen, das leblos vor ihm am Boden lag. War sie soeben Zeuge eines Mordes geworden?

Der Mann machte einige Schritte in den Schatten der Bäume, scheinbar ziellos, blickte sich fahrig um und verharrte einige Augenblicke. Hatte er bemerkt, dass ihn jemand verfolgte? Hatte er mitbekommen, dass er beobachtet wurde? Noch einmal drehte er sich um, dann stapfte er davon und verschwand in der Dunkelheit.

Sie wartete einige Augenblicke, dann wagte sie sich nach vorne und beugte sich zu der leblosen Gestalt hinunter, die eigenartig verrenkt am Boden lag. Der Körper war kalt. Kalt und tot. Und sie kannte den Mörder.

*

Peck überlegte, ob er zu Fuß in die Stadt gehen oder das Auto nehmen sollte. Ein prüfender Blick zum Himmel bestätigte ihm, dass das sonnige Wetter anhalten würde. Wie sagte Sophia immer? *Ein Spaziergang tut dir gut.* Andererseits muss ein Auto von Zeit zu Zeit bewegt werden, sagte er sich. Davon sprach Sophia nie.

Am Salzachkai und bei dreißig Stundenkilometer angelte er sich sein Handy vom Beifahrersitz und rief Braunschweiger an.

»Guten Morgen! Braunschweiger, was gibt es Neues?«

»Wenn Sie mich so fragen, nichts Besonderes Chef.«

»Ich habe Ihnen einen Zettel mit drei Namen in die Hand gedrückt, erinnern Sie sich?«

»Die von dem Oberstleutnant in Ried?«

»Genau die.«

»Chef, dass einer von dreien tot ist, sagte ich Ihnen bereits. Erinnern Sie sich? Die zwei anderen kontaktiere ich heute. Von dem Gespräch mit der Frau verspreche ich mir nicht viel.«

»Und warum nicht?«

»Weil ich nicht glaube, dass unser Serienkiller eine Frau ist.«

»Dann kontaktieren Sie eifrig«, sagte Peck. »Und viel Erfolg.«

Peck war zwar müde, aber der Tag versprach, erfolgreich zu werden. Die Sonne schien warm vom Himmel, er fand ohne längere Suche einen Parkplatz und im Café wartete eine hübsche Frau auf ihn.

»Schön, dass Sie kommen konnten.« Sie lächelte und zeigte auf den leeren Platz auf der anderen Seite des Tisches.

Der Kellner näherte sich auf leisen Sohlen und Peck bestellte einen Großen Braunen und ein Viertel Sodawasser. Carmen Christiansen sah umwerfend aus. Sie trug ein einfaches, figur-

133

betontes Kleid und war ungeschminkt. Na ja, dachte er bei näherem Hinsehen. Beinahe ungeschminkt. Die Haare hatte sie heute straff nach hinten gebürstet und mit einem dunklen Band zusammengebunden. Ein Mann ging vorbei und warf ihr zwei lange Blicke zu, die sie nicht beachtete. Oder beinahe nicht beachtete.

»Sie heißen Carmen mit Vornamen«, sagte er. »Kommen Ihre Eltern aus Spanien?«

Kein schlechter Start für das Gespräch mit einer attraktiven Frau. Der Tisch war klein und seine Rechte war einen Zentimeter von ihrer Hand entfernt.

»Meine Eltern kamen nicht aus Spanien, sie waren Opernfans. Sie hatten sich in der Oper kennengelernt.«

»George Bizet«, sagte Peck.

»Erraten.« Sie lächelte. »Und diese denkwürdige Opernaufführung fand ein Jahr vor meiner Geburt statt.«

»Mögen Sie Musik?«

»Klassik, Jazz, alles in der Richtung. Vor allem Wiener Klassik und die Romantik mag ich. Und wie sieht's bei Ihnen aus?«

»Klassik, aber keine Oper.«

»Warum das?«

Peck zuckte mit den Schultern. »Ich weiß es nicht. Ich mag Musik, habe aber Probleme, sobald Menschen zu singen anfangen.«

»Das hätten wir jetzt geklärt«, sagte sie lächelnd. »Ich werde nicht singen.«

»Haben Sie die Unterlagen der Kripo studiert?«, fragte er.

»Dicke Aktenordner ... zu viel gelesen heut Nacht und zu wenig geschlafen.«

Ich kenne das, dachte Peck.

»Von Ihnen weiß ich überhaupt nichts«, sagte sie, »außer, dass Sie keine Opern mögen und nicht viel von Täterprofilen halten. Ich bezeichne mich auch nicht als Profilerin.«

»Ich erinnere mich. Sie sind ein Seelendoktor ... bei Ihnen muss man sich auf die Couch legen, dann stellen Sie mir einige

Fragen und nach einer halben Stunde sagen Sie mir, dass ich einen Vogel habe.«

Sie lachte. »Stark vergröbert und unzulänglich zusammengefasst. Sie beschreiben einen Psychiater. Ich dagegen brauche keine Couch.«

Peck legte seine flache Hand auf die Brust.

»Hab's nicht vergessen. Ihr Spezialgebiet ist klinische Psychologie und Gesundheitspsychologie. Ich weiß aber nicht genau, was das ist.«

Der Kellner brachte seinen Kaffee und das dazugehörige Glas Wasser.

»Hatte ich das Ihnen und Funke nicht schon einmal erklärt? Ich studiere die Polizeiberichte, lese die Unterlagen der Gerichtsmediziner und die Aussagen der Zeugen. Und dann lege alle Fakten wie Bausteine vor mich hin und bringe Ordnung in das Wirrwarr.«

»Von welchen Fakten reden Sie?«

Die Psychologin blies hörbar die Luft aus. »Sie wollen es genau wissen. Es ist ganz einfach ... es geht um psychologische Bausteine. Auch ein Serientäter verfügt wie jeder Mensch über ein immanentes Bedürfnis nach innerer Ordnung. Aus einem solchen Schema lassen sich durch Vergleiche psychische Störungsbilder erkennen, die auf den Täter hinweisen. Wie gesagt ... ganz einfach.«

»Ganz einfach«, wiederholte Peck. »Und das Ergebnis?«

»Ist hoffentlich für Sie und Funke von Nutzen. Aber vergessen Sie nicht: Ich bin erst am Anfang.«

»Akzeptiert. Sagen Sie mir nur, was das für ein Mensch ist. Zwei Jahre lang überfällt er junge Mädchen und erwürgt sie. Wer macht sowas? Ein Irrer? Ein Psychopath?«

Sie sah ihn mit ernstem Blick über den Tisch an. »Nicht unbedingt.«

»Nicht unbedingt. Zwei Jahre lang begeht er durchschnittlich jedes Vierteljahr einen Mord an einem Mädchen oder einer jungen Frau ... brutal massakriert und mit abgeschnittenen

Händen. Wie muss jemand seelisch beschaffen sein, der Mädchen zuerst quält und dann tötet?«

»Darüber habe ich nachgedacht.«

»Und? Was ging Ihnen durch den Kopf, als Sie die Fotos der Opfer gesehen haben?«

»Fangen wir von vorne an. Es war nicht so sehr das mit den abgetrennten Händen, was mir aufgefallen ist, sondern wie die Mädchen da lagen. Alle in gleicher Pose. Hoch geschobenes T-Shirt oder Pullover, gespreizte Beine, keine Unterhose. Und die Arme links und rechts weggestreckt.«

»Wie Christus am Kreuz«, sagte Peck.

»Es geht um Erniedrigung, es geht um Ausübung von Macht und um die Ausschüttung von Endorphinen. Die Sucht nach dem Kick.«

»Welche Rolle spielen sexuelle Motive?«

»Der Mörder hat die Mädchen entblößt, aber nicht vergewaltigt. Es gibt für mich keinen Zweifel daran, dass alle Frauen vom selben Mann ermordet wurden. Das ist wie eine Handschrift und sie ist bei allen Opfern gleich. Natürlich spielt das Sexuelle eine vorrangige Rolle. Die Suche nach dem Kick gilt auch hier. Vielleicht sind es auch Aggressionen, die er auf diese Weise auslebt. Der Mörder kniet vor seinem Opfer und zerrt ihnen die Hose herunter. Wahrscheinlich ist er schon vorher zum Samenerguss gekommen. Die Geschichte lehrt, dass manche Serientäter sexuell schwer erregbar oder überhaupt impotent sind und erst der vorhin erwähnte Kick zu einer spontanen Ejakulation führt.«

»Dieser Mensch ist zu normalen Beziehungen nicht fähig?«

Sie holte einen Packen Papier aus ihrer Handtasche und blätterte darin.

»Das geht bereits in Richtung eines Täterprofils. Und dazu muss ich noch weitere Untersuchungen anstellen, bevor Sie von mir mehr Details erfahren.«

»Ich frage mich, was das für ein Mensch ist. Dick, dünn, gebildet oder dumm?«

Carmen lachte laut auf. Dieser rasche Übergang von Nachdenklichkeit zum übermütigen Lachen war Peck schon bei ihrem ersten Treffen aufgefallen. Hatte die Frau einen wankelmütigen Charakter?

»Was für ein Mensch er ist? Woher soll ich das wissen? Diese Art Mörder sind oft nicht dumm, vielleicht sogar intelligent, clever oder das, was man gerissen nennt. Harte Tatsachen kann ich Ihnen nicht bieten. Noch nicht«

»Ich liebe harte Tatsachen.«

»Immer? Lieber Herr Peck, das glaube ich Ihnen nicht.«

Lieber Herr Peck ... Sagen Sie doch Paul zu mir, wollte er gerade sagen, überlegte es sich dann aber anders.

»Was glauben Sie mir nicht?«

»Dass Sie immer kopfgesteuert sind. So etwas hält kein Mensch auf die Dauer durch.«

»Ich schon.«

»Nein. Auch ein Mann kann das nicht ... oder gerade ein Mann kann das nicht, immer logisch denken, stets rational entscheiden und sofort weghören, wenn sich Gefühle zu Worte melden.«

»Ich liebe Tatsachen«, sagte Peck leise und es klang trotzig.

»Bei Männern ist nun mal die linke Gehirnhälfte besser ausgebildet.«

Sie lachte laut auf. »Das ist nicht Psychologie, sondern eine Kalenderweisheit.«

»Das ist eine Tatsache.«

»Apropos Tatsache ... in einem der alten Akten las ich die Geschichte eines der Opfer mit dem Namen Eva Pollinger.«

Peck nickte. »Die wurde in einem Wäldchen direkt neben dem Mattsee überfallen, hat aber überlebt.«

»Die Aussage dieser Frau habe ich nirgendwo gefunden.«

»Die gibt es nicht. Die Frau konnte nicht aufgetrieben werden. Sie ist verschollen. Mein Freund Funke ist heute noch sauer auf seine früheren Mitarbeiter im LKA.«

»Hat man die Aussagen dieser Pollinger verschlampt?«

»Offenbar. Funke versucht jetzt herauszufinden, wo sich die Frau aufhält.«

»Und wenn Eva Pollinger tot ist?«

Peck hob die Schultern. »Zurück zum Serienkiller. Ist er nun ein Mann oder kann's auch eine Frau sein?«

»Haben Sie mich das nicht schon gefragt?« Sie seufzte. »Nach einer FBI-Studie sind in überwiegendem Ausmaß der Mordfälle die Täter männlich. Das gilt auch für unseren Serientäter. Zu neunzig Prozent ist es ein Mann. Sagt die Statistik.«

»Und was ist dann der Unterschied zwischen Mörder und Serienkiller?«

»Die Persönlichkeitsstruktur. Und das Motiv.«

»Bei einem Einzelmord, das hat sich auch bei den meisten meiner bisherigen Fälle bestätigt, kannten sich Opfer und Täter.«

»Das ist typisch für Gewalttaten in der Familie oder im Bekanntenkreis. Anders beim Serientäter. Hier überwiegen die Fälle, in denen sich Mörder und Opfer nicht kennen.«

»Die meisten Serientäter leiden also unter irgendeiner Störung ihrer Persönlichkeit. Und was ist mit dem Motiv?«

»Sex. Die meisten Serienkiller haben ein sexuelles Motiv. Oft können sie sich nur Befriedigung verschaffen, indem sie ihr Opfer quälen und schließlich töten.«

»Die abgetrennten Hände«, sagte Peck. »Das sieht wie ein Ritual aus. Was sagt das über den Mörder aus?«

»Serientäter haben oft das, was man eine eigene Handschrift nennen könnte, so etwas wie eine Signatur, aber es gibt Ausnahmen. Nehmen wir an, der Täter wird durch jemanden gestört, der zufällig vorbeikommt und kann deshalb seine schreckliche Fantasie nicht bis zum letzten ausleben. Also bricht er notgedrungen sein Ritual ab und verzichtet auf seine Unterschrift. Dann gibt es die besonders Schlauen, die ihre Tötungsart von Opfer zu Opfer ändern. Einmal Erwürgen, beim nächsten Opfer ein Messerstich oder ein Schuss aus der Pistole. Es gibt in der Geschichte zahlreiche Tötungsfälle, die als Serienmorde über lange Zeiträume hinweg nicht erkannt worden sind. Wir Menschen, also auch Mörder, sind Weltmeister im Hüten von Geheimnissen.«

Peck beobachtete das ältere Ehepaar am Nebentisch, die sich bereits die längste Zeit gegenüber saßen, ohne ein Wort miteinander zu reden. Ob auch diese beiden Geheimnisse voreinander hatten?

»Welche Mysterium hüte ich denn?«, fragte er und sah ihr in die Augen.

Sie seufzte. »Da müssen Sie zu einem Kollegen gehen und sich auf seine Couch legen.«

»Der letzte Mord war vor achtzehn Jahren.« Peck hob die Hand und bestellte noch einen Kaffee. »Er mordet zwei Jahre lang ... und beendet dann plötzlich seine Mordserie. Warum?«

»Ich habe keine Ahnung«, sagte sie. »Ich kann Ihnen nur eine Hypothese anbieten. Vielleicht ist er danach gestorben oder es gab Veränderungen seines mentalen Zustandes ... das werden wir erst wissen, wenn wir ihn geschnappt haben.« Sie lachte. »Wenn Sie ihn schnappen.«

»Warum hat er seine tödliche Serie so lange unterbrochen?«, fragte er leise, mehr zu sich selbst.

»Vielleicht haben sich damals seine Lebensumstände geändert, möglicherweise zum Positiven hin. Ich kenne einen Fall aus Deutschland, da hat einer dieser Typen plötzlich seine große Liebe gefunden, geheiratet und eine Familie gegründet. Ein Serienmörder, der in der Bürgerlichkeit untergetaucht ist. Auch das kommt vor. Soll gar nicht so selten sein.«

»Und? Wie beständig ist dieses bürgerliche Glück? Was ist, wenn die familiäre Fassade nach einiger Zeit wieder zum Bröckeln anfängt?«

»Dann setzt er seine Mordserie fort.«

»Auch nach achtzehn Jahren?«

»Jederzeit.«

11. Kapitel

»Ich liebe Wochenenden«, sagte Peck und ging zum dritten Mal mit der leeren Tasse zur Espressomaschine.

Sophia nickte geistesabwesend und blätterte sich durch die Salzburger Nachrichten.

»Hier steht, dass es ohne Österreich weder eine Psychoanalyse noch die Mondlandung gegeben hätte.«

Bevor Peck erwidern konnte, klingelte sein Telefon.

»Du störst«, sagte Peck, als er Funkes Stimme vernahm. »Ich genieße gerade gemeinsam mit Sophia einen geruhsamen Frühstücksvormittag.«

»Hör mal! Ich bekomme laufend Aufträge von dir, mit denen ich mich bei meinen ehemaligen LKA-Kollegen unbeliebt mache ... also sei zuvorkommend oder wenigstens taktvoll zu mir.«

»Ich entschuldige mich und wünsche dir ein angenehmes Wochenende. Hast du Neuigkeiten für mich?«

Peck konnte förmlich hören, wie Funke am anderen Ende der Leitung grinste. »Na, was hältst du von Carmen Christiansen? Ist sie nicht eine tolle Frau?«

Sophia hob den Kopf und zog die Augenbrauen hoch. Sie fühlte offenbar, dass von einer anderen Frau die Rede war. Sophia, dachte er, noch eine Person mit übersinnlichen Kräften.

Carmen ist eine tolle Frau, wollte Peck sagen, als ihm durch einen Blick auf Sophia schockhaft bewusst wurde, dass er eine weniger tödliche Formulierung finden musste. »Durchaus eine intellektuell belebende Persönlichkeit.«

Er hörte Funke lachen. »Ich sehe euch beide in Sophias Küche direkt vor mir.«

»Sei nicht schamlos.«

»Paul, ich weiß, dass dir die Psychologin gut gefällt, das reizende Aussehen einer Frau darf aber die Urteilskraft eines guten Detektivs nicht beeinträchtigen.«

»Warum hast du angerufen?«

»Du hast mir vom Gasthof Grubmüller in Faistenau erzählt und dass du dort in bester Detektivmanier zahlreiche Autonummern notiert hast.«

»Ja, und?«

»Du musst dort den gesamten esoterischen Freundeskreis überwacht haben.«

»Woher weißt du das?«

»Die Autonummern ... zwei oder drei der Autobesitzer glaube ich zu kennen.«

»Hast du mich angelogen?«

»Da würd ich mich Sünden fürchten. Warum?«

»Du hast mir die Leute bei unserem gemeinsamen Besuch des spiritistischen Zirkels zwar vorgestellt, aber gesagt, dass du deren wirkliche Namen nicht kennst.«

»Das ist auch so. Was stört dich daran?«

»Ich möchte die wahre Identität der Leute kennen, mit denen ich zu tun habe. Hedda hat sich geweigert, mir die Namen deiner spiritistischen Freunde zu nennen. Also habe ich zu dieser List gegriffen. Bei dem mit dem Nickname Bertrand habe ich in der Zwischenzeit herausgefunden, dass er ein Buch über Einstein verfasst hat und Albert Roller heißt.«

Peck blätterte in seinem Notizbuch. »Mich interessieren vor allem jene Mitglieder, die schon lange esoterisch dabei sind und ich erinnere mich noch an einen Typ mit dem Nickname Herby.« Während Peck das sagte, sah er den Mann vor seinem geistigen Auge, der ihn an seinen früheren Deutschlehrer erinnerte. Flaches Gesicht, hohe Stirn und das schüttere Haar streng zur Seite gekämmt.

»Also, hör zu ...« Peck hörte, wie Funke mit Papier raschelte. »Die dumme Adidi heißt in Wirklichkeit Adelheid Goller und wohnt in der Riedenburg. Der nächste Name, den ich dir bieten kann, ist der, den du unter Herby kennengelernt hast; der heißt in Wirklichkeit Herbert Moser und ist seit einem Jahr Pensionist.«

Peck bedankte sich. Bevor er sein Notizbuch zuklappte, fiel ihm der Name Martin Kalupka ins Auge. »Halt!«, rief er. »Mordfall Susanne Wenz ... deine Leute wollten herausfinden, wo sich Kalupka in Amerika aufhält.«

Funke stöhnte. »Du gehst mir auf die Nerven. Ich habe das schon drei Mal in Amerika angemahnt, habe aber noch kein Ergebnis. Die USA sind weit weg von hier.«

»Bleib dran. Dieser Kalupka soll ein echter Windhund gewesen sein, sagte der Vater und er soll seine Tochter Susanne gut gekannt haben. Angeblich sehr gut sogar.«

»Ich tue, was ich kann«, sagte Funke und es klang niedergeschlagen. »Übrigens ist seit heute Nacht ein junges Mädchen aus Salzburg verschwunden.«

»Verschwunden?«

»Ja. Belinda heißt sie ... Die Eltern haben sich an die Polizei gewandt. Mordsaufregung in der Alpenstraße. Das Mädchen ist minderjährig.«

Peck lachte. »Kein Fall für dich, nicht vergessen«, sagte er tadelnd. »Du bist Pensionist. Wahrscheinlich taucht das Mädchen bald wieder auf.«

»Der Kaffee ist kalt«, sagte Peck und stellte die Tasse auf den Tisch.

Sophia raschelte mit der Zeitung. »Hier steht, dass eine Siebzehnjährige aus Salzburg abgängig ist.«

»Funke hat gerade davon gesprochen.«

»Belinda heißt sie. Und noch etwas steht hier ...«

Den Rest von Sophias Worten konnte Peck nicht verstehen, weil sie im Getöse des Sturms untergingen, der um das Haus heulte.

Der Regen prasselte gegen die Fenster, sodass sie beschlossen, den ganzen Tag zu Hause zu verbringen. *Faul sein*, hieß das in Pecks Vokabular.

Später stand er lange vor dem raumhohen Bücherregal, hielt den Kopf schief und suchte nach einem Buch.

»Weiter links ober dir steht ein Buch, das zum Wetter passt«, sagte Sophia, die mit einigen Polstern im Rücken und untergeschlagenen Beinen auf der Couch saß.

»Meinst du *Moby Dick*?«

»Genau. Sturm, Meer, Kälte ... wie bei uns vor der Tür.«

»Nenne mich Ismael«, sagte Peck. Er ließ den *Moby Dick* im Regal, setzte sich mit dem Notebook auf seinen Lieblingssessel und googelte die Namen, die er von Funke erfahren hatte. Den Namen Herbert Moser fand er auf einer alten Webseite des Gymnasiums in Hallein. Er hatte dort Technisches Werken unterrichtet. Albert Roller hatte eine eigene Homepage, auf der er für seine Bücher warb. Im Vordergrund stand, mit Textauszügen und einem Videoclip, sein neues Werk über Einsteins gesammelte Fehler. Der Name Adelheid Goller tauchte bei *herold.at* im Salzburger Telefonbuch auf. Sie wohnte in der Späthgasse, nicht weit vom Restaurant Riedenburg entfernt.

»Was suchst du im Internet, mein Schatz? Geistlos surfen oder leicht bekleidete Mädchen?«

»Ich ergänze Funkes lückenhafte Informationen.« Lustlos klappte er den Laptop zu. »Aber ich mache wenig Fortschritte. Außerdem bin ich müde.«

»Dir fehlt die Bewegung. Wir sollten jetzt sofort an die frische Luft.«

»Um Gottes Willen, nein!« Ängstlich schüttelte Peck den Kopf und deutete zum Fenster, gegen das der Regen schlug.

»Hedda kommt heute Abend im Fernsehen«, sagte Sophia.

»Wer?«

»Deine Hedda. Die okkulte Hexe.«

»Das ist nicht meine Hexe ... warum ist Hedda im Fernsehen?«

»Programmänderung auf einem der Privatsender ... ›Aus gegebenem Anlass‹ steht hier.« Sophia reichte ihm die Zeitung.

Wie es schien, bezog sich der ›gegebene Anlass‹ auf das Mädchen, über das Funke gesprochen hatte.

Belinda H. (17) vermisst. Sensation für heute Abend im TV angekündigt

Die 17-jährige Belinda H. aus Esch (Gemeinde Hallwang) im Bezirk Salzburg-Umgebung (1,56 Meter groß, 54 Kilo) ist seit zwei Tagen abgängig. Wer hat das zierliche Mädchen gesehen? Die Fahndung läuft, die Polizei tappt bisher im Dunkeln, weshalb die verzweifelten Eltern die bekannte Hellseherin Hedda Sibylle eingeschaltet haben, die bereits vor einigen Jahren einen Vermisstenfall sensationell aufklären konnte. Diesmal erwarten sich sogar die Ermittler der Salzburger Polizei eine tatkräftige Unterstützung durch das mit übersinnlichen Gaben ausgestattete Medium. Die Sensation ist für den heutigen Abend im Privatsender MTL angekündigt, wenn das Medium Hedda S. live im Fernsehstudio versuchen wird, den Aufenthaltsort Belindas vorherzusagen. Wie berichtet soll die Sensitive, die ihre Informationen in Form von medialen Flashs erhält, von sich aus in Vorleistung gegangen sein. Mit dem Foto des vermissten Mädchens soll sie durch die Straßen ihrer unmittelbaren Heimat gestreift sein, um Belindas Schwingungen und deren persönlichen Magnetismus aufzunehmen. Und angeblich soll die Hellseherin bereits eine Stelle aufgespürt und identifiziert haben, an der man hofft, das Mädchen zu finden. Mehr heute auf MTL um 19 Uhr 30.

*

Hedda trug ein aus grün schillerndem Samt gefertigtes, bodenlanges Kleid mit breitem Gürtel. Ihre riesige, kastenförmige Gestalt, mit der sie alle anderen um einen Kopf überragte, wirkte im Fernsehen wie ein grün glänzender Koloss von Rhodos.

Immer wenn sie mit wissendem Blick in die Kamera blinzelte, sah man ihre künstlichen Wimpern, groß wie schwarze Schmetterlinge. Der blondgelockte Moderator trug einen eng geschnittenen glitzernden Anzug, der Elton John in seiner Blütezeit zur Ehre gereicht hätte.

Auf der Bühne ging es hoch her. Unterstützt von einer dröhnenden Musikband sowie stetigem Klatschen und Gejohle aus dem Publikum versprach der äußerst gut gelaunte Moderator langsam zum Höhepunkt überzuleiten. Schließlich habe man ja eine Sensation versprochen.

Erhöht und für alle gut sichtbar saßen die Eltern Belindas im Hintergrund der Bühne und die Fernsehkamera schwenkte von Zeit zu ihnen und brachte ihre besorgten Gesichter in Großaufnahme.

»Haben Sie etwas von Belinda dabei?«, rief der Moderator den Eltern zu. »Einen persönlichen Gegenstand zum Beispiel.«

Wie auf ein Stichwort zog die Mutter eine Barbie-Puppe aus der Handtasche. »Die haben wir unserer Tochter vor vielen Jahren geschenkt. Belinda liebt die Puppe bis auf den heutigen Tag und geht ohne sie nicht ins Bett.«

»Um Gottes Willen«, stöhnte Sophia und griff nach ihrem Buch.

In unerträglicher Großaufnahme konnte man verfolgen, wie die Mutter sich eine Träne von der Wange wischte. Dann blickte sie zu Hedda hoch, die ihre schwarzen Schmetterlinge mitfühlend auf und zuklappte.

»Lebt unsere Tochter?«

»Das hat sich mir nicht eröffnet«, flüsterte Hedda. »Aber ich erkenne den Ort, an dem sich Belinda aufhält.«

Augenblicklich wurde es auf der Bühne und im Publikum still. Leises Geraune war zu hören, als der Moderator eine riesige Landkarte entrollte.

»Das Land Salzburg umfasst eine Fläche von über siebentausend Quadratkilometer«, sagte der Moderator. »Und Hedda wird jetzt zeigen, wo wir die arme Belinda finden werden.«

Hedda nahm den hölzernen Zeigestock vom Moderator entgegen und näherte sich der Landkarte, die sich langsam aus dem Blickwinkel der Fernsehkamera drehte, sodass man nicht verfolgen konnte, auf welchen Punkt der Karte Heddas Stock zeigte.

»Wir haben eine Lösung«, rief der Moderator wie nach der Verlosung eines Millionengewinns.

In diesem Moment drückte Sophia auf den AUS-Knopf der Fernsehbedingung. »So ein Schmarrn. Stell dir vor, die hätten verraten, wo sich die Stelle befindet, auf die Hedda gezeigt hat …«

»Dann würden tausend Leute in ihre Autos springen.«

Peck machte sich auf den Weg Richtung Küche. »Ich hole uns eine Flasche Shiraz.«

»Gute Idee«, sagte Sophia. »Um den Nachgeschmack zu vertreiben, den diese Fernsehinszenierung hinterlässt.«

»Ich wundere mich, dass die Eltern des Mädchens dieses Schauspiel mitmachen.«

»Ob die tatsächlich auf einen bestimmten Ort gezeigt hat?«

»Das ist Scharlatanerie. Esoterisches Getue gaukelt intellektuell einfach gestrickten Menschen Ein- und Durchblicke vor.«

»Und wenn sie doch etwas weiß …«

Peck schüttelte den Kopf. »Woher sollte die Hellseherin Hedda den Aufenthaltsort Belindas kennen? Sollte sie ihn tatsächlich wissen, gibt es nur zwei Möglichkeiten. Entweder es ist Zufall … und daran glaube ich nicht, oder sie wusste bereits vor der Fernsehsendung, wo die Leiche liegt.«

Bei Klaviermusik von Erik Satie und Skrjabin sprachen sie noch den ganzen Abend über Hedda und das vermisste Mädchen.

»Es ist spät«, sagte Sophia. »Ich bin aber nicht müde. Wie geht's dir?«

»Ich bin munter«, log er.

»Wenn das so ist …« Sophia erhob sich. »Dann hole ich uns noch eine Flasche.«

12. Kapitel

Er schob die lückenhaften Erinnerungen an den eigenartigen Traum zur Seite. Peck mochte es ohnehin nicht, über seine Träume nachzudenken. Während er den zweiten Espresso trank, rief Funke an.

»Die Leiche des Mädchens ist gefunden worden.«

»Wo?«

»Genau dort, wo es Hedda im Fernsehen vorausgesagt hat.«

»Das ist nicht möglich.«

»Leider doch«, sagte Funke. »Die Leiche liegt am Söllheimerberg.«

»Wo ist das?«

»Gehört zur Gemeinde Hallwang. Die Tote wurde in einem kleinen Waldstück gefunden, nicht weit von der A1 entfernt.«

Peck fühlte, wie sich sein Herzschlag beschleunigte. Verstörende Gedanken schwirrten durch seinen Kopf.

»Halt dich fest, es geht weiter … das Mädchen wurde erwürgt und der Mörder hat ihm beide Hände abgetrennt.«

Der gleiche Mörder? Pecks Handflächen wurden mit einem Mal schweißnass. Etwas Verstörendes war geschehen. Wiederholt sich die Geschichte? Nach achtzehn Jahren?

»Soll ich dich abholen? Bist du in deinem Büro?«

»Willst du hinfahren? Was ist mit deinem Erzfeind Dolezal?«

»Der liegt noch in Mallorca in der Sonne. Ich bin in zehn Minuten bei dir.«

Eine halbe Stunde später schlängelten sie sich in Funkes Wagen durch den Vormittagsverkehr und erreichten über die Münchner Bundesstraße die Autobahn.

»Wer leitet jetzt die Ermittlungen bei der Kripo, solange Dolezal sich in unverdientem Urlaub befindet?«

»Georg Kronabitter, genannt Schorsch. Er ist der Vizechef. Ein sympathischer Mensch und einer der tüchtigsten Ermittler.« Funke grinste. »Meine Schule. Ich habe übrigens versucht, den derzeitigen Wohnort von Eva Pollinger herauszufinden.«

»Wer war das nochmal?«

»Paul, dein Gedächtnis macht mir Angst. Die Pollinger ist vor achtzehn Jahren überfallen worden, konnte aber dem Mann entkommen und ist geflüchtet.«

»Und, hast du sie aufgetrieben?«

»Keine Spur. Entweder ist sie in der Zwischenzeit gestorben oder nach Dschibuti ausgewandert. Jedenfalls ist sie nirgendwo zu finden.«

»Belinda H. wurde das Mädchen in der Fernsehsendung genannt. Wie heißt sie mit ganzem Namen?«

»Belinda Hoffer. Die Eltern sind stinkreich und wohnen in einer feinen Villa. Zehn Autominuten vom Fundort der Leiche entfernt. Da gibt es nur einen Punkt, der mir eigenartig vorkommt.«

»Spann mich nicht auf die Folter.«

»Die Eltern haben lange gewartet, bis sie eine Vermisstenanzeige aufgegeben haben. Zwei oder drei Tage.«

Peck schnaufte. »In so einer Situation zögert man keine Stunde, sich an die Polizei zu wenden.«

»Ist aber so. Erstickung durch Würgegriff, sagte mir Schorsch am Telefon. Die Polizei hat die Leiche noch während der Fernsehsendung gefunden. Sie hatte einen Ausweis bei sich und konnte sofort identifiziert werden.«

»Die Frau hat es gewusst.«

»Welche Frau meinst du?«

»Die Esoterikerin.« Peck schlug mit der Faust gegen das Armaturenbrett. »Sie hat gewusst, wo die Leiche liegt.«

»Vielleicht hat sie tatsächlich übersinnliche Gaben.«

»Leo! Reiß dich zusammen. Wir leben im einundzwanzigsten Jahrhundert und du warst mal leitender Kriminalkommissar. Da ist kein Platz für Übersinnliches.«

»Manchmal zweifle ich daran.«

»Das mit den abgeschnittenen Händen bestürzt mich am meisten.«

»Genau wie bei den Morden vor zwanzig Jahren.«

»Ein Nachahmungstäter?«

»Glaube ich nicht«, sagte Funke. »Ich habe mich erkundigt. Das mit den abgetrennten Händen haben wir damals der Presse nicht bekannt gegeben. Außerdem hat während der letzten Jahre keine Zeitung über den Mattseemörder geschrieben. Nein, ich befürchte etwas Anderes.«

»Sag es nicht.«

»Doch. Unser Serienkiller ist zurückgekehrt.«

*

Männer in weißen Kunststoffanzügen, die zur Spurensicherung gehörten, standen bei den Einsatzfahrzeugen, an dem immer noch das Blaulicht rotierte, luden schwere Koffer aus und schleppten sie hinunter zum Waldrand.

Peck sah aus der Ferne dem geschäftigen Treiben zu, bis ihm Funke, der neben einem großgewachsenen Mann in zerknautschten Jeans stand, zuwinkte.

»Ich habe schon von Ihnen gehört«, sagte der etwa Fünfundvierzigjährige, den ihm Funke als Leutnant Georg Kronabitter vorstellte. Zahlreiche Beamte liefen umher. Alle wirkten kompetent und professionell.

»War die Leiche eingegraben?«

»Notdürftig. Und mit Erde, Laub und Ästen zugedeckt.«

»Wo ist die Tote?«, fragte Funke.

»Wir konnten die Leiche heute Früh freigeben.« Kronabitter sah auf die Uhr. »Sie müsste bereits in der Autopsie liegen.«

»Wie kam das Mädchen hierher?«

»Das wissen wir noch nicht.« Kronabitter zeigte mit dem ausgestreckten Arm in südliche Richtung. »Das Elternhaus liegt da drüben. Nicht weit, dreißig oder vierzig Minuten zu Fuß.«

»Wurde sie hier im Wald getötet?«

»Nach bisherigen Erkenntnissen: Ja.« Er drehte sich um die eigene Achse und deutete Richtung einer Kirchturmspitze, die über die Bäume ragte. »Wir vermuten, dass das Mädchen hier auf der Landstraße entlanggegangen ist und ein Autofahrer sie mitgenommen hat.«

»Und getötet.«

Peck beobachtete einige Uniformierte, die den Waldrand und das Unterholz durchkämmten. Ein rotweißes Kunststoffband schlängelte sich durch die Bäume und markierte ein großes, abgesperrtes Gebiet, das vom Wald bis zur Straße reichte.

»Sehen Sie eine Verbindung zu der Mordserie, die sich vor zwanzig Jahren ereignet hat?«

Überrascht sah Kronabitter zuerst Funke an, dann wandte er sich Peck zu. »Sie meinen den Mattseemörder? Nein. Da gibt es meiner Meinung nach keinen Zusammenhang. Zumindest deutet nichts darauf hin.«

Funke schüttelte den Kopf. »Schorsch, da liegst du schief.«

Kronabitters Telefon läutete. Er drückte es an sein Ohr, während er ein paar Schritte zur Seite ging. Dann zückte er ein Notizbuch und notierte sich einige Worte.

Der Polizist schob sein Handy in die Tasche. »Die Sache wird immer rätselhafter.« Seine Stimme zitterte und Peck fiel die blasse Gesichtsfarbe des Mannes auf.

»Das war der Gerichtsmediziner.« Kronabitter warf Peck einen kurzen Seitenblick zu. »Sie haben möglicherweise doch recht. Der Arzt hat sich die alten Unterlagen angesehen. Die Art, wie der Mörder dem Mädchen die Hände abgetrennt hat, erinnert ihn sehr an den Fall vor zwanzig Jahren.«

»Du wolltest es mir nicht glauben, Schorsch.«

»Und was bedeutet das?«

»Der Mattseemörder ist zurück.«

*

Kronabitter nickte. »Es sieht tatsächlich danach aus.«

Funke legte beide Hände vor sein Gesicht.

»Und noch etwas ist wichtig«, sagte Kronabitter. »Bei dem

toten Mädchen hat man einen Zettel gefunden, mit einem kurzen Text, den wir uns nicht erklären können.«

Peck hob den Kopf. »Was steht auf dem Zettel?«

Er blätterte in seinem Notizbuch. »Nur drei Worte … *Johannes 15 Uhr.*«

»Kennst du einen Johannes?«, fragte Peck.

Funke schüttelte den Kopf. »Mein zweijähriger Enkelsohn heißt so. Aber der kann weder lesen noch schreiben.«

*

Peck brauchte keinen Taschenrechner, um zu ermitteln, wieviel Jahre er älter war als Carmen Christiansen. Viel zu alt. Oder sie zu jung. Paul, rief er sich zur Ordnung, du bist seit langem über die Midlife-Krise hinaus. Dennoch … er musste sich eingestehen, dass ihm die Frau außerordentlich gut gefiel und er sich stark zu ihr hingezogen fühlte. Der Gedanke schockierte ihn, zumal ihm Sophia vor seinem geistigen Auge erschien, was einen Schwall schlechten Gewissens auslöste. Wie sollte er sich gegen die irritierenden Gefühle wehren, die wie ein Vulkanausbruch über ihn hereingebrochen waren? Aus dem Weg konnte er Carmen nicht gehen, schließlich hatte Funke sie engagiert, um gemeinsam psychologisches Licht in ihren verzwickten Fall zu bringen.

Schwungvoll betrat Carmen Christiansen zehn Minuten später Pecks Büro. Sie trug dunkelblaue, enge Jeans und eine weiße Rüschenbluse mit Stehkragen. Ihr dunkles Haar fiel locker auf die Schultern. Wirklich eine außergewöhnlich attraktive Frau.

»Es gibt einen neuen Mord«, sagte Peck und ärgerte sich sofort, dass er sie nicht freundlicher begrüßt hatte, liebenswürdiger und mit etwas mehr Herzblut.

»Einen schönen guten Tag erstmals«, sagte sie und stellte ihre Tasche zur Seite. »Ich habe es beim Herfahren in den Nachrichten gehört.«

»Die Vergangenheit holt uns ein.«

»Ich habe nochmals die einschlägige Literatur durchforstet und eine Handvoll vergleichbarer Fälle gefunden. Es ist kein Einzelfall, dass Serienmörder längere Pausen einlegen, manchmal sogar jahrzehntelange.«

»Und was schließen Sie daraus?«

»Unser Mörder gehört zu den sadistisch motivierten Serientätern. Während der langen Pause gelingt es ihm, seine sexuellen Gewaltfantasien auf irgendwelchen Umwegen auszuleben. Und doch bleiben sie über all die Jahre in ihm präsent.«

»Bis heute.«

Sie nickte. »Sie haben mich bei unserem letzten Gespräch gefragt, was das für ein Mensch ist. In der Literatur habe ich eine Erklärung gefunden. Neunzig Prozent der Serienmörder kommen aus zerrütteten Familienverhältnissen und einer lieblosen Atmosphäre im Elternhaus, was zur Folge hat, dass sie schon als Kinder zum Einzelgänger wurden.«

»Also müssen wir nach einem Einzelgänger suchen, dem berühmten einsamen Wolf?«

»Nicht unbedingt. Vielleicht ist unser Mann auch ein Psychopath, oder er leidet unter Schizophrenie … zwei Persönlichkeiten, verstehen Sie? … einmal grundvernünftig und dann wieder der brutale Killer, möglicherweise von einer Sekunde zur anderen.«

»Dr. Jekyll und Mr. Hyde?«

»So ähnlich.«

Peck überlegte, ob nicht jeder Mensch mehrere Persönlichkeiten in sich trug. Vielleicht war das gar keine Krankheit. Sophia machte ihm schon seit langem den Vorwurf, von Zeit zu Zeit die charmante Persönlichkeit zu unterdrücken und seine dunkle Seite hervorzukehren.

So wie ihn Carmen beobachtete, ahnte sie, dass er mit seinen Gedanken abgeglitten war.

»Sind Sie verheiratet?«, fragte sie aus heiterem Himmel.

»Warum wollen Sie das wissen?«

»Ich bin Psychologin. Schon vergessen? Ich will alles über

Menschen wissen. Also, ich wette, Sie sind verheiratet.«

»Stimmt nicht ganz. Sophia ist meine Lebensgefährtin.«

»Das ist so gut wie verheiratet.«

»Wir treten auf der Stelle.« Peck schüttelte den Kopf, wie um ihr Argument abzuschütteln. »Zu neunundneunzig Prozent ist der Mörder also ein Mann. Mehr wissen wir nicht über ihn.«

»Oder es ist doch eine Frau. Haben Sie die Liste aller Opfer abgearbeitet?«

»Wir sind durch. Braunschweiger und ich haben mit allen noch lebenden Angehörigen gesprochen.«

»Wie machen Sie jetzt weiter?«

Eine gute Frage. Peck dachte einige Augenblicke nach. »Ich möchte mir die Leiche ansehen.«

»Belindas Leiche?«

»Ich möchte sie sehen, bevor sie beerdigt wird.«

»Warum? Ihr pensionierter Polizistenfreund kann Ihnen den Obduktionsbericht besorgen.«

»Ich möchte die Leiche sehen.« Peck fiel auf, dass er wie ein störrisches Kind klang.

»Wenn Sie unbedingt wollen ... aber ohne mich. Auf Wiedersehen.« Sie erhob sich und hielt ihm die Hand hin.

*

Dass es in den weiß gefliesten Räumen zehn Grad hatte, war nicht der einzige Grund, warum Peck erleichtert aufatmete, als ihn der Gerichtsmediziner in sein warmes Büro bat.

»Etwas blass sehen Sie aus.«

»Ich möchte Ihren Job nicht haben«, sagte Peck.

»Haben Sie noch eine Frage?« Er wies auf den Besucherstuhl. Der Schreibtisch des Arztes sah aufgeräumt aus.

»Der Mörder hat allen Opfern die Hände abgetrennt. Wie geht das vor sich?«

»Die Exartikulation der Hand ist kein großes Problem, vor allem bei zarten Handgelenken eines jungen Mädchens.«

»Kein großes Problem? Geht das ohne Säge?«

»Man braucht keine Säge. Ein scharfes Messer reicht. Und etwas Kraft, zumal sich der Täter keine Gedanken um Wundversorgung oder Behandlung der Blutgefäße machen muss. Die Sehnen sind rasch durchtrennt, dann die Bänder … verstehen Sie, dazu benötigt man keine besonderen anatomischen Expertisen.«

»Gibt es irgendwelche Autopsie-Erkenntnisse, die uns weiterhelfen könnten?«

»Nichts Besonderes. Die Todesursache ist unstrittig.« Der Arzt griff nach einem Blatt Papier. »Die Magenprobe hat einen leichten Alkoholgehalt ergeben, wie nach einem Glas Wein und geringe Spuren eines längere Zeit zurückliegenden Essens. Zum Tod geführt haben die beträchtlichen Verletzungen der Halsweichteile sowie teilweise des Kehlkopfes durch Kompression mit beiden Händen.« Er legte den Zettel zur Seite. »Mit anderen Worten: Sie ist erwürgt worden.«

Der Weg zurück zum Auto führte durch einen kleinen, ungepflegten Park und als Peck bei einigen überfüllten Mülltonnen vorbeiging, erregte etwas seine Aufmerksamkeit. Er blieb stehen und ließ den Blick über das Gelände schweifen. Und dann sah er ihn. Der Mann, der einen bodenlangen, dunkelgrauen Regenmantel trug, saß auf einer Holzbank und sah zu ihm herüber. Von seinem Gesicht konnte man wenig erkennen, da er eine Baseballkappe tief in die Stirn gezogen hatte. Es war weniger das äußere Erscheinungsbild, das Pecks Interesse erregte, sondern die Art und Weise, wie er herüberstarrte. Mit aufrechtem Oberkörper, die Hände auf den Knien saß er da und es schien, als ob er Peck musterte und mit den Blicken verfolgte.

Während Peck zu seinem Auto ging, behielt er den Mann weiter im Auge. Er suchte nach dem Wagenschlüssel und bevor er ihn ins Schloss steckte, drehte er sich noch einmal um. Der Mann war verschwunden.

Kaum saß Peck im Auto, als Funke anrief.

»Was sagt die Rechtsmedizin?«

»Zwei Dinge habe ich gelernt: Erstens, Belinda ist erwürgt worden. Zweitens, man braucht keine besonderen anatomischen Kenntnisse, um jemandem die Hand abzuschneiden.«

»Das bringt uns keinen Schritt weiter.«

»Ich habe auch eine Frage«, sagte Peck. »Hat die Polizei in der Zwischenzeit eine Haus-zu-Haus-Befragung durchgeführt?«

»Keine nennenswerten Ergebnisse. In der Gegend befindet sich keine dichte Besiedlung. Eine Frau, die in der Nachbarschaft wohnt, hat zur fraglichen Zeit ein Auto gehört sowie ein angeblich laut knatterndes Motorrad. Ein paar der Leute waren allerdings nicht zu Hause und konnten von der Polizei nicht befragt werden.«

»Es ist zum Verrücktwerden«, sagte Peck. »Irgendwer muss doch was gesehen haben.«

»Was macht dein Mitarbeiter Braunschweiger?«

»Der folgt den Spuren eines Mannes namens Konrad Feuerbach, der vor zwanzig Jahren Obergefreiter war und von der Kaserne Ried nach Salzburg versetzt wurde.«

»Und was ist dein nächster Programmpunkt, Herr Detektiv?«

»Ich werde den Eltern der toten Belinda einen Besuch abstatten.«

»Na, dann viel Glück. Das scheinen schwierige Leute zu sein.«

*

Die Sonne stand strahlend am blauen Himmel und Peck gab sich alle Mühe, Geist und Körper zu erwärmen. Als er auf der Karolinenbrücke die Salzach überquerte, suchte er eine passende CD, die zu seiner positiven Stimmung passte. Die Elite hört Klassik, Büroangestellte seichte Popmusik und Intellektuelle avantgardistischen Jazz, hatte er vor kurzem in einer Illustrierten gelesen. Peck war ein Klassik-Fan und hörte sie zu jeder Gelegenheit, auch zum Essen oder während des Bücher-lesens. Sophia kritisierte ihn deswegen und warf ihm vor, die Musik als breiiges Hintergrundgeräusch zu missbrauchen, als pure Dekoration, wie brennende Kerzen auf dem Tisch oder ein Bild an der Wand. Peck ärgerte sich über Sophias Ansichten, war sie doch jemand, der undifferenziert jede Art von Musik hörte, egal, ob es sich um Beethoven oder die Beatles handelte. Peck nannte sie deshalb eine Allesfresserin. Für ihn war Musik eine Sprache der Emotion und er beobachtete, dass die Stimmung der Musik, die er hörte, auch seine eigene Gemütsverfassung beeinflusste. Manchmal, wenn er in eher depressiver Laune war, bevorzugte er eine Musik, die ihn noch tiefer in die Niedergeschlagenheit und eine traurige Gedankenwelt führte.

Die Villa der Familie Hoffer lag in einer sonnigen Hanglage in der Daxluegstraße, die sich in weitläufigen Serpentinen den Hang hinaufzog.

Peck bog von der B1 ab, folgte der Straße zwischen Wiesen und kleineren Waldstücken bergauf und überquerte auf Holz-brücken schmale Flussläufe. Das Haus der Hoffers thronte wie ein Adlernest am Hang, nur dass es aus Sichtbeton gebaut war, mit einem wuchtigen, die gesamte Vorderfront umspannenden Balkon und einer riesigen Doppelgarage im Vordergrund. Wie ein seelenloser Klotz sah es aus, mit in der Sonne blitzenden Beschlägen und geheimnisvoll blau schimmernden Fensterflä-chen.

Peck fuhr den Schotterweg entlang und parkte seinen Volks-wagen am Ende der Auffahrt neben einem silberglänzenden Porsche.

Er klingelte und kurz darauf öffnete sich die Tür.

»Paul Peck. Ich habe angerufen.«

»Julius Hoffer«, sagte der Mann schroff und nickte kurz, als ob er über alles Bescheid wüsste. »Kommen Sie rein.«

Das Haus war auch innen beeindruckend. Ein riesiges Pano-ramafenster gab den Blick auf den gepflegten Rasen vor dem Haus und die dahinter liegenden dunklen Wälder über die man bis hinunter ins Tal sehen konnte frei. Hoffer führte ihn durch einen mit dunkelrotem Klinker gefliesten Flur in einen Raum, in dem es nach Zigarettenrauch roch und der sich als Bibliothek entpuppte. Bücherregale aus hellem Holz bedeckten drei der Wände und Peck musste sich beherrschen, um nicht neugierig nach den Büchern zu sehen. In der Mitte des Zimmers stand ein schwarzer Flügel, darauf das Foto eines jungen Mädchens.

»Ist das Ihre Tochter?«

»Was wollen Sie von uns?«

Peck setzte sich auf einen filigranen, weißen Sessel, der an der Wand stand.

»Ich habe Ihnen keinen Platz angeboten«, bellte Hoffer, der weniger den Eindruck eines trauernden Vaters, sondern eher einer beißwütigen Dogge machte.

Peck sprach dem Mann sein Beileid aus, wobei er ein trauriges Gesicht machte, was tatsächlich seinem Empfinden entsprach. Es musste furchtbar für einen Vater sein, die siebzehnjährige Tochter zu verlieren. Noch dazu durch einen grausamen Mord.

»Ich habe die Fernsehsendung aufmerksam verfolgt, in der diese esoterisch angehauchte Dame den Ort bekanntgegeben hat, an dem man ihre Tochter gefunden hat.«

Hoffer schüttelte den Kopf. »Mich hätten da keine zehn Pferde hin bekommen, aber meine Frau wollte unbedingt dabei sein.«

Der Mann hatte einen eigenartigen Dialekt mit einem ausländisch klingenden Einschlag, den Peck nicht zuordnen konnte.

»Hedda heißt die Frau, die sich als Hellseherin betätigt ...« Peck zögerte etwas, bevor er weitersprach. »Können Sie sich erklären, woher die Wahrsagerin wusste, an welcher Stelle man suchen musste?«

Irgendwo im Haus war plötzlich Lärm zu hören. Erschrocken sah Hoffer zur Tür, als ob er Angst hätte, dass jemand Unbefugter das Zimmer betrat.

»Meiner Frau geht es nicht gut. Der Arzt hat ihr eine Spritze gegeben und jetzt schläft sie.«

Er zündete sich eine Zigarette an. »Innerhalb kurzer Zeit war die Polizei zwei Mal bei uns … das ist zu viel für Berta … für meine Frau.«

»Glauben Sie an Hellseherei, Herr Hoffer?«

»Was ich glaube, spielt keine Rolle. Meine Frau hoffte so sehr, dass Hedda uns sagen kann, wo wir Belinda finden. Die Tage zuvor waren der reinste Horror. Können Sie das nicht verstehen? In so einem Zustand, und für das eigene Kind, greift man nach jedem Strohhalm.«

Peck nickte. Ja, er verstand. Wieder sah er auf die Bücher an der Wand und dann kam ihm die Idee, dass sie nicht zum Lesen im Regal standen, sondern nach laufendem Meter gekauft worden waren. Er konnte von seinem Platz einen Meter Goethe ausmachen. Und daneben ein Meter Grillparzer. Peck mochte Grillparzer nicht.

»Ich möchte Ihnen ein paar Fragen über Belinda stellen.«

»Wozu? Wir haben der Polizei alles gesagt.«

»Ich arbeite mit der Polizei zusammen.« Je öfter Peck diese Halblüge wiederholte, desto leichter kam sie über seine Lippen. »Was war sie für ein Mensch?«

»Der liebste und beste … eine ausgezeichnete Schülerin und bei allen beliebt.«

Nur bei einem nicht, dachte Peck.

»Herr Hoffer, Sie haben sich doch Sorgen um Ihre Tochter gemacht …«

»Was soll die Bemerkung? Natürlich … nicht nur Sorgen. Wir waren in Panik.«

»Warum haben Sie sich erst mit drei Tagen Zeitverzögerung an die Polizei gewandt?«

»Ich verstehe, was Sie meinen. Es waren zweieinhalb Tage … Belinda war ein selbstständiges Mädchen und wir haben Sie an diesem Tag gar nicht zurück erwartet.«

»Das verstehe ich nicht ganz.«

Hoffer seufzte und wischte sich mit beiden Händen über das Gesicht.

»Muss das wirklich sein? Alle diese Fragen … hat das nicht noch etwas Zeit?«

Peck blätterte sein Notizbuch auf, um zu zeigen, wie wichtig das Gespräch für ihn war. »Wann hat Ihre Tochter das Haus verlassen?«

»Am Montag um zwei Uhr Nachmittag, vielleicht auch ein paar Minuten später.«

»Und wohin ging sie?«

»Zu Sonja, einer Freundin. Ich glaube, sie wollte dort übernachten. Deshalb auch die Zeitverzögerung, wie Sie es nennen.«

»Haben Sie die Freundin angerufen?«

»Natürlich«, sagte er ungeduldig. »Wir haben tausend Telefonate geführt. Meine Frau hat mit Sonjas Eltern gesprochen. Mehrmals.«

»Und?«

»Nichts und. Sie sagen, Belinda sei dort nie angekommen.«

»Und das ist niemandem aufgefallen? Das muss doch der Freundin in Salzburg eigenartig vorkommen, dass Belinda nicht erschienen ist.«

»Das müssen Sie alles meine Frau fragen. Ich bin nicht der in der Familie, der für die Verabredungen meiner Tochter verantwortlich ist.«

»Die Freundin Ihrer Tochter hat also nicht angerufen, um zu erfahren, was passiert ist?«

»Das weiß ich nicht.«

»Sie wissen sicher, wie Sonja mit vollem Namen heißt.«

»Fellinger. Kurt Fellinger, Sonjas Vater ist seit Jahren ein Geschäftspartner.«

Hoffer sprach jetzt mit heiserer, monotoner Stimme. Auf seiner Stirn standen Schweißtropfen; er wischte sie ab, doch wenige Augenblicke später war die Stirn wieder feucht.

»Wo wohnt die Familie Fellinger?«

»In Salzburger Stadtteil Aigen, in der Gänsbrunnstraße. Wollen Sie dort auch hin?«

»Wir tun alles, um einen Mord aufzuklären, Herr Hoffer.«

»Die Hausnummer weiß ich nicht. Es ist ein Bungalow mit einem kleinen gemauerten Turm. Nicht zu verfehlen.«

»Wie wollte Ihre Tochter zu dieser Sonja Fellinger nach Salzburg kommen? Hat Ihre Frau sie mit dem Auto hingefahren?«

»Sie ist immer mit dem Bus gefahren.« Er zeigte Richtung Fenster. »Da geht ein Weg quer über die Wiese und durch das kleine Wäldchen bis zur Straße. Dort an der Hauptstraße befindet sich die Busstation. Diesen Weg hat Belinda jeden Tag genommen, wenn sie zur Schule fuhr.«

Hoffer erhob sich und zündete sich noch eine Zigarette an. »War das alles?«

»Eine Frage noch, dann werde ich Sie nicht mehr belästigen. Wer ist Johannes?«

»Was? Welcher Johannes?«

»Bei Ihrer Tochter hat man einen Zettel gefunden, auf dem von einem Johannes die Rede ist.«

»Davon hat die Polizei nichts erzählt.«

»Wer kann dieser Johannes sein?«

»Nur Johannes ... kein Familienname?«

»Nur Johannes.«

»Keine Ahnung.«

*

Von der Daxluegstraße, in der sich das Wohnhaus der Hoffers befand, kann man die Gänsbrunnstraße im Stadtteil Aigen über zwei Strecken erreichen.

Die erste windet sich in einer großen Schleife südlich, die in die Wolfgangseestraße mündet und durch Guggenthal weiter auf die Kreuzbergpromenade. Die zweite, genauso lange Strecke führt über die belebte B1 nach Gnigl und über den Wolfsgartenweg in die Kreuzbergpromenade, die nach Abfalter in die Gänsbrunnstraße mündet.

Es war wenig Verkehr auf der Route über Guggenthal und

Peck erreichte in weniger als einer halben Stunde den Bungalow mit dem kleinen gemauerten Turm.

Nach dem ersten Klingeln öffnete eine etwa fünfundvierzigjährige Frau und Peck hatte den Eindruck, dass er erwartet wurde.

»Guten Tag, Frau Fellinger«, sagte Peck. Dann stellte er sich vor und fragte: »Hat Sie Herr Hoffer angerufen, dass ich zu Ihnen unterwegs bin?«

Sie hob die Schultern. »Mein Mann ist in der Arbeit.«

Peck bemühte sich, dem Gespräch einen beiläufigen Charakter zu geben, wenigstens zum Einstieg. Freundlich und lässig sagte er: »Es geht um nichts Dramatisches. Nur eine oder zwei Fragen.«

»Kommen Sie halt rein«, sagte sie und machte mit dem linken Arm eine einladende Geste.

Peck folgte ihr in ein Wohnzimmer, das von einem riesigen Ölgemälde an der Wand beherrscht wurde, vor dem Peck fasziniert stehen blieb. Auf einer mit Blumen übersäten Wiese lag ein erlegter, kapitaler Hirsch mit mächtigem Geweih.

Faust auf blumiger Wiese, von Luftgeist Ariel umkreist. Peck hätte nicht sagen können, warum ihm in diesem Moment die Worte einfielen, mit denen Goethe seinen Faust Nummer zwei einleitete.

»Ein schönes Bild«, sagte er. »So friedvoll.«

»Suchen wir nicht alle den Frieden?«

Peck stufte dies als rhetorische Frage ein und gab keine Antwort. Stattdessen fragte er nach Sonja.

»Meine Tochter sitzt in ihrem Zimmer oben und lernt für die mündliche Matura.«

Die Frau nickte, griff nach ihrem Handy und wählte eine Nummer. »Besuch für dich«, sagte sie und ließ das Mobiltelefon mit einem geübten Handgriff in die hintere Tasche ihrer Jeans gleiten.

Sonja Fellinger war eine dünne Blondine, die ihr Haar hinten mit einer roten Kordel zusammengebunden hatte.

161

»Was ist los?«, fragte sie.

Sorge für eine gute Gesprächsatmosphäre, das ist die wirksamste Methode, um mit einem Mensch ins Gespräch zu kommen. Peck lächelte das Mädchen freundlich an.

»Welcher Maturagegenstand steht heute auf dem Programm?«

Einige Augenblicke sah sie ihn müde an, dann sagte sie: »Latein. Demonstrativpronomen und so …«

»Hic, haec, hoc und so …« Peck variierte sein Lächeln etwas. »Ich habe eine Frage zum Tod Ihrer Freundin Belinda.«

Sonja setzte sich auf die Couch und schlug die Beine übereinander. »Nur zu.«

»Belinda wollte Sie vor drei Tagen besuchen.«

»Stimmt.«

»Aber sie kam nicht.«

»Stimmt.«

»Hat Sie das nicht beunruhigt?« Peck sah zuerst die Tochter an, dann die Mutter.

»Es war nicht das erste Mal, dass sie ihr Kommen angekündigt hat und nicht erschienen ist. Das war außerdem eher eine lockere Verabredung, nichts Festes.« Sie sah zu ihrer Mutter, die heftig mit dem Kopf nickte.

»Haben Sie nicht daran gedacht, Belinda anzurufen, um zu fragen, warum sie nicht gekommen ist?«

»Warum sollte ich? Ich sagte schon, es war eine völlig zwanglose Verabredung.«

»Danke.« Während sich Peck erhob, fiel ihm noch eine Frage ein.

»Johannes … kennen Sie jemanden mit diesem Namen?«

Einen Moment lang wirkte Sonja Fellinger irritiert, sah zu ihrer Mutter und schüttelte den Kopf.

Sie lügt, dachte Peck. »Sind Sie ganz sicher?«

»Johannes? Nie gehört.«

»Könnte das vielleicht ein Freund Belindas sein?«

Sie schüttelte immer noch den Kopf. »Glaube ich nicht. Wir

waren zwar nicht wahnsinnig eng befreundet, aber von einem Freund dieses Namens hätte Belinda mir erzählt.«

Peck bedankte sich für das Gespräch und mit einem aufmunterndem »Hic, haec, hoc« sowie dem untrüglichen Gefühl, dass ihn Sonja belogen hatte, verließ er das Haus und machte sich auf den Heimweg.

13. Kapitel

Eigentlich sollte er in sein Büro gehen und die während der letzten Tage gewonnenen Erkenntnisse in die Unterlagen einarbeiten. Außerdem war es höchste Zeit, mit Braunschweiger den Aktionsplan der nächsten Tage zu aktualisieren. *To-Do-Liste* hatten sie das genannt, als er noch in der Firma gearbeitet hatte. Peck erinnerte sich an frühere Diskussionen zu Problemen im Unternehmen und zu strategischen Fragen. Er erinnerte sich aber auch daran, dass er in der Firma stets klare Pläne und Ziele hatte, selbst in schwierigen Fällen. Und jetzt? Verdammt, worauf hatte er sich hier nur eingelassen! Peck spürte, wie zuerst Ärger, dann Niedergeschlagenheit in ihm hochstieg. Sollte doch Funke zusehen, wie er mit seinen ungelösten Fällen zurechtkam.

Eine Weile blieb er noch in seinem Auto sitzen, bevor er den Motor startete. Im Schritttempo fuhr er die Straße hinunter. An der ersten Kreuzung bog er spontan rechts ab und beschloss, einen Kurzausflug zu seinem Sinnier-Baum zu unternehmen.

Er verließ die Stadt auf der Wolfgangsee Straße in östlicher Richtung und fuhr bei Hinterschroffenau auf die Straße Richtung Wiestalstausee. Der Himmel hatte sich mit weißgrauen Wolken gefüllt und die Temperatur war spürbar gesunken. Nach zehn Minuten durchquerte er die kleine Gemeinde Ebenau und erreichte nach wenigen Kilometern seinen Sinnier-Baum, eine angebliche tausendjährige Linde, die mitten auf einem abgeernteten Kukuruzfeld stand und nur über einen schmalen, grasbewachsenen Pfad erreichbar war. Peck wusste weder, wieviel tausendjährige Lindenbäume es in Österreich gab, noch ob das mit der Altersangabe überhaupt stimmte. Er fuhr öfters hierher, um Ruhe zu suchen und um seine durcheinander geratenen Gedanken zu sortieren, vielleicht auch um gegen eine aktuelle, schwermütige Phase anzukämpfen. Der Baum lag wie eine winzige Insel inmitten des kahlen Feldes, nur etwas verdorrtes Gras, Unkraut und die nackten Äste einiger Hollerbüsche umrundeten den meterdicken Baumstamm. Knapp über dem Boden entsprangen dem Stamm einige Äste, von denen einer ein Stück waagrecht lief, bis er es sich anders überlegt hatte und Richtung Himmel umgebogen war. Auf diesem Ast saß Peck, lehnte sich an den Baumstamm und spürte die rissige Rinde im Rücken. In der Ferne brummte leise ein Traktor, neben dem Kukuruzfeld war ein Teil des Ackers bis zum Horizont frisch umgegraben. Peck roch die frische Erde, die von einigen umherhüpfenden Krähen bevölkert war. Ein friedlicher, stiller Ort, die richtige Stelle, um die Gedankengänge zu glätten, Ideen zu ordnen, zu lochen und in der richtigen Reihenfolge abzuheften.

Von Zeit zu Zeit fühlte sich Peck in seinem Gedankenkarussell wie gefangen. Viel denken schadet nichts, hatte seine Großmutter immer gesagt, nur ständiges Grübeln ist zerstörerisch und führt in eine noch tiefere Niedergeschlagenheit. Oft reichte eine negative Schlagzeile in der Zeitung oder eine Nachricht im Fernsehen, die das unangenehme Karussell in Gang setzte, das sich so schlecht wieder stoppen ließ. Warum ging es bei diesen Geistesblitzen stets um Hoffnungslosigkeit oder Verzweiflung? Warum waren es nie motivierende oder fröhliche Gedanken? Die Menschheit wird von Tag zu Tag dümmer, die Rechtspopulisten pausenlos stärker und der Regen immer saurer.

Vielleicht sollte er mit Carmen Christiansen über seine zeitweiligen Schieflagen reden. Wahrscheinlich würde sie ihn sofort bitten, sich auf eine Couch zu legen. Allein diesen Gedanken fand er außerordentlich entwürdigend. Er erinnerte sich an den Artikel in einem Magazin, der von zwei wirksamen Möglichkeiten sprach, um das Grübeln zu stoppen: Erstens, alle negativen Gedanken durch positive zu ersetzen. Diese Variante hatte er dutzendfach und jedes Mal mit wachsender Erfolgslosigkeit probiert. Blieb nur die zweite Möglichkeit, nämlich das Gedankenkarussell wirksam zu unterbrechen.

Aber wie? In den Schneidersitz zu wechseln und kontemplativ in die untergehende Sonne zu starren, war nichts für ihn. Ein einziges Mal war er der meditativen Gebrauchsanweisung gefolgt, in der folgendes Ritual empfohlen wurde: *Setz dich hin, schließe die Augen, konzentrier dich auf die Atmung und spüre, wie die Entspannung über dich hereinbricht.* Bei ihm brach nichts herein. In Österreich glauben mehr Menschen an Esoterik als an Gott. Das stand vor kurzem in einer seriösen Zeitung. Das esoterische Weltbild soll holistisch sein und ganzheitlich die Welt und den gesamten Kosmos im Blick haben. Ein alter Schulkollege, mit dem er manchmal telefonierte und der früher als durchaus kluger Mensch galt, war ein überzeugter Anhänger der Esoterik geworden. Bei jeder passenden und unpassenden Gelegenheit redete er von seinen Reisen, die er als selbstbestimmt und meditativ beschreibt, von Reisen, bei denen das Itinarary nicht im Vordergrund steht und die auch in andere Welten als die der Geografie führen.

Für solchen Mystizismus hatte Peck keine Nerven. Und doch spielten Esoterik und Übersinnliches offenbar eine Rolle in Zusammenhang mit Belindas Tod. Seine Gedanken liefen zu Hedda und zu ihrem treffsicheren Hinweis auf den Fundort der Leiche. Er beschloss, das Phänomen Esoterik noch einmal mit Carmen zu besprechen. Eine Psychologin muss schließlich mehr darüber wissen als Paul, der Laie.

Peck blätterte in seinem Notizbuch. Wie oft hatte er die Unterlagen durchgeackert, in der Hoffnung, dass ihm etwas Ungewöhnliches auffallen würde, was sie bisher übersehen hatten.

Die Haus-zu-Haus-Befragung der Polizei zum Beispiel. Wie hatte Funke gesagt? Hat offenbar keine nennenswerten Ergebnisse gebracht.

Es war mehr eine spontane Idee, als er beschloss, eine persönliche Haus-zu-Haus-Befragung nachzuschieben.

Eine Viertelstunde später parkte Peck seinen Wagen am Söllheimerberg, hundert Meter von der Stelle entfernt, an der man Belindas Leiche gefunden hatte. *Draxlerstraße* stand auf dem

Schild. Es war mehr ein Weg, der von hier aus bis zu dem Haus führte, in dem Belinda wohnte. Peck sah hinunter ins Tal und verfolgte die schmale Straße, die sich durch die Wiesen und rund um einen Teich schlängelte, wie von einem Betrunkenen in die Landschaft gezeichnet, in unmotivierten Richtungswechseln, so als ob der Weg selbst nicht wisse, wohin er führt. In der Entfernung konnte er ein paar Wohngebäude ausmachen. An der Kreuzung mit einer Straße, die aus einem der Waldstücke kam, standen zwei Mehrfamilienhäuser.

Im ersten der Häuser öffnete ein alter, aber rüstig aussehender Mann mit silbergrauem Haar, eher ein Greis, der ein nicht unfreundliches Knurren von sich gab und dann mit Hilfe zweier Krücken vor Peck her humpelte.

»Danke, dass Sie Zeit für mich haben«, sagte Peck, als sie im Wohnzimmer saßen und der Mann mit erwartungsvollem Gesicht ihm gegenüber Platz genommen hatte.

»Mir läuft die Zeit nicht weg, junger Mann«, sagte er mit zittriger Stimme.

Junger Mann. Peck beschloss, freundlich zu dem alten Herrn zu sein. Er erzählte von dem Mädchen, das in der Nähe tot aufgefunden wurde und bat, dem Mann einige Fragen stellen zu dürfen.

»Fragen Sie«, sagte der Mann. »Die Polizei hat uns auch schon besucht.«

»Uns?«, fragte Peck und sah sich im Zimmer um.

»Meinen Hund und mich.« Er deutete auf eine zusammengerollte Promenadenmischung von unbestimmter Größe und Rasse, die in der Ecke lag und schlief. Der Alte griff nach einem aufgeschlagenen Buch auf dem Tisch. »Sehen Sie«, sagte er und hielt Peck den schweren Band vor die Nase. Auf dem Titelbild des Buches war ein riesiger Luxusdampfer abgebildet, aus dessen Schornstein schwarzer Rauch quoll.

»Planen Sie eine Kreuzfahrt in die Südsee?«, fragte Peck interessiert.

»Junger Mann!«, polterte der Alte. »Das ist die Wilhelm

Gustloff. Ich stand im Hafen und sah das Kreuzfahrtschiff aus-
laufen, mit über zehntausend Menschen an Bord, Zivilisten die
meisten und darunter hunderte Kinder. Wenige Stunden später
wurde die Gustloff von den Russen torpediert und über neun-
tausend Menschen ertranken.«

»Wegen des Mordfalls hier in der Nähe.« Peck zeigte mit
dem ausgestreckten Arm Richtung Tür. »Konnten Sie der Polizei irgendwelche Hinweise geben?«

Der alte Mann musterte ihn mit wachsender Feindseligkeit,
wie es Peck schien. Er hätte wohl noch gern über die Schiffs-
katastrophe erzählt. Am auffälligsten war seine aufgedunsene,
von roten und blauen Äderchen durchzogene Knollennase, die,
so wusste Peck, nicht unbedingt den Beweis lieferte, dass der
Mann Alkoholiker war.

»Ich habe überhaupt nichts gesehen«, sagte er. »Sagen Sie
mir, was ich gesehen haben sollte … Los, sagen Sie es mir.«

Peck klappte sein Notizbuch zu. »Also … Sie haben nichts
beobachtet.«

»Doch!« Seine Stimme war laut geworden. »Ich habe so
manches gesehen, das ich nicht vergessen werde. Es war am
30. Januar 1945 kurz nach dreizehn Uhr, als die Gustloff in
Gotenhafen ablegte.«

Peck erhob sich und bedankte sich für das Gespräch.

Als er zweihundert Meter weiter langsam an einem kleinen,
ebenerdigen Haus vorbeifuhr, sah er einen Kopf aus dem Fenster spähen. Er stieg aus dem Wagen und während er sich der
Haustür näherte, verschwand der Kopf hinter dem Vorhang.

Eine ältere Frau mit kurzen weißen Haaren öffnete. Helle
Augen, eine gerade Nase, schmale Lippen und viele Falten. Mit
leichter Missbilligung betrachtete sie ihn ein paar Augenblicke
lang.

»Alles, was ich weiß, habe ich der Polizei mitgeteilt«, sagte
sie, noch bevor Peck eine Frage stellen konnte. »Wer sind Sie
überhaupt?«

Peck zückte seinen Detektiv-Ausweis, den die Frau unaufmerksam prüfte. »Man muss vorsichtig sein«, sagte sie, als sie ihm die Papiere zurückgab. Peck lobte sie für ihre Aufmerksamkeit.

»War es Vorsicht, dass Sie vorhin zum Fenster rausgeschaut haben?«

»Nein. Neugierde. Ich habe Ihr Auto gehört. So viel Verkehr ist hier nicht auf unserer Straße. Es geht um den Mord an Belinda, nicht wahr?«

»Sie kannten sie?«

»Ein hübsches Mädchen. Ich sah sie manchmal, wenn sie zur Bushaltestelle ging.«

»Sie haben nie mit ihr geredet?«

»Ich wusste, wer sie war und wir haben einige Male miteinander gesprochen, wenn ich im Garten war, während sie vorbei ging. Ein freundliches Mädchen. Ganz anders als ihre Eltern.«

»Wie sind die Eltern?«

»Versnobt ... hochnäsig und aufgeblasen, verstehen Sie?«

»Sie haben alles der Polizei mitgeteilt, sagten Sie vorhin? Was denn zum Beispiel?«

»Darüber habe ich während der letzten Tage nachgedacht ... und heute früh ist mir eingefallen, dass ich einen Mann vor dem Haus gesehen habe. Gegen Abend.«

»Was machte der Mann?«

»Nichts. Er ging vorbei.«

»Ganz sicher ein Mann?«

»Groß und wuchtig ... wie ein Berg.«

»Warum sind Sie sicher, dass es ein Mann war?«

»Weil sich Männer anders bewegen als Frauen, okay?« Sie zeigte auf die Straße.

»Dort ging er vorbei. Es war dämmrig, aber ich konnte ihn genau sehen.«

»Ein alter Mann? Oder jung?«

»Er ging schwungvoll dahin ... eher jung würde ich sagen.«

»Wie war er angezogen?«

»Er trug einen Mantel.«

»Einen Mantel ... kurz oder lang?«

»Lang, bis zum Boden.«

»Und die Haare? Welche Farbe hatten die Haare?«

»Die Haare konnte ich nicht sehen. Er trug eine Mütze.«

»Was für eine Mütze?«

»Mehr eine Kappe. So eine Baseballkappe. Mir fiel auf, dass er sie tief in die Stirn gezogen hatte, sodass ich sein Gesicht nicht sah.«

»Er ging vorbei.« Peck drehte sich zur Straße. »Aus welcher Richtung kam er?«

»Von da.« Sie zeigte zu dem kleinen Wäldchen.

»Und dann?«

»Nichts weiter. Er ging vorbei und später war mir, als ob jemand ein Auto startete und wegfuhr.«

»Haben Sie das alles auch der Polizei erzählt?«

Sie schüttelte den Kopf.

»Warum nicht?«

»Ich kann die Polizei nicht leiden.«

Peck bedankte sich und blieb auf der Straße vor dem Haus noch einige Augenblicke stehen. Viele Gedanken schwirrten durch seinen Kopf.

*

»Ich habe nochmals über die abgeschnittenen Hände nachgedacht«, sagte Carmen Christiansen.

»Und?«

»Ich kann nicht genau sagen, was es bedeutet, aber je länger ich darüber nachdenke, desto mehr bin ich überzeugt, dass er uns eine Botschaft geben will.«

»Die Botschaft des Mörders. Gibt es so etwas? Und was, wenn es sich um einen Ausdruck von Hass und Gewalt handelt?«, fragte Peck.

»Auf alle Fälle sollten wir es ernst nehmen.«

»Oder nur eine Methode um uns und die Polizei abzulenken.«

»Uns abzulenken?«

»Ja. Uns auf ein falsches Gleis zu führen.«

»Darauf befinden wir uns bereits … auf dem falschen Gleis, meine ich. Der letzte Mord … ich rede von Belinda … da ist mir noch etwas aufgefallen.« Carmen wischte sich kurz über die Stirn, wie sie es öfters machte. »Es war keine Einstiegstat. Ich meine, das könnte ein weiterer Beweis sein, dass es sich um den Mord eines Wiederholungstäters handelt. *Unseres* Wiederholungstäters.«

»Keine Einstiegstat … was meinen Sie damit?«

»Der Mord war viel zu drastisch. Das war eine koordinierte Tat … fast kontrolliert, könnte man sagen. Als ob der Täter vorher bei einer Verbrechensserie geübt hätte.«

»Auch wenn das, was Sie Übung nennen, zwanzig Jahre zurück liegt?«

»Ja. Sexuell motivierte Fantasien bleiben auch in langen Pausen präsent.«

»Und diese Hedda und ihre Parapsychologie. Sie sind doch Psychologin … wie erklären Sie die Treffsicherheit dieser Frau?«

»Parapsychologie ist mehr *para* als Psychologie«, sagte Carmen Christiansen und lächelte ihr umwerfendes Lächeln. »Also ist es ein Nebenschauplatz, es gibt aber eine Reihe von Fachleuten, die selbst die Psychologie nicht als Wissenschaft einstufen. Darüber ärgere ich mich natürlich. Der Schlimmste war Wittgenstein, der sogar eine mehrstufige Beweiskette veröffentlicht hat, warum Psychologie keine Wissenschaft sein kann. Die Naturwissenschaftler sind drauf und dran, die Neurowissenschaften vom Spielfeld zu verdrängen. Und das gilt erst recht für die Parapsychologie, die natürlich weit davon entfernt ist als ernstzunehmende Wissenschaft zu gelten.«

»Was halten Sie davon, wenn wir diese Frage Hedda vorlegen?«

Carmen dachte einige Augenblicke nach. »Gute Idee«, sagte sie. »Fragen wir sie.«

Hedda wohnte in einem lächerlich kleinen Einfamilienhaus, das mit seinem Baustil nicht in eine Gemeinde wie Wals-Siezenheim passte, und erst gar nicht in einen Ort, der den Namen *Himmelreich* trug. Dunkles Holz und grüne Fensterläden, zwergenhaft und verspielt wie ein Hexenhäuschen aus dem Märchen. Die Haustür, vor der Peck eine Parklücke fand, war glänzend schwarz lackiert.

Das Haus hatte keinen Vorgarten, eine Reihe moosbewachsener Waschbetonplatten lag um das Gebäude herum, die Peck und Carmen zu einem vertrockneten Flecken Gras und einer schmalen Hintertüre führten, die halb offen stand. In dem dämmrigen Vorhaus hing der Geruch nach altem Isoliermaterial und Räucherstäbchen.

»Ich gehe voraus«, sagte Peck über seine Schulter hinweg. Er tappte den schmalen Flur entlang, bis links eine steile Holztreppe nach oben führte, die bei jedem Schritt knarrte.

Peck hatte immer schon Skrupel, still und heimlich in ein fremdes Haus einzudringen. Er vertrieb das schlechte Gewissen, indem er laut »Hallo! Ist da jemand?« rief.

»Ich erwarte Sie.« Heddas sonore Stimme schien das gesamte Treppenhaus in Schwingungen zu versetzen.

Hedda sah heute weniger wie eine Walküre, sondern eher wie ein dicker, schwarzer Vogel aus. Wieder überraschte ihn der kraftstrotzende Körperbau der Frau und die störende Tatsache, dass sie ihn mindestens um einen Kopf überragte.

»Kommen Sie rein«, sagte sie und bewegte sich einen Schritt rückwärts.

Peck und Carmen betraten das Zimmer und blieben überrascht stehen, als sie sich in einer anderen Welt wiederfanden, irgendwo zwischen Rokoko und Bordell. Dunkelrot tapezierte Wände, weiß gehäkelte Zierdeckchen auf jeder Kommode und dem runden Tisch in der Raummitte. Peck bekam seinen Platz auf dem abgewetzten, dunkelbraunen Ledersofa zugewiesen, Carmen setzte sich auf einen üppig geschwungenen Sessel.

In der Mitte des schwarzlackierten Tisches standen zwei

siebenarmige Kerzenleuchter und einige vergoldete Bilderrahmen mit Schwarzweiß-Fotos von Leuten in altertümlichen Anzügen und bodenlangen Kleidern, die starr in die Kamera sahen. Über der Couch hing ein monströs gerahmtes Gemälde mit fantastischen allegorischen Motiven. Engelsgestalten in weißen Gewändern, die über eine schmale, geländerlose Brücke balancieren und bäuerlich gekleidete Kinder vor dem Absturz bewahrten. Die weiß gekleideten Figuren trugen Bildchen vor sich her, auf denen Mandalas in unterschiedlichen Varianten dargestellt waren.

Auf dem gehäkelten Deckchen im Zentrum des runden Tisches thronte das wohl wichtigste Requisit einer Wahrsagerin: Die Kristallkugel.

Hedda setzte sich auf einen Sessel Peck gegenüber und fixierte zuerst Carmen, dann blickte sie zu Peck. »Sie haben Verstärkung mitgebracht.«

Peck nickte. »Eine Bekannte, die sehen wollte, wie eine berühmte Hellsichtige arbeitet.« Er wies auf die Kristallkugel auf dem Tisch. »Da ist sie ja die gute, alte Kugel. Erinnern Sie sich an unser Gespräch auf dem Jahrmarkt in Ried? ›Auch wir Hellsichtigen gehen mit der Zeit und arbeiten mit modernen IT-Methoden‹, sagten Sie, ›Computer statt Kristallkugel‹.«

Hedda folgte seinem Blick und verschränke, ohne ein Wort zu sagen, die Arme vor der mächtigen Brust.

Ein leichter Geruch von Pfefferminze lag in der Luft, der aber nicht aus der Teekanne emporstieg, die neben Hedda auf dem kleinen Tisch stand, wie Peck aufgrund eines unauffälligen Geruchstests feststellte. Roch Hedda nach Minze? Zumindest hatte sie auffällig gerötete Wangen und Peck nahm dies als Indiz, dass sie getrunken hatte.

Mit weit geöffneten Augen sah Hedda auf Peck, wobei sie einen eigenartig verwirrten und nervösen Eindruck machte.

»Möchten Sie Tee? Ich habe mystischen Hanf und extrastarken Rooibos-Druidentee.«

Carmen und Peck sahen sich an und lehnten beide dankend ab.

»Nick«, sagte Hedda zu Peck. »Das war doch Ihr Name, nicht wahr?«

Peck nickte.

»Nick ... was sind Sie von Beruf?«

»Ich bin Berater.«

Sie lächelte wissend. »So wie ich.«

»So wie ich«, sagte Carmen und erntete einen verwirrten Blick Heddas.

»Was sind Sie für ein Sternbild?«

Peck dachte einen Augenblick nach. »Wassermann.«

»Und der Aszendent?«

Peck schüttelte den Kopf. Er wusste nicht einmal, was das war.

»Liebe Hedda«, sagte Peck. »Ich saß vor dem Fernseher und bin heute noch beeindruckt, mit welcher Treffsicherheit Sie die verschwundene Belinda aufgefunden haben.«

Obwohl sie sein Lob genoss, wirkte sie nach wie vor verwirrt. Sie sprang auf, stand einen Moment lang breitbeinig da und Peck fiel auf, wie blass sie geworden war. Was war los mit ihr? Heddas Augen flatterten wie Schmetterlinge und richteten sich glanzlos auf einen imaginären Punkt irgendwo hinter Peck. So als befände sie sich auf einer weiten Reise.

Peck sah zu Carmen hinüber, die Hedda mit besorgtem Blick beobachtete.

»Liebe Hedda!« Carmens leiser Ruf holte die regungslos Stehende von ihrer Reise zurück.

Während sie sich setzte, wirkte sie immer noch verwirrt und ängstlich. Starr und verkrampft saß sie da und krallte die Hände um die Stuhllehne, dass ihre Knöchel weiß hervortraten.

»Hat Ihnen die Polizei nicht die gleiche Frage gestellt?«

»Welche Frage?«

»Wie Sie es angestellt haben, den genauen Ort anzugeben, an dem Belinda vergraben war.«

»Die Stimmen!« Sie legte ihre Hände auf die Ohren. »Hört ihr sie nicht?«

Carmen warf Peck einen fragenden Blick zu.

»Die Stimmen wissen alles.«

Die Dame spielt uns etwas vor, dachte Peck. Hier sitzt eine clevere, intelligente Frau, die vieles weiß, wenig sagen will und jetzt die Jenseitige schauspielert.

»Ich werde bald weggehen«, sagte Hedda.

»Warum? Und wohin?«, fragte Carmen.

»Ich bin es leid, ständig all diese Fragen gestellt zu bekommen, die ich als unhöfliche Zweifel an meinen hellsichtigen Fähigkeiten verstehe.«

»Keiner zweifelt an Ihren Begabungen. Ich möchte nur verstehen, wie das funktioniert.«

»Wie was funktioniert?«

»Diese Art von Spiritismus oder Okkultismus, oder wie immer Sie das nennen.«

»Das kann man nicht verstehen.«

Sie nahm einen Schluck aus ihrer Tasse und Peck war überzeugt, dass der Tee zu einem hohen Prozentsatz aus Schnaps bestand.

»Ich möchte mich weiterbilden«, sagte Peck. »Empfehlen Sie mir ein Buch über Parapsychologie. Dann lese ich mich in Ihre Geheimwissenschaft ein.« Peck sah sie treuherzig an. »Ich meine es ehrlich. Nennen Sie mir ein gutes Buch … nur um das alles besser einzuordnen.«

»Kennen Sie die Blavatsky?«

»Ja«, sagte Carmen.

»Nie gehört.« Peck zeigte Interesse und beugte sich etwas vor. »Wer ist das?«

Hedda lehnte sich zurück und schloss kurz die Augen, wie um sich zu konzentrieren. »Helena Blavatsky. Sie ist der Ursprung des Spiritismus und Begründerin der Theosophie. Wenn Sie ihr Buch gelesen haben, wissen Sie alles über Jenseitskontakte und Okkultismus.«

Peck beugte sich noch ein Stück weiter vor. »Wie heißt das Buch?«

»Die Geheimlehre. Ein Standardwerk. Leider ist es seit Jahren vergriffen.«

»Können Sie mir das Buch leihen, Madame?«

»Ich habe es verliehen. An Herby.«

Herby? Peck erinnerte sich, dass er dessen Autonummer an Funke durchgegeben hatte, der herausfand, dass der Wagen auf einen gewissen Herbert Moser zugelassen ist.

»Herbert Moser«, sagte Peck. »Seit einem Jahr Pensionist.«

»Herr Peck, wir verwenden aus gutem Grund Decknamen in unserem Zirkel. Ich möchte nicht wissen, wie Sie Herbys wirklichen Namen herausgefunden haben. Jedenfalls hat er mein Buch bei sich zu Hause ... Und viel zu lange schon, wie mir gerade einfällt.«

Sie zauberte ihr Handy aus der Tasche und wählte eine Nummer.

»Herbert«, sagte sie laut ins Telefon. »Du hast immer noch mein Blavatsky-Buch.« Ungeduldig lauschend drückte sie ihr Telefon ans Ohr.

»Ich möchte das Buch weiter verleihen. An einen Herrn, den du kennst.« Sie sah Peck vorwurfsvoll an. »Und der übrigens deinen Namen weiß.« Nach einigen Augenblicken nahm sie das Handy vom Ohr. »Sie sollen sich das Buch bei ihm abholen, sagt er.«

Hedda drückte ihm einen Zettel mit Herbert Mosers Telefonnummer in die Hand, dann erhob sie sich. »Das war's dann wohl. Schönen Tag noch.«

14. KAPITEL

Leise Musik waberte durch Burgis Beisl, in dem er mit Braunschweiger verabredet war. Peck hatte sich einen schlechten Platz ausgesucht. Er saß mit dem Rücken zum Fenster, hinter ihm am Fensterbrett eine ausgewachsene Yucca, deren spitze Blätter jedes Mal, wenn er sich zurücklehnte, wie stachelige Finger in sein Haar griffen.

Er überlegte sich gerade, auf einen ungefährlicheren Platz zu wechseln, als Braunschweiger den Raum betrat.

»Was gibt's, Chef?«

»Lagebesprechung. Diesmal im Stammlokal bei Burgi. Berichten Sie über Ihre Erfolge und Misserfolge.«

»Chef, ich habe keine Misserfolge.« Braunschweiger erzählte von Siegi, dem Sohn des gerade verstorbenen früheren Oberwachtmeister Florian Mündl. »Wie ich Ihnen sagte, halte ich Siegi für einen äußerst verdächtigen Zeitgenossen, Chef.«

»Worauf gründet sich Ihr Verdacht?«

»Raten Sie mal.«

»Ich mag Rätselraten nicht, Braunschweiger.«

»Erstens war Siegi als Koch im Offizierskasino der Kaserne Ried beschäftigt und zweitens halte ich ihn für verdächtig, weil er Susanne Wenz einen scharfen Feger nannte.«

Peck pfiff anerkennend durch die Zähne. »Die beiden kannten sich?«

»Die sind sogar eine Zeitlang miteinander gegangen. Bis ein anderer kam und sie ihm weggeschnappt hat. Und wissen Sie, wer das war?«

»Ich mag Rätselraten nicht«, sagte Peck.

»Martin Kalupka. Der Buchhändler.«

Diesmal fiel der Pfiff zu laut aus, sodass zwei weißhaarige Damen vom Nebentisch mit grantigem Blick herübersahen.

»Und wo arbeitet dieser Siegi heute?«

»Gasthaus Rechenwirt. Irgendwo in Salzburg.«

»Nicht irgendwo, Braunschweiger. Der Rechenwirt befindet sich in Elsbethen. Und von Elsbethen ist man zu Fuß in wenigen Minuten in der Glasenbachklamm. Und was haben Sie über Konrad Feuerbach herausgefunden, Braunschweiger?«

Sein Gegenüber ließ plötzlich den Kopf hängen und sah wie ein geschlagener Hund aus.

»Braunschweiger, Sie erinnern sich doch. Obergefreiter Konrad Feuerbach, der dritte Name auf des Oberstleutnants Liste. Damals dreißig, heute um die fünfzig.«

»Habe ich verschwitzt, Chef. Ich erledige das morgen«, sagte er mit leiser Stimme. »Versprochen.«

Der Kellner, der sich mit fragendem Blick näherte, trug gut lesbar den Namen *Johannes* auf der Brust. »Möchten Sie noch einen Kaffee?«

Peck bestellte ein Achtel Grünen Veltliner, während er auf das Schild mit der Aufschrift *Johannes* starrte. »Johannes«, sagte er zu Braunschweiger, als der Kellner ihren Tisch verlassen hatte. »Wenn wir wenigstens wüssten, was der Name zu bedeuten hat.«

»Was meinen Sie damit, Chef?«

»Das Stück Papier, das man bei der Leiche Belindas gefunden hat. *Johannes 15 Uhr* stand auf dem Zettel.«

In diesem Moment rief Funke an. »Dies ist mein Rückruf«, sagte er dienstbeflissen. »Was gibt's?«

»Ich habe schon zwei Mal versucht, dich zu erreichen.« Peck sah zu den beiden weißhaarigen Damen am Nebentisch hinüber und dämpfte seine Stimme. »Was hast du über den Buchhändler aus Ried herausgefunden?«

»Welchen Buchhändler?«

»Martin Kalupka! Der Bursche, der sich irgendwo in New York oder Umgebung herumtreibt.«

»Ich bekomme definitiv morgen Bescheid.«

»Das erzählst du mir seit Wochen.«

»Nicht Wochen. Maximal Tage, wenn nicht Stunden. Seit ich in Pension bin, ist es schwieriger geworden, an Informationen

178

ranzukommen. Du kennst doch meinen Nachfolger, den Stinkstiefel.«

»Georgius Dolezal?«

»Genau den. Wenn der wüsste, dass ich in zwanzig Jahre alten Fällen herumschnüffle und noch dazu Polizeiakten aus unserem Archiv entwendet habe …«

»Du hast keine Akten entwendet.«

»Ich habe sie nicht nur aus dem Polizeiarchiv gemopst, ich habe sie sogar an unberufene Hände weitergereicht.«

»Unberufenen Hände! Sowohl Braunschweiger als auch ich verfügen über detektivisch und genial geschulte Hände.«

»Paul, ich muss Braunschweiger und dich noch einmal darauf hinweisen, dass nicht die kleinste Information an die Öffentlichkeit geraten darf, dass wir hinter dem Mattseemörder her sind und in zwanzig Jahre alten Akten herumschnüffeln. Und vor allem: Kein Wort an die Presse! Wenn das bekannt wird, verliere ich meine Beamtenpension.«

»Zurück zu dem Buchhändler«, sagte Peck. »Wie mir Braunschweiger gerade berichtet, gibt es noch einen weiteren Grund, den Burschen in den USA aufzutreiben. Siegfried Mündl, der Sohn eines der Soldaten, die aus der Kaserne Ried nach Salzburg versetzt wurde, war mit Susanne Wenz mehr als gut bekannt. Und weißt du, wer sie ihm ausgespannt hat? Martin Kalupka.«

»Wie gesagt, morgen melde ich mich dazu. Wie kommst du eigentlich mit Carmen der Psychologin zurecht? Ist sie nicht ein scharfer Feger?«

»Leo! Bleib sachlich! Der Begriff *scharfer Feger* ist bereits anderweitig belegt. Außerdem sitzt Braunschweiger neben mir.«

Peck und Braunschweiger nutzten die nächsten Minuten für einen weiteren Grünen Veltliner und die Feinabstimmung der nächsten Schritte.

»Uns läuft die Zeit weg. Geben Sie etwas Gas, Braunschweiger«, sagte Peck.

»Ich kenne Ihre Einstellung, Chef. Ihrer Meinung ist Braunschweiger stets zu langsam, er ist immer schlapp und schlaff.«

»Sie übertreiben. Eines ist besonders wichtig, sagt Funke: Strengstes Stillschweigen und kein Kontakt zur Presse.«

Braunschweiger nickte. »Okay.«

»Und vor allem kein Gespräch mit einem Journalisten. Haben Sie das verstanden, Braunschweiger?«

»Wenn Sie mich so fragen ... annäherungsweise.«

Eine halbe Stunde später verließen sie das Lokal. Peck bemerkte den Mann sofort, der auf der anderen Straßenseite stand und zu ihnen herübersah. Der gleiche Mann wie der auf der Bank. Und wie damals trug er eine Baseballkappe und den grauen Mantel, der fast bis zum Boden reichte. Regungslos wie eine Salzsäule stand er da und starrte herüber. Jetzt trat er einen kleinen Schritt zurück in den Schatten eines Hauseingangs, sodass Peck vom Gesicht des Mannes nichts erkennen konnte.

Mit einem Ruck blieb Peck stehen und drehte sich zu Braunschweiger um, der hinter ihm stand und, die Hand über die Augen gelegt, ebenfalls den Mann auf der anderen Straßenseite beobachtete.

»Den Mann kenne ich«, flüsterte Peck.

Braunschweiger nickte. »Ich auch.«

»Was heißt *Ich auch*? Sagen Sie mir endlich, wer das ist.«

»Das ist Siegfried Mündl. Genannt Siegi. Glaube ich wenigstens.« Braunschweiger deutete auf die andere Straßenseite.

»Jetzt ist er weg.«

Peck drehte sich um. Der Mann war verschwunden.

*

Gedankenversunken hatte er sein Büro abgesperrt und marschierte die Innsbrucker Bundesstraße entlang. Sophia hielt sich bei ihrer Tochter in Linz auf und Peck beschloss, in seiner Wohnung zu übernachten.

Es stank nach Autoabgasen und Peck war froh, als er in der Aiglhofstraße das Gelände des Landeskrankenhauses betrat.

Fünf Minuten später ging er die wenigen Stufen hinunter zur Salzach, die grün und träge dahinfloss. Er sah die Dächer und Kirchtürme der Altstadt vor sich, die Festung und im Hintergrund den Untersberg an der Grenze zu Bayern.

Im SPAR-Markt am Ignaz-Rieder-Kai erstand er zwei Leberkässemmeln, was er sich nur erlaubte, wenn Sophia es nicht sah. Im Haus angekommen, sortierte er seine Post, fand zwischen dem Werbeprospekt für ein völlig neues Waschmittel ein Faltblatt mit wohlklingenden, höchstwahrscheinlich aber gelogenen Ankündigungen einer rechtspopulistischen Partei. Zwei Rechnungen von der Salzburg AG und der Telekom waren noch nicht fällig, aber es vermittelte Peck ein gewisses Gefühl der Sicherheit sie bereits im Voraus zu bezahlen.

Mit leicht nach vorne gebeugtem Oberkörper und geplagt von Rückenschmerzen war Peck die Stiege bis in den fünften Stock hoch gekrochen, weil der Lift außer Betrieb war. Wieder einmal. Offenbar stand ein Ende der Schönwetterperiode bevor, was die Wiederkehr seiner Kreuzschmerzen begünstigte. In den letzten Jahren war sein Rücken zuverlässiger geworden als jede Wetterstation.

Johannes-Filzer-Straße 46 war ein fünfstöckiger Wohnblock im Salzburger Stadtteil Aigen, eine von den vielen lärmenden Kindern abgesehen ruhige Wohngegend. Seit seiner Partnerschaft mit Sophia, die ein Haus auf der anderen Seite der Salzach besaß, nutzte er seine Wohnung immer seltener und nur noch, um gelesene Bücher in seine Bibliothek zurückzubringen und gegen neuen Lesestoff zu tauschen.

Zwei Dinge dominierten in seiner Wohnung: Alte, dunkelbraun glänzende Möbel und Unmengen von Büchern, gestapelt auf Sideboards und Tischen sowie in den vollgequetscht überfüllten Wandregalen. Die raumhohen Büchergestelle an beiden Wänden hatten den Flur zu einem schmalen, dunklen Büchertunnel werden lassen, der von der Eingangstür ins Wohnzimmer führte.

Neben weiteren Bücherregalen war das Wohnzimmer durch

eine braune Ledercouch und einen Lehnstuhl geprägt, seinem Lieblingsplatz mit Leselicht und Tisch für die in unregelmäßigen Abständen wechselnden Büchertürme, Rotwein oder seinen Whisky. Direkt neben seinem Leseplatz lagerten jene Bücher griffbereit im Regal sowie am Fußboden, die er besonders mochte und immer wieder zur Hand nahm: Kafka, Joseph Roth, Wittgenstein und Carl Barks.

Unkonzentriert blätterte er sich durch einige Bücher, rief zwei Mal bei Sophia an, die jedoch nicht abhob, dann kroch er, begleitet von seinen Rückenschmerzen und für seine Begriffe sehr früh, ins Bett.

*

Während Braunschweiger, seine Kaffeetasse fest umklammernd, im Wohnzimmer auf und ab spazierte, dachte er nach. Stolzdurchströmt fühlte er sich nach den Ergebnissen, die er bisher zutage gefördert hatte. Ärgerlich war nur, dass sein Chef dies nicht so sah und ihm ständig vorhielt, zu lasch zu agieren und mit ungenügendem Engagement bei der Sache zu sein. Es fragt mich zwar keiner, sagte sich Braunschweiger, aber wenn ihn jemand fragte, dann würde er seine eigenen Ermittlungserfolge als mindestens so nachhaltig einschätzen, wie die von seinem Chef Paul Peck. Nachhaltig. Genauso war es. Wie zur Bestätigung blieb er auf seinem Rundgang durch das Wohnzimmer vor dem kleinen ovalen Spiegel an der Wand stehen und nickte sich zu. Und was sah er da? Einen entschlossenen Geist, forsch und stets bemüht, sich anzustrengen. Stets bemüht jedenfalls.

Verstört schreckte der entschlossene Geist hoch, als ihn mit lautem Klingelgeräusch eine SMS erreichte. Zwei Mal las er den kurzen Text, konnte sich aber daraus keinen Reim machen. Am meisten irritierte ihn, dass die Nachricht von einer gewissen Emilia Falotti stammte, was ihm überhaupt nichts sagte. Woher hatte die Frau seine Nummer? Vor vielen Jahren, noch während seiner Schulzeit, musste er sich im Landestheater ein Trauerspiel ansehen, dessen Titelfigur so ähnlich hieß wie die Absenderin des SMS, aber nach einigem Nachdenken schloss Braunschweiger einen Zusammenhang aus.

Rufen Sie mich an, mit diesen Worten endete das SMS, gemeinsam mit einer Handy-Telefonnummer.

Braunschweigers Stimmung kippte weiter ins Negative, als er sich an Pecks Vorwürfe erinnerte, zu wenig zielorientiert vorzugehen, was dieser an der Tatsache festmachte, dass sich Braunschweiger bisher nicht um Konrad Feuerbach und dessen aktuellen Aufenthaltsort gekümmert habe. Braunschweiger suchte in seinem Notizbuch den Zettel, den ihm Peck auf dem Jahrmarkt in Ried überreicht hatte. *Obergefreiter Konrad Feuerbach.* Damals dreißig, heute fünfzig. Das schlechte Gewissen wuchs um weitere zwei Stufen, als er im Notizbuch umblätterte und den Namen Luise Miller entdeckte, die vor zwanzig Jahren in der Kaserne Ried als Putzfrau arbeitete. Auch hier hätte er schon lange aktiv werden müssen. Verdammt! Was sollte er noch alles machen?

Wahrscheinlich, so erinnerte er sich, war Konrad Feuerbach in der Kaserne Wals-Siezenheim stationiert. Dabei hatte Braunschweiger eine Heidenangst vor Kasernen und deren Insassen. Ungezählte Telefonanrufe später erreichte er Feuerbach endlich und erfuhr, dass dieser zwischenzeitlich den Rang eines Vizeleutnants erreicht hatte. Sie verabredeten sich im Gasthof ›Zum flotten Militaristen‹, der sich hundert Meter neben der Schwarzenberg-Kaserne befand.

Vizeleutnant Feuerbach war ein gemütlich aussehender, fünfzigjähriger Glatzkopf, dessen Uniformjacke um die Mitte spannte. Sie saßen in der endlos langen Gaststube, die vor kurzem renoviert worden war und in der es nach frischem Holz und Lack roch. Lautes Stimmengewirr und Rauchschwaden hingen in der Luft.

»Die Kameraden am Stammtisch haben am meisten getrunken«, sagte Feuerbach nach dem zweiten Bier und zeigte mit dem Daumen über seine Schulter. »Man merkt, dass die alle schon dienstfrei haben.«

»Sie waren vor achtzehn Jahren Oberwachtmeister und in Ried stationiert.« Braunschweiger versuchte einen weiteren Anlauf, zum Thema überzuleiten. »Hatten Sie Kontakt zu Leuten aus der Stadt?«

»Zivilisten?« Feuerbach rümpfte die Nase. »Mit Zivilisten hatte ich keine Kontakte. Außer zu Weibern. Die akzeptiere ich auch ohne Uniform. Ganz ohne ...« Er lachte wieder.

Es war höllisch laut in der Gaststube, ein dauerndes Kommen und Gehen herrschte und der Raum war erfüllt von Getöse, Lachen und Gläserklirren. An der Theke hatten zwei Soldaten in Uniform Schnaps bestellt und konnten sich nicht einigen, wer die Runde zahlen sollte.

»Können Sie sich an Florian Mündl erinnern? Der war zur selben Zeit in Ried stationiert.«

»Mündl? Kommt mir bekannt vor. War aber kein Freund von mir. Ich kann mich nur an gute Kumpel erinnern.« Er grinste Braunschweiger fröhlich an und schlug ihm auf die Schulter.

»Susanne Wenz ... kennen Sie die?«

»Susi? Die ging bei uns in der Kaserne ein und aus. Nicht offiziell natürlich. Wir nannten sie die Lilli-Marlen-Susi. Wie geht es ihr?«

»Ich danke Ihnen für das Gespräch«, sagte Braunschweiger eine gute Stunde später, nachdem Feuerbach seine fünfte Halbe Bier bestellt hatte.

Auf der Straße blieb Braunschweiger stehen und dachte über die Unterhaltung mit dem Vizeleutnant nach. Wie würde sein Chef dieses Gespräch beurteilen? Hätte er hartnäckiger sein sollen? Dem Mann verbal die Pistole auf die Brust setzen und jede seiner Aussagen kritisch hinterfragen sollen? Der Soldat erschien Braunschweiger verdächtig, schon deshalb, weil er zur fraglichen Zeit von der Kaserne Ried nach Salzburg versetzt wurde. Und als Braunschweiger den Namen Susanne Wenz erwähnte, zögerte Feuerbach keinen Moment, um einzugestehen, dass er das Mädchen gut kannte. Lilli-Marlen-Susi hatten er und seine Kameraden in der Kaserne das Mädchen genannt. Lili Marleen ... gab es nicht mal ein Lied, das so hieß? Muss vor vielen Jahren gewesen sein.

Braunschweiger stand vor seinem Auto in der Sonne und starrte auf sein Handy. Es war ihm immer noch nicht eingefallen, wie das Theaterstück hieß, in das sie der Lehrer gegen Ende der Schulzeit getrieben hatte. So ähnlich jedenfalls wie die Frau, die sich mit einem gehauchten »Emilia Falotti« am Telefon meldete.

»Ich habe Ihre Nachricht gelesen.« Braunschweiger sagte es mit berufsmäßig kühler Stimme, als ob täglich hunderte um seinen Rückruf bäten.

»Sie sind der Mann, der Licht ins Dunkel bringen kann.«

Braunschweiger gefiel die Stimme der Frau am Telefon, die munter sprudelnd weiterredete. Was sie ihm mitgeteilt hatte, wusste er später nicht mehr genau, so verzaubert war er von der leicht hingehauchten Art zu sprechen und dem melodischen Singsang ihrer Altstimme.

»Ich bin Journalistin bei der Dröhnenzeitung«, hauchte die Altstimme. »Ressort ›Lokales‹. Mir wurde eine Information zugetragen, dass Sie in einigen alten Mordfällen ermitteln. Und ich weiß, rein zufällig natürlich, dass Sie ein Salzburger Privatdetektiv sind, genauso berühmt wie erfolgreich.«

»Genauso berühmt wie erfolgreich«, wiederholte Braunschweiger und Stolz mischte sich in seine Stimme.

»Besuchen Sie mich doch«, hauchte die Stimme. »Ich sitze in meinem einsamen Büro und warte auf Sie.«

Der Gedanke auf ein Gespräch mit der Frau stimmte ihn heiter und beeindruckte ihn, sodass er einen trockenen Mund bekam und schlucken musste. »Wo finde ich Sie?«

»Im Redaktionsgebäude, Fecknuhsgasse 88. Mein Büro ist im zweiten Stock, gleich neben dem Lift.«

Er sah auf die Uhr. Zur Fecknuhsgasse würde er nur wenige

Minuten brauchen. *Strengstes Stillschweigen und kein Gespräch mit der Presse.* Braunschweiger hätte nicht sagen können, warum ihm diese Worte seines Chefs genau in diesem Moment ins Gedächtnis kamen.

15. Kapitel

Es war wärmer geworden und Peck schlenderte in Gedanken versunken den Fluss entlang Richtung Süden. Die Salzach floss träge dahin und zeigte sich heute in grüner Farbe. Peck wusste: Grüne Salzach deutet darauf hin, dass südlich des Pass Lueg schönes Wetter herrschte. Nach Unwettern im Innergebirg würde die Farbe des Flusses auf braun bis dunkelgrau wechseln.

Zwei junge Mädchen und eine hübsche Frau lächelten ihm unterwegs zu, was knapp über dem Durchschnitt anderer Tage lag. Ein Blick über den Fluss zeugte ihm, dass die Festung Hohensalzburg im Dunst lag. Jedes Mal, wenn er die Festung betrachtete, sah sie anders aus, hoch und schlank an manchen Tagen und mit zahlreichen Türmchen, mal wuchtig breit und erdgebunden. Hing das davon ab, aus welcher Richtung und von welchem Standort aus er die burgartige Anlage beobachtete? Oder war es seine Gemütslage, die das Aussehen des Bauwerks auf geheimnisvolle Weise beeinflusste? Heute war das Bild der Festung fragil und durchsichtig, mit grazilen Aufbauten und Zinnen, zerbrechlich beinahe und wie auf unsicheres Fundament gebaut.

Eine halbe Stunde zu Fuß würde ihm gut tun. Er dachte an Siegfried Mündl, den Sohn jenes verdächtigen Oberwachtmeisters, der vor vielen Jahren von der Rieder Kaserne nach Salzburg versetzt worden war. Ob es Braunschweiger gelungen war, Mündls Kollegen Feuerbach ausfindig zu machen? Bei dem Wort *Kollege* musste Peck lächeln. Kollegen gibt es nur unter zivilen Menschen. Beim Heer hieß das *Kamerad*.

In der Gaststube des Rechenwirts, die leer war, dominierte helles Fichtenholz. Peck setzte sich ans Fenster und wartete auf den Wirt oder eine Bedienung. Die kam nach einigen Minuten in Form eines forschen jungen Mannes, der ein knallrotes Hemd trug und sich, leicht vorgebeugt näherte und Peck nach den Wünschen fragte. Wer Rot trägt, gibt ein Statement ab. Hier bin ich! Und ich will mich nicht verbergen, sondern im Mittelpunkt stehen. Trägt man kräftiges Rot, hatte Peck im Internet gelesen, will man willensstark und selbstbewusst wirken.

Peck trug stets rote Socken. Möglicherweise fühlte er sich heute deshalb wenig zielbewusst und konnte sich nicht entscheiden, was er bestellen sollte. Eigentlich wäre die richtige Zeit für den ersten Großen Braunen, dachte er und orderte ein großes Bier zu einem kleinen Gulasch.

»Und noch eine Frage«, sagte Peck laut. Der junge Mann in Rot, der Richtung Küche unterwegs war, stoppte abrupt, sodass seine Sohlen quietschten.

»Siegfried Mündl ... das ist doch der Koch hier im Gasthaus.«

»Ist das eine Frage oder eine Feststellung?«

»Ist er nun Ihr Koch oder nicht?«

Der junge Mann kam zögernd wieder näher. »Er war es. Bis vor zwei Wochen.«

»Er arbeitet nicht mehr bei Ihnen?«

»Wie ich gerade sagte. Um genau zu sein ... wir mussten uns von ihm trennen. Ich sage Ihnen aber nicht, warum. Ihr Gulasch dauert fünf Minuten.« Er entzog Peck den Blick und trat wieder den Weg Richtung Küche an.

Peck mochte die Dröhnenzeitung nicht, aber es war das einzige Blatt, das er in der Gaststube auftreiben konnte. Während er einen großen Schluck trank, knallte Peck die in fetten Lettern gedruckte Titelzeile und darunter seine eigene Fotografie ins Auge.

Dröhnenzeitung Salzburg (Eigenbericht)
HAT DER MATTSEEMÖRDER WIEDER ZUGESCHLAGEN?
Obskures Detektivbüro ermittelt im Auftrag der Polizei.
von Emilia Falotti

Es war ein kein gelungenes Porträt Pecks, das bei einem seiner früheren Fälle von einem Journalisten aufgenommen worden war. Er mochte dieses Foto nicht, das aus einer Zeit stammte, als er noch fünfzehn Kilo mehr wog und auf dem er mit feisten Wangen in die Kamera starrte. Verdammt! Wie kam sein Bild in die Zeitung?

Er überflog den Bericht, der wenig Einzelheiten enthielt bis auf den Namen Eva Pollinger, eine der jungen Frauen, die vor zwanzig Jahren von dem Serienkiller überfallen wurde, als einzige jedoch den Angreifer vertreiben konnte und deshalb überlebt hat.

Immer wieder waren in dem Zeitungsartikel unverhohlene Vorwürfe eingeflochten, dass es bis heute nicht gelungen sei, den legendären Mattseemörder, einen der brutalsten Serienkiller, den das Land je gesehen hat, zu fassen. Der Artikel zog sich über die gesamte Seite hin und endete mit der Frage, ob man es in Österreich tatsächlich verantworten könne, die öffentliche Sicherheit in die zittrigen Hände polizeilicher Rentenempfänger und dubioser Privatdetektive zu legen. *Obskur* und *dubios*! Spontan überlegte Peck, ob diese Begriffe den Tatbestand der Beleidigung erfüllten. Soweit er wusste, fielen gehässiger Spott und Hohn darunter, ob dies auf obskur und dubios zutraf, vermochte er nicht einzuschätzen.

Zitternd vor Wut überflog Peck den Bericht ein zweites Mal. Böswillig und feindselig war die Kritik an der angeblichen Unfähigkeit der Kripo, was ihn weniger störte als die Beleidigung seines eigenen Detektivbüros. Wenigstens wurde sein ganzer Name nicht genannt. Zwei Mal war in dem Artikel von einem Salzburger Detektiv *Paul P.* die Rede. Und dazu sein Bild. Er blätterte zurück und bewunderte schaudernd sein großformatiges Porträtfoto auf der Titelseite.

Emilia Falotti hieß dieser weibliche Schreiberling. *Nomen est omen*. Verdammt! Wo hat diese dreiste Journalistin ihre Informationen her?

Die Antwort fand er auf Seite zwei, auf der er das großformatige Foto Braunschweigers entdeckte, der ihn mit überlegen lächelndem Blick aus der Zeitung heraus anstarrte.

Ohne auf den Wirt zu achten, der gerade mit dem kleinen Gulasch seinen Tisch ansteuerte, angelte Peck sein Handy aus der Tasche, während er blindwütig aus der Gaststube rannte.

»Braunschweiger!« Peck Stimme überschlug sich. »In zehn Minuten sind Sie im Büro!«

»Chef, ich sitze gerade beim Mittagessen. Möchten Sie wissen, was ich esse? Passen Sie auf ... die Frittatensuppe habe ich hinter mir. Derzeit bin ich beim Bauernschmaus, der wunderbar gewürzt ...«

»Braunschweiger! Sie lassen den Bauernschmaus stehen und sind in zehn Minuten im Büro. Haben Sie mich verstanden?«

»Wenn Sie mich so fragen ... annäherungsweise.«

Mit den Worten »Chef, ich glaube, ich weiß, warum Sie mich her befohlen haben«, betrat Braunschweiger Pecks Büro. »Aber ich bin tugendhaft und unschuldig.« Er wischte sich mit dem Taschentuch über die Stirn, eine Handbewegung, die sich Braunschweiger irgendwo abgeschaut haben musste, denn Peck war überzeugt, dass sein Mitarbeiter kein bisschen schwitzte. Die Geste mit dem Taschentuch sollte nur zeigen, wie effauchiert und überlastet er sich fühlte.

»Nehmen Sie Platz!« Peck starrte Braunschweiger wütend an, der sich Schritt für Schritt rückwärts bewegte, bis er auf den Stuhl plumpste, der an der Wand stand. Dass während dieser Szene Braunschweiger entschlossen zurückstarrte, war neu. Bisher hatte er stets schuldbewusst weggesehen, wenn ihn sein Chef grimmig fixierte.

Peck erinnerte sich an ein Spiel, das sie als Kinder gespielt hatten, bei dem man sich so lange anstarren musste, bis einer wegsah. Der hatte verloren.

»Braunschweiger! Was haben Sie angestellt!« Peck warf ihm die Zeitung hin, die Braunschweiger interessiert durchblätterte, bis er auf die Titelseite mit Pecks Foto stieß, das er mit den Worten »Das sind Sie« kommentierte.

»Ist das alles, was Sie zu sagen haben?«

Braunschweiger blätterte um. »Da ist noch etwas«, sagte er und zeigte auf sein eigenes Foto.

»Und?« Pecks Stimme wurde laut. »Ihr Kommentar?«

»Mein Bild ist kleiner als Ihres.«

»Wissen Sie, was Sie hier angerichtet haben?«

Braunschweiger lächelte. »Natürlich, Chef, ich bin ja kein Trottel.«

Seufzend lehnte sich Peck zurück. Sollte er ihm jetzt mitteilen, dass nur ein Trottel sagte, dass er kein Trottel sei?

In diesem Moment klopfte es an der Tür.

»Es ist offen«, rief Braunschweiger, der sichtlich froh über die Unterbrechung war.

Langsam öffnete sich die Tür und eine Frau steckte den Kopf ins Zimmer. Sie schien genauso überrascht zu sein, wie Peck. Mit scheuem Blick sah sie nach allen Seiten, als könnte ihre Zaghaftigkeit jeden Moment in Furcht umschlagen. Nur Braunschweiger war Herr der Lage, winkte heftig mit der Hand und deutete der Frau, näher zu treten.

Sie hätte Verkäuferin, Sekretärin oder Frisörin sein können. Die Frau war noch keine vierzig, hatte eine zierliche Figur und ein herzförmiges, hübsches Gesicht.

»Guten Tag«, sagte Peck und erhob sich halb von seinem Platz. »Zu wem möchten Sie?«

»Zu Herrn Paul Peck. *Seriosität und Durchblick* steht unten auf dem Schild.«

»Seriosität und Durchblick.« Braunschweiger deutete auf Peck. »Das sind wir beide.«

»Darum geht es.« Sie trat näher und holte eine zusammengefaltete Zeitung aus ihrer Tasche. Peck sah, dass es sich um die gleiche Ausgabe der Dröhnenzeitung handelte, die Braunschweiger noch immer in der Hand hielt.

»Ich heiße Eva Sedlacek.«

»Sie wollen mit jemandem reden?«

»Mein Name ist Eva Sedlacek«, wiederholte sie. »Geboren Pollinger.«

»Mein Gott«, entfuhr es Peck. »Sie sind das! … Wir haben gerade von Ihnen gesprochen. Setzen Sie sich.«

»Ich habe lange mit mir gerungen, ob ich hierher kommen soll.«

»Wir sind froh, dass Sie es getan haben«, sagte Braunschweiger aus dem Hintergrund.

»Es geht um den Mann, den die Presse den Mattseemörder nennt.« Ihre Stimme klang heiser.

»Möchten Sie etwas trinken? Ein Glas Wasser vielleicht?«

»Etwas Anderes haben wir auch nicht«, sagte Braunschweiger.

Sie nickte und wartete, bis Braunschweiger das halb gefüllte Glas vor sie hinstellte.

Peck war sich nicht im Klaren, was er von der Frau halten sollte. War sie wirklich jenes Opfer, das den Überfall des Serienkillers überlebt hat? Oder vielleicht nur eine Wichtigtuerin.

»Die Zeitungen sind voll mit dem Mord an dem jungen Mädchen in Hallwang. Und dann las ich heute Morgen die Dröhnenzeitung.« Die Frau strich die Zeitung glatt und deutete auf Pecks Foto.

»Wie haben Sie meinen Namen und die Adresse herausgefunden?«, fragte Peck.

Sie rutschte auf ihrem Sitz herum und lächelte nervös. »Internet macht's möglich. So viele Detektive gibt es nicht in Salzburg.« Sie wischte sich mit dem Mittelfinger über die Lippen, als ob sie einen Reißverschluss zuziehen würde. Dann schwieg sie lange und Peck wartete, bis sie sich beruhigt hatte.

»Sie wurden überfallen, nicht wahr? Vor zwanzig Jahren.«

»Nächste Woche werden es neunzehn Jahre.« Sie hob ihren Kopf und sah Peck an.

»Er hat es wieder getan, nicht wahr? Es gab auch bereits Andeutungen in den Nachrichten …«

»Wo war das? Als Sie vor neunzehn Jahren überfallen wurden?«

»Direkt am Mattsee. Kurz vor der Stelle, an der sich Obertrumer- und Mattsee fast berühren, zweigt die Straße Richtung Grabensee ab und dort befindet sich ein kleiner Parkplatz, fünfzig Meter neben der Mattseer Bundesstraße, halb im Wald versteckt. Dort habe ich immer geparkt.«

»Immer? Waren Sie öfters in der Gegend?«

»Beinahe jeden Tag, wenn das Wetter schön war und ich Zeit hatte. Joggen war damals mein Hobby, manchmal mit einer Freundin, meist jedoch allein. Und meine Lieblingsstrecke führte immer rund um den Mattsee herum. Dafür brauchte ich rund eine Stunde.« Sie lächelte. »Ich war damals gut in Form.«

»Hat der Mann Sie am Parkplatz überfallen?«

»Es war schon dunkel und mein Auto war das einzige auf dem Parkplatz. Kaum war ich beim Wagen, fiel er über mich her.«

Aus den Augenwinkeln bemerkte Peck, wie mit Braunschweiger eine Änderung vor sich ging, je länger das Gespräch mit der Frau dauerte. Wie ein lächelnder Buddha saß er da, zwar weniger dick, dafür mit deutlich selbstzufriedenerem Gesicht, mit dem er aus dem Hintergrund das Gespräch verfolgte. Bestimmt wird Braunschweiger hinterher darauf pochen, dass der Kontakt zu der Frau einen enormen Ermittlungserfolg darstelle, der ausschließlich ihm und seinem Interview mit der Journalistin Falotti zuzuschreiben sei.

»Frau Sedlacek, wo haben Sie damals gewohnt?«, fragte Peck.

»Ich war ein junges Mädchen und arbeitete bei der Firma Eisenreiter in Obertrum, als Sachbearbeiterin im Versand. Dort habe ich auch gewohnt … ich meine, die Firma hat mir ein Zimmer zur Verfügung gestellt. Mein richtiges Zuhause war in Gratkorn in der Steiermark. Meine Mutter wohnte dort. Als sie noch lebte.«

»Und nach dem Überfall sind Sie weggezogen? Aus den alten Unterlagen ist ersichtlich, dass danach kein Gespräch mehr zwischen der Polizei und Ihnen stattgefunden hat.«

»Ich hatte Angst. Und mir ging es schlecht. Dann ist noch meine Mutter gestorben. Als ich aus der Steiermark zurückkam, habe ich mein Telefon abgemeldet und bin kaum noch auf die Straße gegangen. In der Zeit habe ich Oswald kennengelernt und geheiratet.«

»Wie heißt Oswald noch?«

»Oswald Sedlacek, er ist Deutscher … aus Castrop-Rauxel.«

»Castrop-Rauxel?«, fragte Braunschweiger.

»Dort sind wir hin gezogen. Eine hässliche Stadt im Ruhrgebiet.« Sie lächelte. »Ganz weit weg von Salzburg. Dort kannte mich keiner. Außer Oswald.«

»Seit wann leben Sie wieder hier in Österreich?«

»Ich habe mich von Oswald scheiden lassen und arbeite seit zwei Wochen bei einer Spedition in Liefering. Ich fühle mich sehr unsicher, seit ich wieder in Salzburg bin … Angst, verstehen Sie und seit gestern Panik, als ich gelesen habe, dass der Mann noch lebt und weiter mordet.«

»Es gibt keine Beweise, dass es derselbe Mann ist, der Sie am Mattsee überfallen hat. Und selbst wenn er es ist … er wird Sie nicht finden«, sagte Peck. »Seien Sie beruhigt.« Er legte seine Hand kurz auf ihren Arm.

»Nicht einmal die Polizei hat Sie gefunden«, ergänzte Braunschweiger.

Peck räusperte sich und warf Braunschweiger einen scharfen Blick zu. »Frau Sedlacek, Sie sind die einzige Zeugin, die den Mann gesehen hat.«

»Er hätte mich beinahe getötet.«

»Hat die Polizei mit Ihnen gesprochen? Wegen einer Täterbeschreibung.«

»Ich erinnere mich an ein Gespräch mit einem der Beamten … es ging mir damals sehr schlecht und man brachte mich einige Tage ins Krankenhaus. Der Arzt hat gefordert, dass mich die Polizei einige Tage in Ruhe lässt.«

»Und dann waren Sie weg.«

Sie nickte. »Geheiratet und nach Deutschland gefahren. Mich hielt nichts mehr in Österreich. Meine Mutter war gestorben und weitere Verwandte gab's nicht.«

»Ich kenne den Fall nur aus den alten Akten«, sagte Peck. »Aber ich weiß, dass sich die Polizei vor zwanzig Jahren viel Mühe gegeben hat. Man hat die Medien informiert und in Mattsee sowie den umliegenden Gemeinden wurden tausende Handzettel verteilt, auf denen man die Bevölkerung um Mithilfe bat.«

»Und?«, fragte sie müde. »Mit welchem Erfolg?«

»Es gab ein überwältigendes Echo aus der Bevölkerung. Laut den Polizeiakten wurden vier- oder fünfhundert Männer überprüft, davon einige, die einschlägig vorbestraft waren, Spanner, Exhibitionisten und andere Verdächtige.«

»Wie ich sagte, ohne Erfolg.«

»Wenn Sie an den Überfall denken … woran können Sie sich erinnern?«

»An wenig. Es war dunkel. Mir kam der Mann wie ein Besessener vor, verstehen Sie? Wie ein Verrückter.«

»Erzählen Sie.«

Sie holte ein Taschentuch aus ihrer Handtasche. »Das macht mich fertig. Heut in der Nacht hatte ich Alpträume … ich will nicht, dass all die Gedanken lebendig werden.«

Peck berührte kurz den Arm der Frau. »Versuchen Sie es. Und wenn Sie nicht mehr darüber reden können, hören Sie einfach auf. Okay?«

Sie nickte.

»Zuerst mal: War es Ihrer Meinung nach ein Mann? Eindeutig, meine ich.«

»Ich denke. Ja … es war ein Mann.«

»Haben Sie mit ihm gesprochen. Wie war seine Stimme?«

Sie zuckte mit der Schulter. »Kein Wort. Er hat den Mund nicht aufgemacht.« Sie wischte mit dem Taschentuch über ihre Augen. »Er hat mich gewürgt.«

»Wonach hat er gerochen?«

»Gerochen? Keine Ahnung. Was meinen Sie damit?«

»After Shave … Roch er nach Schweiß oder einem besonderen Rasierwasser?«

»Rasierwasser? Hören Sie, das ist zwanzig Jahre her!«

»Neunzehn Jahre minus einer Woche«, korrigierte Braunschweiger aus dem Hintergrund.

»Wie hat er ausgesehen? Sein Gesicht, meine ich.«

»Es war dunkel. Alles war ein dunkler Schatten.«

»Volles Haar oder Glatze?«

»Glattes, volles Haar. Glaube ich.«

»Schwarz, braun oder blond?«

»Dunkel. Glaube ich.«

»Wie war er angezogen?«

Sie sah ihn verzweifelt an und schüttelte den Kopf.

»Denken Sie nach.«

»Er hat nicht gestunken«, sagte sie leise. »Wenn er nach Schweiß gerochen hätte … ich meine, daran könnte ich mich wahrscheinlich erinnern.«

»Damals … ich meine, als der Mann Sie überfallen hat, was war da für ein Wetter?«

»Warum ist das wichtig? Kalt war es. Und nass. Der Regen tropfte von allen Bäumen.« Sie machte eine Pause und legte ihre Hände auf ihr Gesicht. »Das was Sie hier machen … davon bekomme ich bestimmt wieder Alpträume.«

»Tut mir leid, Frau Sedlacek, aber das ist notwendig.« Er zeigte mit dem ausgestreckten Arm Richtung Fenster. »Da draußen läuft ein Serienmörder herum. Sie haben ihn gesehen. Und ich möchte ihn zur Strecke bringen.«

»Ich auch«, sagte Braunschweiger.

»Noch eine Frage. Wieso hat der Mann Sie laufen lassen?«

»Was meinen Sie?«

»Ich meine folgendes: Der Mann wirft Sie zu Boden, kniet sich hin und würgt Sie. Richtig?«

»Richtig. Sie meinen, warum ich überhaupt noch lebe?«

»So ungefähr. Wieso hört er plötzlich auf, Sie zu würgen? Warum? Versuchen Sie, sich an die Situation zu erinnern. Die Bäume stehen dicht, es ist dunkel und Sie spüren die Wurzeln und Steine, die auf Ihre Schultern drücken und Ihnen Schmerz bereiten. Und dann drücken die Hände um Ihren Hals.«

»Ja. So war es.«

»Warum lässt der Mann Sie plötzlich los?«

»Wenn ich das wüsste. Im Krankenhaus habe ich mir den Kopf darüber zerbrochen, warum ich überhaupt noch lebe.«

»Und?«

»Ich glaube, da war noch jemand.«

»Wo?«

»Ich weiß nicht. Da war ein Geräusch. Der Mann muss es vor mir gehört haben.«

»Ein Mensch?«

Sie schüttelte den Kopf. »Wahrscheinlich war es ein Tier. Ein Mensch hätte mich dort nicht liegen gelassen. Jedenfalls ... der Mann ließ mich los, sah sich einige Male um und verschwand im Dickicht. Ich hörte ihn noch weglaufen und wenig später heulte irgendwo der Motor eines Autos. Ich habe um Hilfe gerufen, aber niemand hörte mich.«

»Was halten Sie davon, Braunschweiger?«

»Der Mattseemörder ... wie man aus dem Bericht dieser Frau sieht, trägt er den Namen zurecht.«

Peck nahm einen Schluck aus seinem Wasserglas. »Ich habe Sie während meines Gesprächs mit Frau Sedlacek beobachtet. Sie haben äußerst zufrieden gewirkt.«

»Chef, die Leistung liegt nicht in Ihrem Gespräch mit der Dame. Das Lob gebührt dem Mann, der dafür gesorgt hat, dass sich die Zeugin bei uns gemeldet hat. Der eigentliche Ermittlungserfolg ist mir und meinem Interview mit der Journalistin zuzuschreiben.«

In einer übertriebenen Geste ließ Peck den Kopf hängen. »Braunschweiger, ich entschuldige mich für die harschen Worte kurz bevor Eva Sedlacek hereinkam.«

»Gefühlte sechzig Prozent vom Bauernschmaus musste ich im Wirtshaus ungegessen zurücklassen. Das ist mit Folter vergleichbar.«

»Wie kann ich das wieder gut machen?«

»Durch zusätzliche zweihundert Schmaus-Prozent.«

»Abgemacht.« Peck klopfte Braunschweiger auf die Schultern.

»Noch etwas muss ich Ihnen mitteilen, Chef. Während Sie auf die Frau einredeten, habe ich in Gedanken den ganzen Fall noch einmal von Grund auf analysiert.«

Peck lehnte sich zurück. »Von welchem Fall reden Sie? Von Eva Sedlacek?«

Braunschweiger schüttelte den Kopf. »Ich spreche von dem aktuellen Mord an Belinda Hoffer, bei dem ich noch keine Gelegenheit fand, Ihnen mitzuteilen, dass ich in großer Fleißaufgabe die Fotos vom Tatort wiederholt durchstudiert habe, sachkundig und konzentriert. So wie ich eben zu arbeiten gewohnt bin. Danach bin ich mit den Bildern noch einmal zum Tatort in der Nähe von Hallwang gefahren.«

»Das zeugt tatsächlich von großem Engagement«, sagte Peck. »And where is the beef?«

»Bringen Sie mich nicht aus dem Konzept, Chef. Sie wissen, dass ich nicht nur gerne Wildwestromane lese, sondern auch dabei bin, selbst einen Western zu schreiben. ›Der Gaucho vom Rio Grande‹ wird der Roman heißen.«

»Und?«

»In meinem Roman spielt *Blaue Eule* eine Hauptrolle, ein Komantsche, der Weltmeister im Spurensuchen ist. Der Tatort, an dem man Belinda gefunden hat, ist übrigens immer noch weiträumig abgesperrt und so habe ich mich heimlich mit den von den Vätern ererbten Komantschenexpertisen im Wald umgesehen, wobei ich die Taktik des Einkreisens angewendet habe, die Indianer zum Aufspüren von Wild anwenden. Es ist noch kaum Zeit vergangen seit dem Mord und so ist es mir gelungen, im Umfeld des Tatorts verräterische Abdrücke von Fußspuren zu entdecken.«

»Spuren? Welche Spuren?«

»Geknickte Zweige sowie eingerissenes Moos an Bäumen

und Wurzeln, die nicht nur vom Opfer und ihrem Mörder stammen.«

»Sondern?«

»Es waren drei Menschen am Tatort.«

»Drei? Belinda und der unbekannte Mörder … das sind zwei.«

»Wie gesagt, meiner Meinung nach war noch jemand dort. Nicht direkt an der Stelle, an der die Leiche gefunden wurde, aber nur wenige Schritte entfernt.«

»Wer?«

»Ein unbekannter Beobachter.«

»Ein Beobachter? Braunschweiger, Sie erzählen Märchen.«

»Ich schreibe einen Western, kein Märchen. Natürlich weiß ich nicht, wer der unbekannte Beobachter war, aber eines kann ich sagen: Er hat tiefe Spuren hinterlassen.«

*

Während Peck in seinem Notizbuch blätterte, rief Funke an und kündigte eine Neuigkeit zu Martin Kalupka an.

»Es gibt ein Lebenszeichen von ihm.«

»Hat aber verdammt lange gedauert.«

»In Amerika besteht keine Meldepflicht und es gibt keine Meldeämter, so wie wir sie von uns her kennen. Auch sonst ist es mit den Amerikanern nicht so einfach, besonders seit dort die neue Regierung am Ruder ist. Jeder Bundesstaat entscheidet selbst, ob und wie es bei internationalen Ermittlungen Hilfestellung gibt. Das FBI hat sich jedenfalls viel Zeit gelassen, bis sie zu der Meinung kamen, dass unsere Fahndung mit amerikanischem Recht vereinbar ist.«

»Und? Wo ist Kalupka jetzt?«

»Wo er sich im Moment aufhält, weiß keiner. Er soll aber seine Zelte in den USA abgebrochen haben und demnächst nach Österreich zurückkehren. Jedenfalls hat er sich so einem Freund gegenüber geäußert.«

»Wie geht's jetzt weiter?«

»Die Amerikaner überwachen die Flughäfen. Sobald ein gewisser Martin Kalupka ein Flugticket nach Europa bucht, melden sie dies an uns weiter. Zumindest haben sie es versprochen.«

Peck bedankte sich und blätterte in seinem Notizbuch, wo er wieder auf den Eintrag *Johannes 15 Uhr* stieß. Das stammte von dem kleinen Zettel, den man bei der toten Belinda gefunden hatte. Klingt wie eine Verabredung. Oder war das eine Erinnerung? Sollte Belinda um fünfzehn Uhr einen gewissen Johannes anrufen? Einen Freund vielleicht … oder einen Schulkollegen?

Auf der nächsten Seite in seinem Notizbuch sprang ihm der Name Herby ins Auge. Vor Pecks innerem Auge erschien das Bild des Mannes, der ihm beim Treffen des spiritistischen Zirkels mit diesem Nickname vorgestellt worden war und den er spätnachts am Parkplatz des Gasthofs Grubmüller wiedergesehen hatte. Dank Funke wusste er, dass der Mann mit wirklichem Namen Herbert Moser hieß. Von ihm sollte sich Peck das Buch über Esoterik und Spiritismus abholen. Hedda hatte ihm doch die Telefonnummer Mosers gegeben. Wo war der Zettel mit der Nummer? Hektisch blätterte er sich zwei Mal durch sein Notizbuch, dann rief er Hedda an.

»Entschuldigen Sie die Störung. Ich wollte gerade zu Herbert Moser fahren, um mir das Geisterbuch abzuholen, das Sie ihm geborgt haben.«

»Geisterbuch! Das ist Blasphemie und ein Affront.«

»Na, na«, konterte Peck.

»Nichts na, na. Helena Blavatsky ist der pure Ursprung des Spiritismus und Begründerin der Theosophie. Lesen Sie ihr Buch und Sie wissen alles über Theosophie und Okkultismus.«

»Wegen des Buches rufe ich Sie an. Ich wollte mich gerade telefonisch bei dem Moser melden, habe aber Ihren Zettel mit seiner Telefonnummer verloren. Wo wohnt der Mann?«

»Herby ist mit seiner Frau in der Paracelsusstraße zu Hause.«

»Ich möchte nicht stören«, sagte Peck zu der Frau, die sich mit »Hallo! Hier bei Moser« am Telefon meldete. »Ich will mir nur ein Buch abholen.«

»Von seinen Büchern verstehe ich nichts. Herbert ist gerade nicht da. Kommen Sie um zwei, da ist er zurück.«

Das Ehepaar Moser wohnte in einer heruntergekommenen Doppelhaushälfte nahe des ausgedehnten Gleisfeldes, das sich östlich des Hauptbahnhofs erstreckte. Es dauerte einige Zeit, bis nach Pecks Läuten der Mann in der Tür erschien, den er bereits zwei Mal gesehen hatte.

»Hedda hat mich angerufen. Sie wollen ihr Buch abholen.«

Wieder erinnerte ihn Herbert Moser an seinen früheren Deutschlehrer, ein bieder aussehender Sechzigjähriger in abgewetzten Schnürlsamthosen und einem rotkarierten Wollhemd.

Peck hatte schwarze Kerzen, Geistermasken und andere okkulte Gegenstände für spiritistische Sitzungen erwartet. Das Wohnzimmer war so durchschnittlich und langweilig, wie es nur sein konnte. Die Raufasertapete war dezent gemustert und passte im Farbton zur dreiteiligen Polstergarnitur. Der Mittelpunkt des Raumes war der riesige Philips-Flachbildschirm und daneben ein nierenförmiger Holztisch, auf dem eine aufgeschlagene Fernsehzeitung lag. Durch die blassgrünen Spitzengardinen schien kraftlos die Sonne und tauchte den Raum in ein grünstichiges Licht.

Lautlos trat eine Frau ins Wohnzimmer. Peck schätzte sie auf sechzig, vielleicht Ende fünfzig und für dieses Alter eine durchaus attraktive Erscheinung mit schlanker, biegsamer Figur und angenehm gerundeten Formen. Die Haare trug sie in einem dauergewellten Hellbraun, das Gesicht dezent geschminkt und an ihrer Brust baumelte eine Brille, die an einer goldenen Halskette befestigt war.

Herbert Moser zeigte auf einen dicken Wälzer, der auf dem Couchtisch lag.

»Ich habe das Blavatsky-Buch für Sie bereit gelegt.«

Während Herbert Moser wie unbeteiligt da stand, besaß seine Frau durchaus Präsenz. Aufrecht, die Arme vor der Brust verschränkt, stand sie neben ihrem Mann.

»Möchten Sie Kaffee oder ein Bier?« Etwas gönnerhaft zeigte sie auf die Couch, was Peck als Einladung auffasste, sich zu setzen.

»Ein Bier bitte.«

Herbert Moser stand immer noch steif in der Mitte des Zimmers, als sie mit dem Bier zurückkam.

»Sie sind Gründungsmitglied des spiritistischen Freundeskreises«, sagte Peck.

Er nickte und sah auf seine Frau, als ob er von ihr den Vorschlag für eine Antwort erwartete.

Peck nahm einen Schluck aus dem Bierglas. »Wie lange sind Sie schon bei dem Club, Herr Moser?«

Bevor er den Mund aufmachen konnte, antwortete seine Frau: »Mehr als zwanzig Jahre. Nicht wahr, Herbert?«

Er nickte. Wie ein stummer Wackel-Dackel.

»Und Sie?« Peck wandte sich der Frau zu.

»Was meinen Sie?«

»Interessieren Sie sich auch für Okkultismus und Esoterik?«

Sie lachte. »Nein. Ich stehe mit beiden Beinen fest auf der Erde und im Leben.«

»Das tut Hedda auch«, sagte Moser leise, was ihm einen strafenden Blick seiner Frau einbrachte.

»Wie macht diese Hedda das?« Peck sah zuerst sie, dann ihren Mann an. »Ich meine, ich habe diese Fernsehsendung mit Interesse verfolgt, in der sie den Fundort der Leiche erraten hat.«

»Erraten?« Sie runzelte die Stirn. »Wenn man glaubt, was die Frau erzählt, so war das kein Raten, sondern eine außersinnliche Wahrnehmung. Nicht wahr, Herbert, so nennt ihr das doch in eurem Geisterclub?«

Geisterclub gefiel Peck, nur Herbert Moser gefiel es weniger. Mit versteinertem Gesicht starrte er seine Frau an, sagte aber kein Wort.

»Sie waren früher Lehrer«, sagte Peck.

»Ich bin jetzt in Pension.«

»Darf ich fragen, was Sie unterrichtet haben?«

Frau Moser kicherte. »Löcher in Holz bohren und Blumenvasen töpfern. Nicht wahr, Herbert?«

»Mach nur so weiter«, sagte er in kühlem Ton. Und zu Peck gewandt: »Ich war Lehrer am Gymnasium in Hallein. Technisches Werken.«

»Das war früher in der Schule mein Lieblingsgegenstand«, sagte Peck.

Moser hob den Kopf und sah Peck an. »Wirklich?«

»Ich mochte es, mit den Händen etwas Kreatives zu erschaffen, auch wenn ich nicht allzu begabt war.«

»Sie haben recht. Dazu muss man begabt sein.«

»Hast du je Begabungen besessen?«, fragte sie.

Peck tat, als hätte er ihre Bemerkung nicht gehört. »Hedda hat ganz besondere Talente.«

Herbert Moser strich mit beiden Händen über seine zur Seite gekämmten Haare, als ob er sich noch einmal über deren exakten Sitz vergewissern müsste.

»Heddas Begabungen sind in der Tat etwas ganz Besonderes. Sie ist Schamanin und sie hat den gebenden Blick«, sagte er und sein Ton klang trotzig, als ob er mit Argumenten gegen seine Frau ankämpfen müsste.

Peck nahm das Buch in die Hand und blätterte darin, ohne hineinzusehen. »Wenn ich dieses dicke Buch lese … verstehe ich dann, wie es Hedda gelingen konnte, den Fundort der Leiche anzugeben? Noch dazu auf den Meter genau.«

Mosers Mund verzog sich, als ob er in eine Zitrone gebissen hätte. »Sie haben von Magie keine Ahnung. Sonst würden Sie solche Fragen nicht stellen.«

»Ich kenne einen Polizisten, der denkt ähnlich wie ich … und der sagt, dass es nur zwei Möglichkeiten gibt, wie Hedda wissen konnte, wo Belindas Leiche lag.«

Die Frau beugte sich interessiert vor.

»Welche zwei Möglichkeiten?«

»Entweder, sagt mein Freund, der Polizist, war es reiner Zufall oder Hedda wusste schon vor der Fernsehsendung, wo die Leiche liegt.«

Wieder verzog Herbert sein Gesicht. »Es gibt noch eine dritte Möglichkeit. Hedda ist ein versiertes Medium mit Zugriff auf feinstoffliche Sphären. Das heißt, sie verbindet ihre hellsichtigen Fähigkeiten mit spirituellen Methoden. Und den Erfolg konnten Sie im Fernsehen miterleben.«

»Noch einmal meine Frage, Herr Moser.« Peck ärgerte sich über den dozierenden Ton des Mannes und klopfte mit dem Zeigefinger auf das Buch. »Wenn ich ›Die Geheimlehre‹ von dieser Blavatsky gelesen habe, weiß ich dann mehr über die Methoden, mit denen Hedda arbeitet?«

Moser schüttelte den Kopf.

»Warum nicht?«

»Wollen reicht nicht. Was Ihnen abgeht, ist die esoterische Gemütslage. Darum heißt es Esoterik, weil es sich bei dieser Geheimwissenschaft um eine philosophische Lehre handelt, die nur einem begrenzten inneren Personenkreis zugänglich ist.« Er lächelte müde. »Sonst hieße es ja Exoterik.«

»Sie kennen Hedda schon viele Jahre. Was ist sie für ein Mensch?«

»Eine Marktschreierin«, sagte Frau Moser rasch. »Sie haben ja ihren Fernsehauftritt gesehen. Sie arbeitet mit Tricks und macht damit ein Vermögen.«

Peck dachte an das Zelt auf dem Markt in Ried und an das Gespräch, das er dort mit Hedda geführt hatte.

»Verfügen Sie ebenfalls über übersinnliche Kräfte, Herr Moser? Ich meine, nachdem Sie vor zwanzig Jahren den spiritistischen Club mitgegründet haben, könnte man das doch vermuten.«

»Übersinnliche Kräfte?« Frau Moser lachte laut auf. »Er hat ja nicht einmal sinnliche Kräfte.« Sie klopfte ihm auf die Schulter. »Nicht wahr, Herbert?«

Peck griff nach dem Buch, bedankte sich für das Gespräch und stand auf. »Danke. Ich finde allein hinaus.«

Auf der Straße atmete Peck tief die frische Luft ein. Bevor er sich in sein Auto setzte, drehte er sich noch einmal zu dem Haus der Mosers um, das still und verlassen da lag.

*

Nach seinem zweiten Großen Braunen saß Peck entspannt in seinem Büro, die Füße auf dem Schreibtisch und blätterte in dem dicken, ledergebundenen Wälzer mit dem Titel ›Geheimlehre‹. Aufklärung erhoffte er sich vor allem und Informationen über Okkultismus, um die Arbeitsweise Heddas zu verstehen, die sie in die Lage versetzt hat, den Fundort von Belindas Leiche treffsicher zu benennen.

Helena Petrovna Blavatsky hieß die Autorin des Buches. Sie lebte in der zweiten Hälfte des neunzehnten Jahrhunderts und gründete die Theosophische Gesellschaft, eine obskure Clique, beseelt von der Suche nach der Urreligion der Menschheit. Überrascht war Peck, dass diese spiritistischen Irrwege zu Rudolf Steiner führten, der einige Ideen der Blavatsky kopierte und nach seinem Gutdünken zu fantasievollen Erkenntnissen über die Entstehung der Welt ummodelte, über Wiedergeburt, Karma bis zum Wesen des Christentums.

Um Gottes Willen, dachte Peck und überlegte, warum er dieses vor Scharlatanerie strotzende Buch schon seit drei Stunden studierte. Sein Neffe Vinzenz fiel ihm ein, der nach der Waldorfschule zwar viel Erfahrung im Brotbacken, aber kein Maturazeugnis hatte, das er dann in einem anderen Gymnasium nachholen musste.

Peck hatte zur sogenannten Waldorfpädagogik nur bruchstückhafte Kenntnisse, weshalb er das Thema zur Seite schob. Grundsätzlich missfiel ihm die gesamte anthroposophische Ideologie, die er für eine Art Verdummung und Verführung hielt.

Mit einer Mischung aus Ärger und Langeweile klappte Peck das Buch zu, lehnte sich zurück und schloss die Augen. Dem eigentlichen Thema der hellseherischen Begabung Heddas war er keinen Deut näher gekommen.

Wenn er jetzt die Augen geschlossen ließe, würde er in einer Minute eingeschlafen sein. Das schlechte Gewissen überfiel ihn. Lustlos wechselte er die Lektüre und nahm einen der staubigen Aktenordner Funkes zur Hand, wo er auf den grausigen Bericht über den Fund eines Tierkadavers stieß, von dem die Polizei annahm, dass er in Zusammenhang mit dem Mord an einem der Opfer des Mattseemörders stand.

Auf den stark verwesten Hundekadaver stieß die Polizei, als sie systematisch den Fundort eines der Mädchenleichen in der Glasenbachklamm absuchten. Wie das Mädchen war auch der Hund erwürgt worden.

Angewidert schob Peck den Ordner zur Seite, als Braunschweiger müde hereinschlich.

»Gott, ist das ein dicker Wälzer«, sagte er statt einer Begrüßung und griff nach dem Buch, das auf dem Tisch lag. »Ist dies der Band, den Ihnen Hedda empfohlen hat?« Ehrfurchtsvoll legte er seine Hand auf das Buch. »Geheimlehre … klingt interessant. Haben Sie es gelesen? Wissen Sie jetzt, wie Hedda tickt, wenn sie im Fernsehen treffsicher auf einen bestimmten Punkt in der Landschaft zeigt, wo man später eine vergrabene Leiche findet?«

Peck schüttelte den Kopf. »Ich zermartere mir ununterbrochen den Kopf, woher die Frau wusste, wo der Leichnam Belindas versteckt ist.«

»Darf ich mir das Buch ausborgen?«

»Ich dachte, Sie lesen nur Wildwestromane. ›Die Todesfalle in Arizona‹ und so.«

»Chef, Sie nehmen meine literarischen Ambitionen nicht ernst. Ich bin gekommen, um meinen Report abzuliefern.« Braunschweiger schob das Buch zur Seite und öffnete seine Handtasche.

»Liefern Sie.« Peck lehnte sich zurück und verschränkte die Hände hinter dem Kopf.

»Chef, ich bin mit den laufenden Aufträgen so gut wie durch.«

»So gut wie … Berichten Sie, Braunschweiger.«

»Der Oberstleutnant in der Kaserne Ried nannte Ihnen drei Leute, die nach Salzburg versetzt wurden. Der erste hieß Daniel Mündl und ist tot. Das hatte ich Ihnen bereits reportet.«

»Halt. Der hat doch einen Sohn, sagten Sie. Was ist mit dem?«

»Der ist nicht tot. Und ich halte ihn für höchst verdächtig. Er kannte das eine Opfer aus Ried.«

»Diese Susanne Irgendwie.«

»Nicht Irgendwie. Susanne Wenz war ihr Name.«

»Einer ist aus Ihrer Sicht verdächtig. Halten wir das fest. Und was ist mit dem Zweiten auf der Liste, der nach Salzburg versetzt wurde … wie hieß der noch einmal?«

Braunschweiger blies die Luft hörbar aus. »Konrad Feuerbach. Damals ein dreißigjähriger Obergefreiter, heute ist er Vizeleutnant in der Kaserne Wals-Siezenheim.«

»Sagen Sie bloß, Sie haben sich in die Kaserne gewagt.«

Braunschweiger lächelte säuerlich. »Natürlich nicht, Chef. Ich habe Feuerbach in einer Kneipe getroffen.«

»Und?«

»Gemütliche Kneipe. Dort hat es mir gefallen. Der Soldat hat viel mehr Bier getrunken als ich.«

»Und weiter?«

»Ach so … Er kannte die Susanne gut und ist aus meiner Sicht höchst verdächtig.«

»Noch ein höchst Verdächtiger. Auch diesen Burschen müssen wir im Auge behalten.«

»Bursche im Auge behalten«, murmelte Braunschweiger und machte sich eine Notiz.

»Und die dritte Person, die versetzt wurde?«

Hektisch blätterte Braunschweiger in seinem Notizbuch. »Dritte Person? Sind Sie sicher, Chef?«

»Ich weiß es sogar ohne Notizbuch. Luise Miller, damals

Putzfrau in der Kaserne.«

»Chef, die hab' ich verschwitzt.«

»Braunschweiger, würde es Ihnen was ausmachen, mir zu helfen und die Frau aufzusuchen?«

»Ja.«

»Ja, es würde Ihnen was ausmachen, mir zu helfen oder ja, die Frau aufzusuchen?«

»Könnten Sie die Frage wiederholen, Chef?«

*

Luise Miller ging auf die siebzig zu und sah aus, wie Braunschweiger seine Oma in Erinnerung hatte. Sie wohnte in einem Mehrfamilienhaus in Itzling und nach einigem Zögern begann sie, von ihrem Mann zu erzählen, der sie vor zwanzig Jahren von einem Tag auf den anderen verlassen hatte. Sie wusste bis heute nicht, weshalb ihr Mann eines Abends spurlos von der Bildfläche verschwunden war.

»Möchten Sie mit mir essen?«, fragte die Frau und wischte sich die Hände in der fleckigen Schürze ab. »Es gibt Erdäpfel-Zucchini-Laibchen und danach einen extra saftigen Zucchini-Kuchen.«

Braunschweiger mochte Zucchini nicht, aber er hatte Hunger und so saß er fünf Minuten später einer wildfremden Frau gegenüber und verdrückte zweieinhalb Portionen Zucchini-Laibchen, die hervorragend schmeckten.

»Wo haben Sie gewohnt?«, fragte Braunschweiger. »Ich meine, als Sie noch in der Kaserne gearbeitet haben.«

»Nachdem mich mein Mann verlassen hat, habe ich keinen Mann mehr angesehen. Zu enttäuscht, verstehen Sie? Die ersten Jahre war Alfons ein guter Mann, doch dann hat er sich immer stärker dem Alkohol zugewandt. Ich war Putzfrau ... kein schwieriger Job in einer Kaserne, wo ja die Rekruten sehr zu Ordnung und Sauberkeit angehalten werden.« Sie lachte leise.

Braunschweiger vermisste die Antwort auf seine Frage. »Wo

Sie gewohnt haben in Ried, Sie und Ihr Mann, wollte ich wissen.«

»In der Kaserne. Wir hatten eine kleine Wohnung. Wissen Sie, abgesehen vom Alkohol war mein Alfons ein lieber Kerl. Und ich war sicher, dass er zu mir zurückkehren würde.«

»Damals lebten Sie noch in Ried ... als Ihr Mann verschwunden ist, meine ich.«

»Sagte ich doch. Sie müssen besser aufpassen, junger Mann. Er sagte, er wolle sich Zigaretten holen.«

»Und kam nie wieder?«

»Er kam nie wieder.«

»War er Ihnen treu, Ihr Alfons?«

Sie wedelte mit der einen Hand. »Na, ja ... er war halt ein Hallodri. Wissen Sie, was das ist, ein Hallodri?«

»Selber jahrelang Hallodri gewesen«, sagte Braunschweiger.

»Manchmal hatte ich den Verdacht, dass Alfons eine andere Frau kennengelernt hatte. Wahrscheinlich eine jüngere.«

»Wie haben Sie das gemerkt?«

»Männer sind ja so dumm ... er hat plötzlich Sport betrieben und versucht, einige Kilos abzunehmen. Neu war auch, dass er täglich die Unterhose gewechselt und sich literweise mit After Shave eingerieben hat.«

»Und Sie haben nie wieder etwas von ihm gehört?«

»Einmal kam eine Ansichtskarte, auf der ein großes Hotel und blaues Meer zu sehen war. *El Arenal* stand auf der Karte.« Sie stand auf. »Warten Sie, ich habe die Ansichtskarte hier irgendwo.«

»Lassen Sie nur.« Braunschweiger sprang auf. »Und danke für die Zucchinis.«

*

Zwei Tage nach Belinda Hoffers Begräbnis beschloss Peck, noch einmal zu ihren Eltern zu fahren. Es war kurz nach zwei Uhr, als er gleich zu Beginn der eindrucksvollen Auffahrt aus dem Auto stieg. Ein kurzer Spaziergang in der frischen Luft würde ihm gut tun.

»Sie waren doch schon einmal bei uns«, sagte die Frau, die ihm die Tür öffnete.

Peck nickte freundlich und bemühte sich, einen eher beiläufigen Ton anzuschlagen. »Damals habe ich mit Ihrem Mann gesprochen. Ich möchte auch Ihnen noch einmal mein Mitgefühl aussprechen.«

»Gestern haben wir Belinda zu Grabe getragen. Es war furchtbar.«

Peck nickte.

»Was wollen Sie von uns? Mein Mann ist nicht da.«

Das Gespräch steht unter einem guten Stern, dachte Peck, der die temperamentvolle Grobheit der Hoffers noch gut in Erinnerung hatte. Er schätzte die Frau auf Mitte vierzig, wohl wissend, dass die Altersschätzung einer Frau nicht zu seinen Kernkompetenzen gehörte. *Um das Alter einer Frau abzuschätzen, musst du auf ihre Hände schauen.* Diesen Tipp hatte ihm Sophia nahegelegt. Unauffällig betrachtete Peck die schlanke Figur der Frau, insbesondere die weit ausgeschnittene, eng sitzende Bluse, deren oberste zwei Knöpfe offen standen. Wie sollte er in einer solchen Situation auf die Hände der Frau schauen?

»Ich bin nicht sicher, ob ich mich mit Ihnen unterhalten möchte.«

»Frau Hoffer, wir, das heißt, die Polizei und ich, verfolgen eine vielversprechende Spur zum Täter. Ich habe noch Fragen und bitte Sie, uns zu unterstützen.«

»Mein Gott, wir haben doch schon alles gesagt. Die Polizei hat uns sogar während der Beerdigung belästigt.«

»Das tut mir leid. Es wird nicht lange dauern.«

Sie seufzte. »Kommen Sie rein.«

Peck folgte der Frau in die eindrucksvolle Bibliothek, an die er sich gut erinnern konnte.

»Wir versuchen, uns ein Bild von Ihrer Tochter zu machen. Deshalb möchte ich mit Menschen sprechen, die Belinda gekann haben … oder mit denen sie befreundet war.«

»Sich ein Bild von meiner Tochter machen … ich glaube, dazu werden Sie nie in der Lage sein.«

»Eine Frage betrifft den Zettel, den man bei Ihrer Tochter gefunden hat. Sie erinnern sich sicher, dass da von einem Johannes die Rede war, so als ob Belinda mit ihm verabredet gewesen wäre. Haben Sie eine Ahnung, wer dieser Mann sein könnte?«

Sie schüttelte den Kopf. »Ich kenne keinen Johannes.«

»Noch eine Bitte«, sagte er. »Ich möchte einen Blick in Belindas Zimmer werfen.«

»Wozu das?«

»Wie ich sagte … ich möchte mir ein Bild von Ihrer Tochter machen.«

Sie zögerte einige Augenblicke, dann verlagerte sie ihr Gewicht von dem einen Fuß auf den anderen und strich nervös mit der Hand über ihren Mund. Schließlich nickte sie. »Na gut. Kommen Sie. Das Kinderzimmer ist oben.«

Über eine leicht geschwungene Treppe folgte Peck der Frau in den ersten Stock. Belindas Zimmer lag an der Rückseite des Hauses und der Blick aus dem Fenster bot das gesamte Panorama einer attraktiven Hügellandschaft mit dunklen Wäldern, grünen Wiesen und einigen Häuser, die wie gemalt als weiße Punkte sichtbar waren.

Das Kinderzimmer entpuppte sich als richtiges Appartement, eine kleine Dreizimmerwohnung. Peck durchschritt den großzügigen Wohnraum mit Schreibtisch und einer Kochnische, machte einen Blick in das Schlafzimmer und das geräumige Bad mit Dusche, Toilette und Badewanne.

Man hatte keinen Versuch unternommen, aufzuräumen, auf der Wohnzimmercouch und dem Doppelbett lagen Kleidungsstücke herum, Zeitschriften überall und halbvolle Aschenbecher.

»Wir haben nichts angerührt«, hörte er die Stimme der Frau, die auf seinem Rundgang durch die kleine Wohnung stets zwei Schritte hinter ihm geblieben war.

Jene Kleider, die nicht auf dem Bett oder den Stühlen lagen, hingen in dem geräumigen Kleiderschrank. Peck öffnete die Schubladen, fand jedoch nichts Außergewöhnliches. T-Shirts, Pullis und Unterwäsche.

Als Peck vor dem Schreibtisch stand, spürte er den Atem der Frau, die knapp hinter ihn getreten war.

»Das Notebook«, sagte sie, »hat die Polizei mitgenommen. Keine Ahnung, warum.«

Peck war der Meinung, viel über einen Menschen zu erfahren, wenn man sich anschaute, wie er wohnte, doch hier fand er wenige Anhaltspunkte. Er erinnerte sich, wie das Zimmer seiner Tochter ausgesehen hatte, als sie in Belindas Alter gewesen war. Stofftiere im Bett, persönlicher Krimskrams, alte Kinderbücher und jede Menge Poster an den Wänden. Und hier? Peck blieb mitten im Zimmer stehen und sah sich um. Fehlanzeige. Noch nie hatte er einen Raum gesehen, der so wenig über seine Bewohnerin aussagte. Wofür hatte sich das Mädchen interessiert?

»Kein Fernseher.« Peck drehte sich zu der Frau um.

»Unserer steht unten. Hier oben drehte sich alles um ihren Laptop.« Sie trat einen Schritt auf Peck zu. »Haben Sie endlich alles gesehen? Die Polizei hat auch stundenlang hier herumgeschnüffelt.«

Auf einem schmalen Regal standen an die fünfzig Bücher, darunter eines, das Peck gut kannte. EINSTEINS FEHLER: DIE RELATIVITÄTSTHEORIE IST NICHT RELATIV von Albert Roller.

Peck nahm das Buch in die Hand. »Albert Roller … sagt Ihnen der Name etwas?«

Sie schüttelte den Kopf. »Nie gehört. Ich wusste nicht einmal, dass Belinda dieses Buch besitzt. Es geht wohl um Physik. Belinda interessierte sich nicht nur für Musik, sie hatte auch in Physik und Mathematik die besten Noten. Sie wollte studieren …« Tränen traten in ihre Augen.

Als Peck das Buch zurückstellte, fiel eine Fotografie heraus.

Das Bild zeigte Belinda auf einer Bank in einer parkähnlichen Umgebung, umringt von einigen gleichaltrigen Mädchen sowie einem gutaussehenden Mann mit blond gelocktem Haar, der den Arm um Belinda legte. Peck zeigte auf eine dünne Blonde mit langen Haaren. »Das Mädchen kenne ich.«

Die Frau sah auf das Foto. »Das ist Sonja, Belindas Freundin.«

»Sonja Fellinger, nicht wahr?«

Frau Hoffer nickte. »Eine aus Belindas Klasse.«

»Wer ist der Mann?«

»Das ist Andreas.«

»Und wer ist Andreas?«

»Belindas Mathelehrer.«

»In welche Schule ging Ihre Tochter?

»Ins musische Privatgymnasium.«

»In der Maxglaner Hauptstraße?«

Sie nickte und nahm die Fotografie aus der Hand.

»Dieser Andreas … hat der Mathelehrer auch einen Familiennamen?«

»Jeder hat einen Familiennamen. Es ging sehr locker zu in der Schule. Die haben sich alle geduzt.«

»Und der Name des Herrn Lehrer?«

»Brunnauer. Andreas Brunnauer.«

Bond, dachte Peck. James Bond.

Vom Haus der Hoffers schlängelte sich der schmale Fahrweg durch den Wald hinunter, wo Peck seinen Wagen geparkt hatte. Im Wald roch es nach feuchter Erde und Tannennadeln. Die Bäume standen dicht und mit jedem Schritt führte ihn der Weg weiter in eine grüne Dunkelheit, die manchmal von kleinen, diffusen Lichtflecken, die sich zitternd hin und her bewegten, unterbrochen wurde. Nach einer Kurve hörte er plötzlich ein Geräusch und gleichzeitig fiel ihm eine Bewegung hinter einer Gruppe von Bäumen auf. Es musste nichts bedeuten, vielleicht ein Tier, das er aufgeschreckt hatte.

Er trat aus der Dämmerung des Waldes und ging Richtung

seines geparkten Wagens, als er ihn sah. Der Mann mit dem langen, dunkelgrauen Regenmantel saß auf einer Holzbank und sah zu Pecks Auto hinüber. Sein Gesicht lag im Schatten der Baseballkappe, die er tief in die Stirn gezogen hatte. Sobald der Mann Peck erblickte, sprang er auf, lief die paar Meter über die Wiese bergauf und verschwand im Wald. So schnell es sein lädierter Rücken zuließ, rannte Peck dem Mann hinterher, doch nach einigen Metern blieb er mit dem linken Fuß zwischen zwei Baumwurzeln hängen und fiel der Länge nach hin.

Fluchend richtete er sich auf, suchte fieberhaft nach seiner Brille und kehrte dann zu seinem Wagen zurück.

*

Eine Fliege, die sich im Lampenschirm gefangen hatte, dröhnte im Kreis herum und stieß immer wieder gegen ein Hindernis. Wie die Menschheit, dachte Peck. Gefangen sein und nichts aus der Erfahrung lernen.

Er saß beim Tisch und las in dem Buch, das er sich von Herbert Moser geholt hatte, als er hörte, wie draußen jemand den Schlüssel umdrehte. Kurz danach trat Sophia ins Zimmer.

»Wie waren deine Geschäfte heute?«, sagte Peck zur Begrüßung.

»Wenn du eine Flasche Rotwein aus dem Keller holtest, würde ich dir dankbar einen Teil abnehmen.«

»So schlimm?«

»Der heutige Umsatz beträgt vierundvierzig Euro zwanzig. Zwei Taschenbücher und einen kleinen Stadtplan.«

»Das mit dem Rotwein ist eine gute Idee«, sagte Peck. »Was gibt es heute zum Essen?«

»Keine Ahnung. Wir haben Schweinsripperl im Kühlschrank.«

»Schweinsripperl?«

»Aus deiner Stimme klingt wenig Begeisterung. Ripperl sind gut zum Knabbern.«

»Ich mag nicht Knabbern. Ich möchte etwas zum Essen.«

214

»Mir dampfen die Füße. Ich war den ganzen Tag auf den Beinen.«

Sophia angelte sich sein Buch, setzte sich und legte die Beine auf den Couchtisch.

»Wo treibt sich mein Cousin Braunschweiger herum?«

»Bin ich der Hüter meines Mitarbeiters?«, antwortete Peck bibelfest.

»Wie macht er sich?«

»Das hast du mich schon einmal gefragt.«

»Und?«

»Er macht Fortschritte. Im Moment jagt er einigen Individuen nach, die wir verdächtigen.«

Sophia blätterte in dem Wälzer. »Um Gottes Willen, das ist ja ein Buch von der Blavatsky.«

»Kennst du die Frau?«

»Ich hab das Buch mal gelesen. In meiner Sturm- und Drangzeit. Alles Unsinn.«

»Das Buch gehört Hedda. Sie hat es mir geborgt.«

»Du denkst immer noch an die Fernsehsendung ...«

Peck nickte.

»Und du fragst dich, woher Hedda wusste, wo die Leiche des Mädchens zu finden ist.«

»Weißt du, was ich glaube? Wenn ich Heddas Geheimnis herausgefunden habe, weiß ich auch, wer der Serienkiller ist.«

16. Kapitel

Das musische Privatgymnasium in der Maxglaner Hauptstraße hatte in Salzburg einen guten Ruf. Die Schule war in einem prächtigen Renaissancebau untergebracht, dessen symmetrische Hauptfront mit zahlreichen Erkern, einem Glockenturm und zur Straße hin mit einem rustikalen Rundportal ausgestattet war, durch das Peck in die Kühle des tonnengewölbten Flures trat.

Es herrschte eine heitere Atmosphäre in dem Gebäude und Peck überlegte, ob dies von den lustigen Strichmännchen herrührte, die die Wände zierten, oder von der Musik und dem Chorgesang, der aus einigen Klassenzimmern drang.

Seit seiner Schulzeit waren Jahrzehnte vergangen, aber hier in den endlosen Fluren des Gebäudes kam schlagartig die Beklommenheit zurück, die er schon als Bub gespürt hatte, die Einschüchterung durch hartherzige Lehrkräfte und die Angst, den pädagogischen Erwartungen nicht gerecht werden zu können.

Mit diesen unangenehmen Gefühlen stieg er die von Millionen Schülern schief getretenen Steinstufen nach oben und betrat eine der für männliche Schüler vorgesehenen Toiletten, wo er sich die Hände wusch, während er sich verdrossen im Spiegel betrachtete. Eindeutig ... er hatte zugenommen. »Dick und fett bist du geworden«, sagte er laut zu seinem Spiegelbild.

In diesem Moment trat hinter ihm ein Bub aus einer der Kabinen, der Peck angrinste und sagte: »So schlimm ist es nicht.«

»Wasch dir lieber die Hände«, sagte Peck ärgerlich, doch der Bub war bereits weg.

Er stieg noch ein Stockwerk höher und wandelte durch endlose Gänge bis er vor einer Tür mit dem Schild KONFERENZZIMMER stehenblieb. Durch die weißlackierte Flügeltür war ein leises, vielstimmiges Gemurmel zu hören. Peck überlegte nicht lange, sondern riss die Tür auf. Blitzartig schwangen an die zwanzig Köpfe herum und starrten ihn an. Offenbar war er gerade mitten in eine Konferenz geplatzt. Ein schwarzgelockter Mann mit feistem Gesicht und glänzenden Augen reagierte als erster. »Was wollen Sie?«

Peck trat einen Schritt auf den Schwarzgelockten zu. »Ich suche Herrn Brunnauer. Andreas Brunnauer.«

»Sie stören.«

»Es ist wichtig.«

»Egal, ob wichtig oder nicht. Sie stören.«

Im Hintergrund des Raumes erhob sich ein etwa vierzigjähriger Mann mit strohblondem Haar und kam mit raschen Schritten näher. Peck erkannte ihn als jenen gut aussehenden Mann wieder, den er auf der Fotografie bei Belindas Mutter gesehen hatte.

»Was wollen Sie von mir?«

»Ich muss Sie kurz sprechen.«

»So, Sie müssen ihn sprechen!«, rief der schwarzgelockte Mann mit dem feisten Gesicht aus dem Hintergrund. »Wir haben hier in der Schule keine Besuchszeiten wie in einem Krankenhaus. In fünf Minuten sind Sie wieder hier, Herr Kollege.«

»Kommen Sie«, sagte der Lehrer und drängte zum Ausgang. »Ich brauche jetzt frische Luft.«

Der rechteckige Platz war an allen Seiten von hohen Mauern umgeben. Zwei gegenüberliegende Körbe deuteten darauf hin, dass hier auch Basketballspiele ausgetragen wurden.

»Habe ich gerade bei einer Konferenz gestört?«

»Keine Konferenz. Nur eine Besprechung des Lehrkörpers. Der mit den schwarzen Haaren war übrigens Doktor Schnaufer. Er ist der Direktor der Schule. Mein Chef. Und ein Arschloch.«

»Sowas kenne ich«, murmelte Peck und marschierte die an einigen Stellen brüchige Mauer entlang. Ihm fiel auf, dass Brunnauer einen leichten Sprachfehler hatte und bei manchen Worten ins Stottern kam.

»Sie sind wegen Belinda da, stimmt's?«

Peck nickte. »Erraten.«

Von irgendwoher war ein Klingeln zu hören. Der Klang einer Schulglocke hat sich während der letzten fünfzig Jahre nicht verändert, dachte Peck, während nostalgische Gefühle in ihm hochstiegen.

»Das mit Belinda ist furchtbar«, sagte Brunnauer.

»Sie haben Sie in Mathematik unterrichtet?«

»Wir sind zwar ein musisches Gymnasium, in dem wir vor allem auf die Förderung der schönen Künste Wert legen, dennoch vernachlässigen wir die Naturwissenschaften nicht. Auch die gehören zur Allgemeinbildung.«

»War Belinda eine gute Schülerin?«

»Lieb und brav. Und strebsam. Alle haben sie gemocht.«

»Letzteres stimmt nicht ganz. Zumindest einer hat sie nicht gemocht.« Der Lehrer seufzte und nickte.

»Hatte das Mädchen Feinde?«

»Nein. Sagte ich doch schon.«

»Sie haben sich mit Belinda geduzt?«

»Ich duze mich mit allen Schülern. Als Laie können Sie das nicht verstehen. Das *Du* schafft ein besseres Verhältnis zu meiner Klasse, verstehen Sie? Weniger Aggressionen und mehr Offenheit und gegenseitiges Verständnis.«

Peck hielt davon wenig. Das Duzen des Lehrers drückte zwar Nähe und Vertrautheit aus, es ging aber auch ein Stück Respekt gegenüber dem Lehrer verloren. Das *Du* verschleiert die nicht weg zu leugnende Hierarchie, zumal die Strukturen einer Schule nur bedingt demokratisch sind, anders als im Freundeskreis oder in der eigenen Familie.

Langsam spazierten sie im Hof herum und Peck fiel auf, dass sie in einen exakten Gleichschritt verfallen waren. Ihm fiel aber auch auf, dass Brunnauer leicht hinkte, obwohl er versuchte, während der kurzen Wanderung das kleine Gebrechen vor Peck zu verbergen.

Laut lärmend und lachend strömten Schüler aus dem Gebäude. Manche setzten sich auf die Bänke in der Sonne und packten Brote aus, andere standen in Gruppen zusammen und sahen aufmerksam zu Peck und dem Lehrer herüber.

»Das ist unser Pausenhof«, sagte Brunnauer.

»Sind Sie schon lange an der Schule?«

Der Lehrer blies die Backen auf. »Um Gottes Willen. Lehrer werden in Österreich nach Belieben kreuz und quer versetzt, zumindest während der ersten Jahre. Erst nach vielen Dienstjahren erhält man eine fixe Stelle. Schuldefinitiv heißt das in unserem Bundesland.«

»Haben Sie sich auch privat mit Belinda getroffen?«

Brunnauer blieb abrupt stehen.

»Natürlich nicht. Belinda war meine Schülerin und sonst nichts. Ihre Fragen beginnen unverschämt zu werden. Ich mochte Belinda, weil sie intelligent und begabt war. Und eine gute Schülerin. Basta!«

Während Peck überlegte, warum er dem Lehrer kein Wort glaubte, kamen einige der Schülerinnen näher, sahen selbstbewusst herüber und gingen dann lachend einige Schritte weiter, blieben wieder stehen und starrten erneut zu ihnen.

»Da ist ein Punkt, an den ich mich erinnere«, sagte der Lehrer leise. »Belinda kam mir von Zeit zu Zeit launisch vor. Meist war sie ruhig und in sich kehrt und dann plötzlich übermütig und wie aufgekratzt.«

»Ein weibliches Wesen auf dem Weg vom Mädchen zur Frau. Meine Tochter war auch so in diesem Alter.«

»Wie Sie meinen«, sagte Brunnauer.

»Ich habe noch eine Frage. Belinda sprach einmal von einem gewissen Johannes. Wen könnte sie da gemeint haben?«

»Johannes?«, rief der Lehrer so laut, dass die Mädchen fragend herübersahen. »Ich kenne keinen Johannes.«

»Vielleicht ein Schüler aus Belindas Klasse. Oder einer anderen Klasse.«

Brunnauer schüttelte den Kopf. »Diesen Johannes müsste ich kennen.«

Peck hielt ihm eine Visitenkarte hin. »Ich danke Ihnen. Für

den Fall, dass Ihnen noch etwas einfällt.«

»Ich habe Ihnen alles gesagt. Soll ich Sie zum Ausgang begleiten?«

»Nicht nötig.« Peck ging quer über den Platz, als sich ihm ein blondes Mädchen in den Weg stellte.

»Sie haben mit Andreas geredet.«

»Eurem Lehrer.«

»Sie haben ihn nach Johannes gefragt?«

»Ja. Wieso?«

»Ich war mit Belinda befreundet und wir waren öfters dort.«

»Wo?«

»Bei Johannes im Fitnessclub.«

»Welcher Fitnessclub?«

»Belinda war jede Woche dort. Manchmal sogar zwei Mal.«

»Wo ist dieser Club?«

»In der Münzgasse. Direkt in der Altstadt.«

»Und dieser Johannes ... was macht der dort?«

»Johannes ist Body-Worker und Zumba-Trainer.«

*

Zwanzig Minuten später parkte Peck seinen Wagen in der Mönchsbergstraße und war kurze Zeit später in der Münzgasse. Ihm war vorher noch nie das Schild mit der Aufschrift FITNESS VITAL CLUB aufgefallen.

Als Peck den Raum betrat, in dem sich zahlreiche Fitnessgeräte befanden und die jungen, durchtrainierten Menschen sah, die überall herumturnten, fühlte er sich übergewichtig. Und alt.

Staunend stand er vor einem beeindruckenden Gerät, das wie eine riesige, metallene Spinne aussah, als mit dynamisch-beschwingten Schritten ein junger Mann auf ihn zu eilte und grinsend vor ihm Halt machte. Unverschämt gute Figur, dachte Peck, unten schlank, flacher Bauch und nach oben breiter werdender Oberkörper. Eine Figur wie ein V. Er selbst fühlte sich demgegenüber wie ein schlappes A.

»Dieses Gerät sieht toll aus«, sagte Peck. »Was ist das?«

»Das hier ist der modulare Power-Stepper mit anatomisch optimiertem Sitzdesign und hoch belastbarem Linearlager, das Ihnen durch das einzigartige Drehpunkt-Styling ein befriedigendes Trainingsgefühl vermittelt.«

»Ach«, sagte Peck. »Und was bewirkt die Maschine?«

»Sie formt Ihren Hintern und sorgt für ein gezieltes Training des Unterkörpers.«

»Mein Unterkörper ist völlig in Ordnung.«

»Was wollen Sie dann?«

»Ist Johannes hier?«

Der junge Mann drückte seine Brust nach vorne. »Das bin ich. Johannes, der Trainer. Was kann ich für Sie tun?«

Peck deutete auf eine gepolsterte Bank an der Wand. »Nehmen Sie Platz.«

Johannes wollte nicht. »Der Mensch ist zum Laufen geboren und nicht zum Sitzen.«

Peck setzte sich und klopfte mit der flachen Hand auf die Polsterbank neben sich, bis sich Johannes zögernd neben ihm niederließ. Dann erzählte Peck dem jungen Mann von der Leiche Belindas und dem Zettel, den man bei ihr fand.

»Johannes 15 Uhr, stand auf dem Zettel.«

»Tot? Mein Gott, das ist ja furchtbar. Ich kannte Belinda. Ich habe sie beraten, wenn sie hier war.«

»Sie kannten sie? Wie gut?«

»Sie ist seit über einem Jahr Mitglied bei uns.«

»Kannten Sie Belindas Familiennamen?«

»Nein. Wir sprechen uns alle mit Vornamen an.«

»Wenn sie hierher in den Club kam … kam sie da immer zu Ihnen?«

»Sie kannte sich aus im Club und hat oft allein trainiert.« Er machte mit dem Arm eine ausladende Rundum-Geste. »Es geht sehr ungezwungen zu bei uns. Nur wenn Belinda ihr Workout an einem neuen Gerät starten wollte, habe ich sie beraten.«

»Ich verstehe«, sagte Peck. »Der modulare Power-Stepper

dürfte beim ersten Mal wegen des Drehpunkt-Stylings schwierig zu bedienen sein.«

Der junge Recke grinste. »Sie sind ein echter Bauchmuskel-Profi.«

»Wissen Sie, ob Belinda zu anderen hier im Club Kontakt hatte? Hat sie je mit einem der übrigen Kunden gesprochen oder mit einem Ihrer Trainer-Kollegen?«

Er schüttelte den Kopf, stand auf und kam mit einem Terminkalender zurück.

»Ich erinnere mich, dass sie einen Termin hatte …« Johannes blätterte in dem Büchlein und tippte auf eine der Seiten. »Hier! Mittwoch vergangener Woche. Sie hatte sich für 15 Uhr bei mir angemeldet.« Er klappte das Buch zu. »Aber sie kam nicht.«

*

Peck dachte über sein Gespräch mit Andreas Brunnauer, dem Lehrer nach. Irgendein Satz war gefallen, der in Peck etwas ausgelöst hatte. Ein Alarmsignal. Es könnte ein harmloser Gedankengang Brunnauers gewesen sein, vielleicht wollte ihm der Lehrer aber auch einen Hinweis geben, unabsichtlich vielleicht, deshalb aber nicht weniger wichtig. Doch so lange Peck sich auch den Kopf zerbrach, es fiel ihm nicht ein.

Auch wegen des Gesprächs mit Johannes war Peck niedergeschlagen. Er hatte sich davon wertvolle Erkenntnisse erwartet. Verdammt! Sollte er die ganzen hundert Puzzleteile noch einmal auf den Tisch kippen und versuchen, sie neu und nach einem sinnvollen Bild zusammenzusetzen? Dazu verspürte er keine Lust.

Maigret oder Sherlock Holmes, das konnte man in Dutzenden Romanen nachlesen, kam in einer ausweglosen Situation das Schicksal in Form eines mehr oder weniger glaubwürdigen Zufalls zu Hilfe. Dabei hätte sich Peck schon aufgrund seines rechtschaffenen Naturells einen glücksbringenden Zufall mehr als verdient.

In diesem Moment stürmte Braunschweiger ins Zimmer.

»Was für ein Zufall«, sagte Peck.

»Luise Miller wohnt in einem Mehrfamilienhaus in Itzling«, sagte Braunschweiger und blätterte in seinem Notizheft.

»Und was macht sie?«

»Sie macht hervorragende Erdäpfel-Zucchini-Laibchen und einen saftigen Zucchini-Kuchen.«

»Braunschweiger, ich muss Ihnen gestehen, dass ich hochintelligente Menschen noch nie leiden konnte. Die sind überheblich und langweilig, weil man ihre Denkweise im Voraus kennt und ahnt, wie sie reagieren werden. Sie dagegen sind unterhaltsam und feuilletonistisch.«

Braunschweiger sah ihn stumm an.

Peck legte ihm die Hand auf die Schulter. »Ich hoffe, Sie sind jetzt nicht böse.«

»Das kann ich Ihnen erst sagen, wenn ich weiß, was feuilletonistisch bedeutet.«

»Und was spricht Frau Miller?«

»Dass sie in der Kaserne als Putzfrau gearbeitet hat, dass ihr Mann abgehauen ist und dass sie uns nicht weiterhelfen kann.«

»Das ist schade.«

»Chef, ich habe in den alten Polizeiakten entdeckt, dass man bei einem der Opfer am Körper und an ihrer Jacke Spermaspuren festgestellt hat.«

»Und was sagt uns das?«

»Chef, ich habe gelesen, dass zum Zeitpunkt der ersten Morde unseres Serienkillers, die DNA-Analyse in den Kinderschuhen steckte. Man hat damals nur eines gemacht: Aus den Spermaspuren die Blutgruppe des Täters ermittelt.«

»Braunschweiger, das habe ich überlesen. Ich wusste auch nicht, dass das möglich ist.«

»Steht in einem der Aktenordner. Unser Mörder ist ein sogenannter Sekretor und er hat die Blutgruppe AB.«

»AB ist doch sehr selten.«

»Chef, ich habe das bei Google erforscht. Vier Prozent der

Bevölkerung hat diese Blutgruppe. Und wissen Sie warum? Die ersten Menschen mit Blutgruppe AB gab es erst neunhundert nach Christus. Zu dieser Zeit sind Horden von Einwanderern über Europa hergefallen und haben sich mit der westlichen Bevölkerung vermischt. So entstand das, was wir heute in Europa vorfinden.«

»Braunschweiger, ich bin begeistert.«

»Ich hab' das mathematisch nachgerechnet. Mit Statistik und so. In der Stadt Salzburg leben hundertfünfzigtausend Menschen, davon weniger als die Hälfte Männer. Von denen habe ich die über achtzigjährigen und die Schwerkranken abgezogen, sodass ungefähr dreißigtausend potentiell verdächtige AB-Männer übrig bleiben. Die schicken wir ab morgen zur Blutabnahme.«

»Ich nehme einen Teil meiner Begeisterung zurück, Braunschweiger. Dennoch kann die Information mit der Blutgruppe AB für uns noch sehr wichtig werden.«

»Was haben Sie in der Zwischenzeit unternommen, Chef?«

»Ich habe Andreas Brunnauer besucht, Belindas Lehrer.«

»Und was sagte der Herr Lehrer?«

Was sagte der Herr Lehrer? Etwas Bedeutsames war es, dachte Peck, eine Bemerkung, die Brunnauer in einem Nebensatz erwähnte. Er ließ sich das Gespräch mit dem Lehrer noch einmal durch den Kopf gehen.

»Ich habe Brunnauer eine harmlose Frage gestellt …« Peck schlug mit der flachen Hand auf den Tisch, sodass Braunschweiger erschrocken den Kopf hob.

»Jetzt weiß ich's wieder!«, sagte Peck. »Ob er schon lange an der Schule sei, habe ich Brunnauer gefragt.«

Braunschweiger verzog das Gesicht. »Aha. Und was hat er geantwortet?«

»Lehrer werden in Österreich nach Belieben kreuz und quer versetzt.«

»Und was sagt uns das?«

»Braunschweiger«, sagte Peck langsam. »Wenn mich nicht

alles täuscht, hat sich soeben eine neue Spur aufgetan.«

»Wie das, Chef?«

Peck zeigte auf die Landkarte an der Wand. »Das war der Ausgangspunkt unserer Überlegungen. Zuerst konzentrieren sich die Morde auf das Innviertel in Oberösterreich und später wandert der Schrecken hundert Kilometer weiter nach Westen, wo er wieder während eines Jahres drei Morde begeht. Der Killer ist umgezogen, sagten wir uns und verfolgten die Spur eines Soldaten, der von der Kaserne Ried nach Salzburg versetzt wurde.«

»Sie meinen, es war kein Soldat?«

»Genau in diese Richtung gehen meine Gedanken, Braunschweiger.«

*

»Hallo Sissi«, sagte Peck. »Hier ist dein Cousin Paul aus Salzburg.«

»Paul! Das ist eine Überraschung.«

Cousine Sissi war fünf Jahre jünger als Peck und arbeitete als Lehrerin an der Vorarlberger Mittelschule in Bludenz. Sie war immer schon eine taffe Person gewesen, schnell denkend und noch schneller redend. Sie würde ihm helfen können.

Nach einem kurzen Rundlauf durch ihre gemeinsame, weitverzweigte Verwandtschaft und einem freundschaftlichen Small Talk ließ sich Peck die Spielregeln erklären, nach denen Lehrer von einer Schule zu einer anderen versetzt werden.

»Versetzung von einem Bundesland in ein anderes? Das ist bei uns in Österreich nicht so einfach.«

»Warum nicht?«

»Weil Österreich ein Land der zersplitterten Kompetenzen ist. Da ist keiner so richtig zuständig, da redet der Bund mit, das Land oder sogar die Gemeinde.«

»Liebe Sissi, ich schätze deine Expertise sehr. Das mit der Zersplitterung ... könntest du mir dies erläutern und wenn möglich so, dass ich es verstehe.«

»Okay. Als Mann willst du alles einfach erklärt haben.«

»Du würdest dich gut mit meiner Sophia verstehen.«

»Jetzt hör' zu. Bei Pflichtschulen, bei denen als Schulerhalter das jeweilige Land fungiert, ist eine Versetzung über Ländergrenzen hinweg ausgeschlossen. Hier bleibt nur die Möglichkeit eines Tausches. Verstehst du? Herr Müller geht von Tirol nach Kärnten und Frau Maier in die Gegenrichtung.« Sie machte eine kurze Pause und Peck hörte, wie die Cousine offenbar nach Luft ringend, in den Telefonhörer schnaufte.

»In meinem Fall geht es um Versetzungen in einem Gymnasium.«

»Dazu komme ich gleich. Du musst mich ausreden lassen. Bei dir geht es um allgemeinbildende höhere Schulen. Dort ist die Situation deutlich übersichtlicher, da einheitlich der Bund zuständig ist. Also brauchst du dich nicht mit dem Direktor einer Schule abmühen, sondern pilgere nach Wien zum Ministerium.«

»Kennst du da jemanden?«

»Als deine im Schuldienst ehrenvoll ergraute Cousine kann ich dir weiterhelfen. Hast du was zum Schreiben? Ministerialrat Wirklicher Hofrat Mag. Dr. Franz Joseph Petermandl. Bei ihm laufen alle Fäden zusammen, die für deine Frage wichtig sind.«

Während Peck nach Hause ging, dachte er an Hedda und das dicke Buch, das er bis zur Hälfte durchgearbeitet und sich so viel an okkultem Wissen angelesen hatte, dass es sinnvoll erschien, noch einmal an einer Séance des spiritistischen Klubs teilzunehmen. In der Nähe des Müllner Stegs setzte er sich auf eine Bank und rief Hedda an, die jedoch nicht abhob. Im Telefonverzeichnis seines Handys fand er die Nummer Herbert Mosers.

»Moser.«

Als Peck die müde Stimme des Mannes hörte, sah er ihn vor

seinem geistigen Auge vor sich, wie er schlapp da stand, den Hörer in der einen Hand, während er sich mit der anderen über seine zur Seite gekämmten Haare strich, als ob er sich auch während des Telefonats über deren exakten Sitz vergewissern müsste.

»Guten Tag«, sagte Peck und überlegte, ob er sich mit seinem richtigen Namen zu erkennen geben sollte.

»Na«, sagte Herbert Moser in munterem Ton. »Haben Sie Heddas Buch gelesen?«

»Keine einfache Kost, aber eine faszinierende Lektüre. Ich bin mit dem Buch fast durch.«

»Ein packendes Gebiet, fürwahr. Es freut mich, dass Ihnen das Buch zusagt. Vielleicht verstehen Sie jetzt, warum ich mich schon fünfundzwanzig Jahre mit der Thematik beschäftige. Obwohl ich tief in die Materie eingedrungen bin, bleibt sie immer noch verwirrend und atemberaubend.«

»Das Buch liefert mir den zum Verständnis notwendigen Background«, sagte Peck langsam und jedes Wort betonend. »Ich schätze Theorien über alles, möchte jedoch die praktische Seite nicht vernachlässigen. Deshalb würde ich gern an der nächsten Sitzung Ihres spiritistischen Freundeskreises teilnehmen. Ich habe gerade versucht, Hedda anzurufen. Sie hebt aber nicht ab.«

»Und jetzt möchten Sie von mir den Termin unserer nächsten Séance wissen.«

»Sie haben mich durchschaut«, sagte Peck und lachte.

»Ich dürfte Ihnen den Termin nicht verraten, aber Sie waren ja schon einmal dabei und Hedda wird das sicher gut heißen. Wir treffen uns Mittwoch nächster Woche im Gasthaus Ebenholz in Neumarkt am Wallersee.«

»Wieviel Uhr?«

»Abends, um sieben. Ich tue das nur, weil Sie mir das Gefühl vermitteln, ein echtes Interesse an Hermetik und Parapsychologie an den Tag zu legen.«

Ein umgänglicher Mensch, dachte Peck, nachdem er das Gespräch beendet hatte. Er hatte sich von der Bank erhoben und wollte seinen Nachhauseweg fortsetzen, als das Handy klingelte.

»Es gibt Neuigkeiten aus den USA.« Funkes aufgeregte Stimme.

»Martin Kalupka?«

»Genau. Ich sagte dir, dass die Amerikaner die Flughäfen überwachen. Also ... Kalupka hat ein Ticket von Newark nach München gebucht.«

»Direktflug?«

»Genau. Er landet am Dienstag um zwanzig nach zehn in der Früh in München.«

»Hat er einen Anschlussflug gebucht?«

»Das konnte ich nicht in Erfahrung bringen.«

»Wenn er nach Österreich will, wird er von München den Zug nehmen.«

»Den schnappen wir uns.«

»Und ich weiß auch, wie.«

»Nämlich?«

»Ich schicke meinen besten Mann nach München.«

17. KAPITEL

Herr Ministerialrat Dr. Petermandl kann morgen um zehn Uhr eine halbe Stunde für Sie einplanen. Sie finden uns am Minoritenplatz im ersten Bezirk.

Peck hatte sich im Zug nach Wien einen Fensterplatz gesucht und ließ seit zwei Stunden die abwechslungsarme Landschaft an sich vorbeiziehen. Das Publikum in seinem Abteil war gemischt, überwiegend Männer und zwei alte Frauen. Seit Beginn der Fahrt war Peck wieder einmal klar geworden, wie wenig er sich für Männer und alte Frauen interessierte. Auf der anderen Seite saßen zwei Teenager, die sich glänzend miteinander unterhielten, indem sie sich gegenseitig ihre Handys vor die Nase hielten.

In Linz stieg eine hübsche, schwarzhaarige Frau ein und ließ sich lässig auf den gegenüber frei gewordenen Platz fallen. Sie streifte Peck mit einem gleichgültigen Blick, worauf ihre Hand in der Handtasche verschwand und mit einem riesigen Wurstbrot wieder an die Oberfläche kam. Dann holte die Frau ein Buch aus der Manteltasche und Peck verfolgte mit Interesse, wie der Band, während sie das Brot vertilgte, öfters in eine gefährliche Schieflage geriet. Nach einigem Bemühen gelang es Peck, den Titel des Buches zu entziffern: DAS UFERLOSE MEER von einer Autorin mit dem Namen Bettina von Arnim. Die Frau, die im achtzehnten Jahrhundert zur Welt kam, hatte nie eine Seereise unternommen, wusste Peck. Schlagartig erlahmte sein Interesse, sowohl an dem Buch als auch an der schwarzhaarigen Frau. Nur das duftende Wurstbrot machte nach wie vor einen verführerischen Eindruck auf Peck.

Es war wenig Verkehr in der Wiener Innenstadt und die Fahrt mit dem Taxi zum Bundesministerium für Bildung, Wissenschaft und Forschung dauerte nur eine Viertelstunde. Interessanterweise befand sich das Ministerium nur einen Steinwurf von der Parteizentrale der Sozialistischen Partei entfernt. Wahrscheinlich ein Zufall, sagte sich Peck.

Mit Ehrfurcht betrat er das pathetische Gebäude am Minoritenplatz und stieß nach einigen Irrwegen im Erdgeschoß auf einen Informationsschalter. HERZLICH WILLKOMMEN BEI BILDUNG, FORSCHUNG, TECHNOLOGIE UND INNOVATION stand auf der großformatigen Glasscheibe, hinter der eine grauhaarige Frau in erhöhter Sitzposition thronte. Sie hatte ihn bereits beim Eintreten gesehen, ließ ihn aber warten und schlug ohne Unterbrechung auf eine vor ihr stehende Tastatur. Offensichtlich war sie zur Meinung gekommen, dass Peck entweder nicht bildungswillig war oder hier nichts verloren hatte. Mit frostigem Blick beugte sie sich schließlich zu Peck herunter. »Kann ich Ihnen helfen?« Ihr Tonfall zeigte, dass sie ihm lieber nicht geholfen hätte.

»Ich suche Herrn Ministerialrat Wirklicher Hofrat Mag. Dr. Franz Joseph Petermandl.«

»Warum?«

»Ich habe einen Termin bei ihm.«

Die Grauhaarige schlug wieder auf die Tastatur und sah ihn lange über den oberen Rand ihrer Brille an. »Das geht nicht. Er ist außer Haus.«

»Das geht nicht«, sagte Peck. »Man sagte mir, bei ihm sollen alle Fäden zusammenlaufen.«

»Bei uns hält keiner Fäden in der Hand. Gehen Sie zur Ministerialkanzleidirektion.«

»Haben Sie auch einen Namen für mich ... für alle Fälle?«

»Hans Glück.«

Peck wunderte sich. »Wie? Hans Glück ... ohne Doktor und Hofrat?«

»Sie sind sarkastisch«, sagte sie. »Herr Glück sitzt in der vierten Etage, Raum Nummer 4276.«

Er war fasziniert, welches Bild sich ihm darbot, als er im vierten Stock aus dem Lift stieg und sich in einem riesigen Labyrinth aus dunklen, tageslichtlosen Gängen wiederfand, die sich in einem strikt geometrischen Muster nach allen Richtungen ausdehnten. Wie der Grundriss von Manhattan, dachte er. Er ging zuerst dreißig Meter geradeaus, bog rechts ab, bis er auf eine dick gepolsterte Tür mit der Nummer 4276 und der Aufschrift ›Hans Glück‹ stieß.

Ein ziemlich austauschbares Chefbüro eines offenbar höheren Beamten. Schwarzes Telefon, Bildschirm und zwei geflochtene Körbe auf dem Schreibtisch, die mit *Eingang* und *Ausgang* beschriftet waren. Beide Körbe waren leer. Peck zeigte Herrn Glück, einem friedfertig aussehenden Mittvierziger seinen Ausweis und erzählte, dass er mit einem Ministerialrat verabredet sei.

»Was darf ich für Sie tun?«

»Die Polizei und ich sind auf der Suche nach einem Herrn, der im Lehrberuf tätig und nach einer Versetzung verschollen ist.«

»Nach einer Versetzung verschollen«, wiederholte Herr Glück. »Darf ich fragen, warum Sie den Herrn suchen?«

»Es geht um eine Millionenerbschaft«, log Peck. »Eine reiche Tante, eine gewisse Berta Panislowski aus Massachusetts, ist in den USA gestorben. Ich habe den Auftrag, den Erben ausfindig zu machen, von dem wir aber nur wissen, dass er Lehrer war.«

»Ausgerechnet Lehrer? Wo soll das gewesen sein?«

»Zuerst in Ried in Oberösterreich. Vor achtzehn Jahren wechselte er nach Salzburg. Er sei versetzt worden, sagte man mir.«

Der Mann hinter dem Schreibtisch nickte, als ob er alles verstanden hätte und schlug dann längere Zeit auf seine Tastatur. »Ich habe alles dokumentiert, den Zeitraum und die Örtlichkeiten. Jetzt starte ich bei uns im Hause eine interministerielle Faktenerhebung.«

»Kann ich auf ein Ergebnis warten?«

Der Mann lächelte mitleidig. »Warten geht nicht. Das wird Tage dauern, bis wir eine Rückmeldung bekommen.«

»Nichts zu machen?«

»Nichts zu machen«, sagte Herr Glück und nickte freundlich.

Peck bedankte sich und tauchte wieder in das Labyrinth der unübersichtlichen Flure und Quergänge ein. An der Ecke Fifth Avenue und sechsundzwanzigster Straße Ost erreichte er das Stiegenhaus.

Als Peck am Hauptbahnhof Salzburg ankam, war es spät am Abend. Wegen eines Lokschadens hatte es kurz nach St. Pölten einen ungeplanten Halt gegeben und eine Ersatzlok stand erst drei Stunden später zur Verfügung.

Gegen halb elf Uhr traf Peck bei Sophia ein, deren Haus im Dunkeln lag. Wo war Sophia? Peck ging in die Küche und schaltete das Licht ein. Auf dem Tisch lag ein Zettel: ›Bin mit Erika im Kino‹.

Er war zwar müde, hatte aber keine Lust, ins zu Bett gehen. Wie kommt die Frau auf die Idee, ohne ihn ins Kino zu gehen?

Eine halbe Stunde zappte er sich im Fernsehen durch die gesamte Kabelvielfalt und blieb bei einer schwachsinnigen Quizsendung hängen bei der leicht bekleidete Mädchen über eine geschwungene Treppe heruntertänzelten und dabei ein Lied trällerten, dessen Text er nicht verstand.

Er schaltete das Fernsehgerät aus und setzte sich im Dunkeln auf die Couch. Die Stille bedrückte ihn. Und Sophia fehlte ihm. Er rechnete nach und kam auf die Zahl siebzehn. Vor siebzehn Jahren hatte er sie kennengelernt.

Er musste lächeln. Seit so vielen Jahren übte sie großen Einfluss auf ihn aus und er empfand diesen Einfluss als fast ausnahmslos positiv. Sie lachte ihn aus, wenn er den Neunmalklugen heraushängen ließ, nannte ihn dann einen Gschaftlhuber und bewies ihm mit Charme und Logik, dass seine Ansichten einseitig waren.

Peck gestand sich ein, durch sie an Egozentrik verloren und ein gerütteltes Maß an Selbstgerechtigkeit eingebüßt zu haben. Dabei beinhaltete Sophias Kritik stets auch die notwendige Prise Humor und jene Art von Ironie, die er mochte. Er stützte seinen Kopf in beide Hände. Warum war er mit einem Mal so offen und ehrlich zu sich selbst? Weil er sich allein und verloren hier auf der Couch vorkam oder war es die Dunkelheit, die ihn in eine versöhnliche Stimmung versetzte? Viele Männer, so wusste er, hatten Angst davor, von einer Frau beeinflusst zu werden. Sophia war klug und er mochte sie. Er hatte nie Angst, selbst wenn sie Oberwasser gewann.

Peck stand auf, ging zum Fenster und sah auf die Straße hinunter, die notdürftig von einigen Lampen erhellt wurde. Der Himmel war grau verhangen. Ein schwarzer Vogel erhob sich flatternd von einem der Äste und flog nach oben, bis er seinen Blicken entschwand. Peck wollte gerade vom Fenster zurücktreten, als ihm der Mann auf dem Gehsteig gegenüber auffiel. Er trug den langen Mantel, den Peck bereits kannte. Wie eine steinerne Säule stand er unbewegt da unten und starrte zu ihm hoch.

Peck hastete zum Kaminofen im Wohnzimmer, packte den schweren Schürhaken, stürmte die Treppe hinunter und rannte aus dem Haus. Doch da war niemand.

*

Nach einer halben Stunde vergeblichen Wartens griff Braunschweiger zum Äußersten und dachte nach. Eine freundliche junge Dame in Stewardess-Uniform verriet ihm, dass ›Destination‹ nicht ›Ankunft‹ bedeutet, worauf er konsequent die Halle wechselte, wo er weiter auf das Flugzeug wartete, das um halb elf Uhr landen sollte.

Er hatte sich eine Fotografie von Martin Kalupka besorgt und wusste nun, wie der Mann aussah. Genauer, wie er vor fünfzehn Jahren ausgesehen hatte. »Gehen Sie mit größter Akribie vor«, hatte sein Chef gemeint, bevor sich Braunschweiger in den Zug nach München gesetzt hatte. Dass er die Bedeutung des Wortes *Akribie* nur annäherungsweise kannte, irritierte ihn nicht. Braunschweiger verließ sich auf seinen gesunden Menschenverstand.

»United Airlines gibt die Ankunft seines Flugs US 9254 aus Newark International Airport bekannt.« Schnarrend drang die Durchsage durch die Halle. Braunschweiger sprang auf. Es dauerte noch fünfzehn Minuten, bis die ersten Passagiere in die Ankunftshalle drängten. Nach einem letzten prüfenden Blick auf die Fotografie unterwarf er jeden, der durch die Automatiktür tretenden Männer, einem Screening. Der Jubel und Trubel, der ringsherum entstand, lenkte ihn von seiner eigentlichen Aufgabe ab. Wie unterschiedlich doch die Menschen ihre Freunde oder Angehörige begrüßten. Mit Interesse verfolgte Braunschweiger die stumm ergriffene Umarmungen zweier Männer, daneben das nicht enden wollende Ritual, in dem eine Mutter unter Tränen ihren Sohn umklammerte und küsste. Ein junger Bursche kam als nächster herein, der einem anderen zur Begrüßung zuerst klatschend auf die Schulter schlug, gefolgt von einem kräftigen, aber freundschaftlichen Boxhieb auf die Brust.

In der Ankunftshalle fiel ihm eine größere Gruppe junger Menschen auf, die entweder zu einem Reiseunternehmen gehörten oder als Abholer ein Namensschild hochhielten und sich nach vorne drängten, um die Aufmerksamkeit der ankommenden Passagiere zu erringen.

Beinahe hätte er Martin Kalupka übersehen, der mit raschen Schritten, einen schweren Koffer hinter sich her ratternd auf den Ausgang zusteuerte. Schnell entschlossen, eilte Braunschweiger hinterher und holte Schritt für Schritt auf.

Der Mann vor ihm stieß die schwere Schwingtür auf, die durch eine kleine Unaufmerksamkeit Braunschweiger auf die Nase klatschte. Tränen schossen ihm in die Augen. Verdammt!

Kalupka drehte sich kurz um, während sich Braunschweiger die schmerzende Nase rieb.

Vor der Halle wehte ein kalter Wind, verfing sich in Braunschweigers Mantel und blies ihm die Haare ins Gesicht. Mit

Schrecken beobachtete er, dass Kalupka direkt auf den Taxi-standplatz zusteuerte. Wenn er jetzt nicht aufpasste, war der Mann weg.

»Halt!«, rief Braunschweiger.

Der Mann vor ihm stoppte und drehte sich langsam um. »Meinen Sie mich?«

»Ja. Ich habe eine Frage an Sie.«

Unwillig blieb Kalupka stehen und musterte ihn von oben nach unten. »Sind Sie ein Bettler? Wenn Sie von mir Geld wollen ... ich gebe nichts.«

»Kein Bettler. Gehen wir kurz da hinüber, dort bläst der Wind nicht so arg.«

»Was wollen Sie? Hören Sie, ich habe keine Minute geschlafen und bin müde.«

Braunschweiger deutete zu dem Gebäude und es gelang ihm, Kalupka in eine windstille Ecke zu locken.

»Ich wusste, mit welcher Maschine Sie ankommen und habe Sie hier am Flughafen erwartet.«

Kalupka lehnte den Koffer an die Wand und sah sich um, als ob er befürchtete, dass noch jemand hinter ihm stand. »Zum letzten Mal ... was wollen Sie von mir?«

»Es mag Ihnen eigenartig vorkommen, wie ich Sie hier am Flughafen überfalle, aber ich habe eine Frage zu einem Vorgang, der zwanzig Jahre her ist.«

»Zwanzig Jahre ... Hören Sie ...«

Braunschweiger drückte dem Mann vorsichtig die flache Hand auf die Brust. »Warten Sie noch einen Moment. Ich war in Ihrer Buchhandlung in Ried und ich habe mit dem Ehepaar Wenz gesprochen.«

»Sind Sie von der Polizei?«

»Ich arbeite für die Polizei.« Er freute sich, wie leicht ihm dieser Satz, den ihm sein Chef eingebläut hatte, über die Lippen ging.

»In meiner Buchhandlung«, wiederholte Kalupka und es klang sehr verwirrt. »Und wer ist das Ehepaar Wenz?«

»Walter und Katharina Wenz aus Mattighofen. Sie kannten deren Tochter Susanne. Oder vielleicht Susi.« Braunschweiger blätterte in seinem Notizbuch. »Wir haben auch die Aussage einer gewissen Erika Klotz. Sie war mit Susanne befreundet.«

»Susi ... mein Gott, ja, ich kannte mal eine Susanne. Und ich glaube, die hieß Wenz.«

Er sah auf die Uhr. »Tut mir leid, ich muss zum Bahnhof. Mein Zug geht in vierzig Minuten.«

»Wohin geht die Reise?«

»Nach Linz. Und jetzt lassen Sie mich zufrieden.«

Er stieß Braunschweiger zur Seite und ergriff seinen Koffer.

»Halt!« Braunschweiger verstellte ihm den Weg. »Noch eine Frage. Fuhren Sie früher einen silberfarbenen Ford Escort?«

»Sie nerven.«

Braunschweiger blätterte in seinem Notizheft. »SL 19 BLU.«

»Was soll das sein?«

»War das Ihre Autonummer? Silberner Escort mit der Nummer SL 19 BLU. SL wie Salzburg Land.«

»So ein Quatsch. Mein Wagen war in Ried angemeldet. Dort hatte man eine Nummer mit einem O vorne. O wie Oberösterreich.« Er machte einen entschlossenen Schritt auf Braunschweiger zu. »Und jetzt gehen Sie mir aus dem Weg.«

Braunschweiger ließ sich nicht beeindrucken, legte dem Mann die Hand auf die Schulter und drehte ihn mit aller Kraft zur Hauswand.

Braunschweiger hätte hinterher nicht sagen können, wie das ganze Unheil vor sich gegangen war. Jedenfalls lief Kalupkas Gesicht rot an, er stellte den Rollkoffer sorgfältig zur Seite, drehte sich zu Braunschweiger um und schmetterte ihm die Faust mitten ins Gesicht. Es tat nicht einmal weh. Braunschweiger schmeckte Blut im Mund und wusste nicht, ob er sich selbst auf die Zunge gebissen hatte oder die Lippe aufgeplatzt war. Dann überkam ihn ein Gefühl unendlichen Friedens und interessiert beobachtete er, wie es rund um ihn herum dunkel wurde und der Boden rasch näher kam.

*

Schwarze Wolken hingen über der Stadt und kündigten ein Unwetter an. Es regnete nicht mehr, aber immer noch zogen feine Nebelschwaden durch die Straße. Mit eiligen Schritten eilte sie vorwärts. Verdammt, warum war sie nicht mit dem Taxi gefahren? Die Lichter der Schaufenster und Straßenlampen verschwanden in dem feuchten Dunst und die mehrstöckigen Hausfassaden auf der anderen Seite der Bundesstraße konnte man nur erahnen. Trotz der späten Stunde waren ein paar Nachtschwärmer unterwegs und hasteten ohne nach links und rechts zu schauen mit eingezogenen Köpfen an ihr vorbei. Einsam klangen ihre Schritte auf dem steinernen Pflaster, als sie von dem breiten Boulevard in den dunklen Kieshamerweg einbog.

Sie beschleunigte ihren Gang und wich etwas Richtung der Häuserfront aus, als ein laut lärmender Motorradfahrer knapp am Gehsteigrand vorbeibrauste. Plötzlich war ihr, als ob sie Schritte hörte. Sie blieb stehen und wandte sich um. Nur dunkle Hausfassaden und alle fünfzig Meter das diffuse Licht einer Straßenlampe. Einige Fenster in den Häusern waren hell und flackernde, blaue Schatten zeigten, dass dort die Bewohner vor ihren Fernsehapparaten saßen. Sie drückte ihre Handtasche fest an sich und hastete den Gehsteig entlang. Erst spät bemerkte sie den Schatten des Mannes, der ihr entgegen kam. Im Licht der Straßenlaterne sah sie, dass er einen dunklen Mantel und helle Turnschuhe trug. Der Mann war fünf Meter vor ihr stehen geblieben und musterte sie, dann kam er Schritt für Schritt näher. Panik stieg in ihr hoch und mit einem Mal konnte sie nicht mehr klar denken.

»Keine Angst, ich tue Ihnen nichts«, flüsterte der Mann, ging an ihr vorbei und verschwand in der Dunkelheit. Mit dem Rücken stand sie an der feuchten Hauswand und schloss die Augen. Mach dich nicht verrückt! Das Haus, in dem sie wohnte, war nur noch zweihundert Meter entfernt. Es begann wieder zu regnen und aus der Ferne hörte sie leises Donnergrollen. Während sie lief, spürte sie die Wassertropfen auf Stirn und Wangen. Sie traute sich nicht mehr stehen zu bleiben um sich umzusehen. War der Mann mit den Turnschuhen wirklich weiter gegangen? Die Geräusche ihrer eigenen Schritte gaben ihr das Gefühl verfolgt zu werden. Die Gedanken wirbelten durch ihren Kopf.

Endlich stand sie vor ihrem Haus und durchsuchte die Handtasche nach dem Hausschlüssel. In diesem Moment bog ein Auto um die Ecke und rollte fast geräuschlos die Straße entlang. Mit einem Aufatmen stellte sie fest, dass der Wagen beschleunigte und sich rasch entfernte.

Sie fand den Schlüssel und beeilte sich die Haustür zu öffnen. Als sie aus dem Flur ins Wohnzimmer trat, überkam sie eine düstere Vorahnung, dass sie etwas Bedrohliches erwartete. Es riecht eigenartig, dachte sie und stieß die Tür auf, die ins Wohnzimmer führte. In der Mitte des Raumes blieb sie stehen und sah sich nach allen Richtungen um. Alles war wie immer. Ein Buch lag auf dem Teppich. Sie bückte sich und legte es auf den Tisch. Aus dem Schlafzimmer drang ein dumpfes Geräusch an ihr Ohr. War ein Einbrecher in der Wohnung? Oder nur ein Knacken der Heizung? Einige Augenblicke stand sie still und horchte. Nichts. Schritt für Schritt näherte sie sich der Tür und drückte die Klinke langsam herunter, dann riss sie die Tür auf. Nichts. Alles war wie sonst. Kein Einbrecher.

Sie sah auf die Uhr und überlegte, ob sie fernsehen oder mit einem Buch ins Bett gehen sollte. Sie stieß auf einen alten Schwarzweißfilm, der sie nicht interessierte, auf einem anderen Sender sangen zwei junge Frauen im Duett, was sehr lustig sein musste, weil das Publikum jede Strophe mit lautem Gelächter begleitete. Hedda war nicht zum Lachen zumute.

Zehn Minuten später saß sie in der Badewanne und genoss den Duft des üppigen Schaums und das heiße Wasser.

Mit einer gefüllten Wärmflasche ging sie barfuß ins Schlafzimmer und legte sich ins Bett.

Irgendwann in der Nacht schreckte sie hoch. Sie wusste nicht, wie lang sie schon geschlafen hatte, aber es konnte nur kurz gewesen sein. War es ein Geräusch, das sie geweckt hatte? Oder ein Traum? Da war es wieder. Diesmal konnte Hedda klar ausmachen, dass das leise Scharren von draußen kam, vom Wind vielleicht, der stärker geworden war oder vom Ast eines der Bäume in der Straße. Gerade als sie aus dem Bett sprang, zuckte ein Blitz über den Himmel, gefolgt von ohrenbetäubendem Donner, der die Scheiben erzittern ließ. Hedda zog den Vorhang zur Seite. Der Regen trommelte gegen das Fenster, das Wasser floss über die Scheibe. Im Licht des nächsten Blitzes sah sie einen Wagen, der vor dem Haus parkte. Ein dunkler SUV. Im Inneren des Wagens sah sie den Schatten einer Gestalt hinter dem Steuer. Mit einem Ruck zog sie den Vorhang vor, als ein weiterer Donnerschlag das Haus erschütterte.

Durch einen Spalt im Vorhang beobachtete sie, dass sich der Schatten hinter dem Steuer für einen kurzen Moment bewegte. Erschrocken trat sie vom Fenster zurück, atmete tief durch und versuchte, Ordnung in ihre Gedanken zu bringen. Mach dich nicht verrückt. Draußen fuhr ein Auto vorbei und sie hörte das Rauschen der Reifen auf der nassen Straße und wie die Wasserfontänen zur Seite spritzten. Ihr Mund war trocken und die Gedanken rasten durch ihren Kopf, während sie auf den geschlossenen Vorhang starrte und dem Geräusch des Regens lauschte. Flucht! Wie könnte sie aus der Wohnung fliehen? Unmöglich. Der Hinterausgang, dachte sie, Richtung Garten. Auf dem Tisch lag ihr Handy, das sie mit bebender Hand ergriff. Wen sollte sie anrufen?

Sie löschte das Licht im Zimmer und augenblicklich begann sie am ganzen Körper zu zittern. Dann schreckte sie ein Geräusch auf. Mit laut klopfendem Herzen horchte sie in die Dunkelheit. Es war nichts, was sie zuordnen konnte, kein Knacken der Heizung, kein Ast, den der Sturm gegen das Fenster schlug. Sie brauchte nur 133 zu wählen … Während sie die Hand auf ihr klopfendes Herz presste, lief sie aufgeregt durch die dunkle Wohnung. Nur müdes Licht der Straßenlampen fiel durch die Fenster. Sie wanderte vom Schlafzimmer in das Vorhaus, von der Küche in das Wohnzimmer. Alles leer. Mach dich nicht verrückt!

Gerade als sie überlegte, einen weiteren Blick auf die Straße zu werfen, hörte sie ein Geräusch, das ihr das Blut in den Adern gefrieren ließ. Da war jemand an der Wohnungstür. Atemlos horchte sie auf das Scharren und Kratzen auf der anderen Seite der Tür. Leise Klopfgeräusche waren zu hören, wie von einem Hämmerchen das auf Metall schlägt. Sie schrie auf, als die Tür mit einem klackenden Geräusch aufsprang und sich langsam öffnete. Schritt für Schritt wich sie zurück, eine Hand gegen den Mund gepresst, als sie in ihrem Inneren einen gewaltigen Stich verspürt, einen schmerzenden Druck, der ihren Schwindel verstärkte und sie in Panik versetzte. Sie klammerte sich an den Türpfosten und verfolgte mit rasendem Herzschlag, wie sich leise quietschend die Tür öffnete und ein schwarzer Schatten erschien, der sich langsam auf sie zubewegte. Wieder schrie sie auf. Der kalte Schweiß stand ihr auf der Stirn. In Panik wirbelte sie herum, lief ins Wohnzimmer und knallte die Tür hinter sich zu. Sie war froh, als sie entdeckte, dass der Schlüssel steckte. Sie drehte ihn zwei Mal um. Fürs erste war sie gerettet. Fürs erste ... Wer war der Mann? Und wie hatte er die versperrte Wohnungstür geöffnet? Im ersten Moment glaubte sie, ihn erkannt zu haben, doch dann war sie nicht einmal sicher, ob es ein Mann war, der sich auf der anderen Seite der Wohnzimmertür befand. Einer entsetzlich dünnen Holztür, wie sie wusste. Was zum Teufel wollte der Mann? Ein Einbrecher? Sicher war er nicht zufällig in ihre Wohnung eingedrungen. Er hatte es auf sie abgesehen. Der Gedanke war mehr als sie ertragen konnte. Wie benommen taumelte sie rückwärts und plumpste auf die Couch, wo ihr bewusst wurde, dass sie ihr Handy nicht mehr in der Hand hielt. Sie musste es irgendwo im Vorzimmer hingelegt haben. Atemlos sah sie sich nach einer Waffe um, als der Mann von draußen gegen die Tür schlug. Sie zog die Vorhänge auseinander, sodass ein wenig Licht ins Zimmer fiel und suchte verzweifelt nach einer geeigneten Waffe, als sie das Geräusch von berstendem Holz aufschreckte. Der Mann schlägt die Tür kaputt, fuhr es ihr durch den Kopf und wie erstarrt beobachtete sie, wie mit einem gewaltigen Hieb der vordere Teil einer Axt durch das dünne Türblatt splitterte. Sie torkelte rückwärts und sah, dass mit jedem Schlag die Öffnung in der Tür größer wurde. Sie saß in der Falle. Die dunkle Gestalt hatte mit kraftvollen Hieben die letzten Holzreste aus dem Türstock gerissen, die krachend gegen die Wand wirbelten und neben ihr auf dem Fußboden landeten.

»Nein!« Die Gestalt warf die Axt auf den Fußboden. »Nein!«, schrie sie und wankte zwei Schritte zurück, bis sie mit der Schulter gegen den Tisch stieß und die beiden siebenarmigen Kerzenleuchter zu Boden fielen.

»Was wollen Sie?« In diesem Moment drückte der Mann auf den Lichtschalter.

»Du?« Sie schrie laut und konnte nicht glauben, was sie sah. »Was willst du?«

»Ganz ruhig«, sagte der Mann. »Wenn du noch einmal schreist, klebe ich dir den Mund zu.« Langsam griff er in die Tasche und holte ein Messer hervor.

»Gib mir deine linke Hand.« Er griff nach ihrem Arm.

»Was willst du?« Sie begann zu schluchzen.

»Mit dir reden.«

»Worüber?«

»Über deine Neugier.«

»Neugier?«

Bevor er sich ihr näherte, schaltete er den Plattenspieler ein. In diesem Augenblick hörte sie, wie ihr Handy draußen im Flur läutete.

18. KAPITEL

»Um Gottes Willen, wie sehen Sie denn aus?«

Langsam öffnete Braunschweiger die Tür und als er in Pecks Büro stand, war das gesamte Drama sichtbar. Ein blaues Auge, blutverkrustete Lippen und der obere Schneidezahn fehlte.

»Braunschweiger, wer hat das getan?«

»Martin Kalupka.«

»Warum?«

»Er war anderer Meinung als ich.«

»Sie können ihn verklagen. Schwere Körperverletzung heißt das Delikt, Paragraf vierundachtzig, Strafgesetzbuch.«

»Kalupka war furchtbar brutal.«

»Und was macht er jetzt? Geht er zurück nach Ried in seine Buchhandlung?«

»Sagte er nicht. Ich habe herausgefunden, dass er mit dem Zug von München nach Linz wollte.«

»Ich werde Funke bitten, dass sich die Polizei um den Mann kümmert.«

Braunschweiger stocherte mit dem Zeigefinger im Mund herum. »Ich brauche einen neuen Zahn.«

»Fahren Sie nach Ungarn. Dort sind die Zähne billiger.«

»Chef, ich möchte österreichisch beißen. Außerdem habe ich furchtbares Kopfweh.«

Peck deutete zum Fenster. »Das Gewitter hat sich verzogen. Frische Luft hilft. Wir machen einen kleinen Spaziergang. Kommen Sie.«

Braunschweiger hob den Kopf. »Zu Burgis Beisl? Das würde mir und dem Kopf gut tun.«

»Einverstanden.«

Die Sonne war kraftlos und ein kühler Wind blies durch die Innsbrucker Bundesstraße. Braunschweiger stellte den Kragen hoch, kickte einen vor ihm liegenden Stein mit dem Fuß den Gehsteig entlang.

»Wir müssen da rüber.« Peck zeigte auf die andere Straßenseite, wo ›Burgis Beisl‹ auf sie wartete. Hupend und in stinkende Dieselwolken eingehüllt brausten die Autos in beiden Richtungen dahin, als sich Braunschweiger, ohne nach links und rechts zu schauen, in das Wirrwarr der vorbeiflutenden Kolonnen stürzte. Es benötigt nur eine entkrampfte Mischung aus Selbstbewusstsein und Schneid, sagte er sich und ein erfolgsorientiertes Konzept: Stärke zeigen, aufrecht gehen und keinem der Autos ausweichen. Sein Konzept ging beinahe schief, als ihn eines der Autos ungebremst zuerst an der Hüfte streifte und dann mit dem Außenspiegel einen Rempler versetzte.

»Du Hund«, rief Braunschweiger und drohte dem Auto mit erhobener Faust. »Haben Sie das gesehen, Chef?«

»Welcher Wagen war das?«, fragte Peck, der nicht hingesehen hatte.

Braunschweiger zeigte auf einen weißen Golf. »Der mit der Acht am Schluss.«

Die Wagenkolonne war wegen einer roten Ampel ins Stocken geraten, sodass Peck das Kennzeichen des Golf entziffern konnte: SL 255 KB.

»Sie sollten nicht zum Zahnarzt, sondern zum Augenarzt«, sagte Peck, als sie vor der Eingangstür zu Burgis Beisl standen. Er deutete noch einmal auf den Wagen, der gerade anfuhr, als die Ampel auf Grün sprang. »Das ist ein großes B auf der Nummerntafel und keine Acht.«

Braunschweiger zuckte mit der Schulter. »Ein B und eine 8 sind leicht zu verwechseln.«

»Ich trinke ein Helles«, sagte Braunschweiger.

»Es ist Vormittag. Zu früh für ein Bier.«

Braunschweiger sah ihn mit einem Dackelblick an, der wie eingeübt aussah. »Ich bin mehrfach verwundet und mein Kopf brummt. Außerdem habe ich mir die Blessuren im Dienst zugezogen, nicht zu reden von den psychischen Beulen und posttraumatischen Stresssymptomen.«

»Das verlangt tatsächlich nach einem Bier«, sagte Peck und bestellte bei dem Mädchen hinter der Theke zwei Pils.

Peck hatte das Glas zur Hälfte leer getrunken, als ihm ein Gedanke durch den Kopf schoss. Aufgeregt stieß er Braunschweiger an, der daraufhin sein Bier auf die Theke verschüttete.

»Was haben Sie vorhin gesagt, Braunschweiger?«

»Dass ich Kopfschmerzen habe und ein Bier möchte.«

»Nein. Vorher!«

»Wie lange vorher, Chef?«

»Als ich Sie darauf hinwies, dass auf der Nummerntafel des Autos ein großes B steht und keine Acht.«

»Da sagte ich, dass ein B und eine 8 auch leicht zu verwechseln sind.«

Peck holte sein Notizheft aus der Innentasche seiner Jacke. »Da! Erinnern Sie sich an den silbernen Escort, der an Daniel Leugers Haus vorbeifuhr. Der hatte angeblich die Autonummer SL 19 BLU…«

»Weiß ich.«

»Braunschweiger, Sie verstehen mich noch nicht. Der Wagen, der Sie fast gerammt hätte, hatte ebenfalls ein KFZ-Kennzeichen für Salzburg Land und das beinhaltet drei Ziffern nach dem SL, gefolgt von zwei Buchstaben.«

»Und was sagt uns das, Chef?«

»Erinnern Sie sich an den silberfarbenen Escort?«

»Was glauben Sie, wieviel Schubladen mein Gedächtnis hat, Chef! Was ist mit dem Escort?««

»Das Kennzeichen des verdächtigen Wagens heißt möglicherweise SL 198 LU und nicht 19 BLU.«

»Und ich bin dahintergekommen, Chef«, sagte Braunschweiger und gab der Kellnerin ein Zeichen. »Noch zwei Bier!«

Mit dem Mobiltelefon in der Hand deutete Peck zur Tür. »Ich muss mal telefonieren.«

Funke meldete sich sofort.

»Ich glaube, wir haben einen Fehler gemacht.«

»Beruhige dich und red langsamer«, sagte Funke. Welchen

Fehler hast du gemacht?«

»Der verdächtige Escort im Fall der Susanne Wenz hat möglicherweise das Kennzeichen SL 198 LU. Also bitte ... alles nochmal von vorn.«

Funke schnaufte ins Telefon. »Nochmals alles von vorn. Das liebe ich.«

*

Morgenstund' ist ungesund, war sein erster Gedanke, als er aufwachte. Der zweite Gedanke betraf seine Rückenschmerzen, die sich nicht nur bei Bewegung bemerkbar machten, sondern auch dann, wenn er in Königsstellung ausgestreckt im Bett lag.

»Du siehst müde aus«, sagte Sophia beim Frühstück. »Ich tippe auf zu wenig Schlaf oder auf zu viel Lagavulin.«

»Liebe Sophia«, sagte Peck und ertappte sich dabei, dass er mit dem Löffel das weiche Ei kaputt schlug. »Ich bin älter als du. Was du mir erzählst, weiß ich alles. Nur hören will ich es nicht.«

»Du warst doch beim Arzt. Was sagt er?«

»Dass ich den Whisky aufgeben soll.«

»Und?«

»Nichts und. Ein guter Detektiv gibt niemals auf.«

Sie sah auf die Uhr. »Ich muss los. Was steht bei dir auf dem Programm?«

Was sollte er darauf antworten? Im Kopf probierte er ein paar Sätze durch, doch keiner passte richtig. »Ich stürze mich mit detektivischem Eifer in die Arbeit.«

»Wie geht's voran?«

Er legte beide Hände auf sein Gesicht. »Wenn ich das wüsste.« Ruckartig zog er die Hände vom Gesicht und sah sie an. »Und das ist nicht nur so dahingeredet. In jedem meiner Fälle kommt es irgendwann zu einem solchen Moment der Krise. Zuweilen denke ich in so einem Augenblick, dass ich kurz davor bin die dichten Nebel zu durchdringen, die sich zwischen mir und der Wahrheit breitmachen. Zumeist jedoch ist es andersrum und die Enttäuschung überwiegt.«

»Welche Enttäuschung?«

»Wenn ich feststelle, dass die Anzahl der Fragen größer ist als die der Antworten, und ich keine Ahnung habe, wie es weitergehen soll.«

Sophia strich ihm zärtlich über den Kopf. »Ich glaube, ich verstehe dich.«

»Und weißt du, welches Gefühl dann entsteht?«

»Nämlich?«

»Angst.«

»Vor der Wirklichkeit?«

Er schüttelte den Kopf. »Dass etwas Schlimmes passiert.«

Als Peck eine halbe Stunde später sein Notebook hochfuhr, war ein Mail gekommen.

Absender des Mails: BMBWF, Bundesministerium für Bildung, Wissenschaft und Forschung, Hans Glück.

Pecks Herzschlag beschleunigte sich. Das war einer der Momente, von denen er Sophia gegenüber vorher gesprochen hatte.

Lieber Herr Peck,

in der Anlage (PDF-Dokument) finden Sie die Liste aller AHS-Lehrer, die in dem von Ihnen angegebenen Zeitraum vom Bundesland Oberösterreich nach Salzburg versetzt wurden. In der Hoffnung, Ihnen damit gedient zu haben, verbleibe ich mit freundlichen Grüßen,

Hans Glück, MBA.

<u>Anlage</u>

Der Herzschlag beschleunigte sich weiter, während er darauf wartete, dass sich das PDF öffnete, das nur aus einer eng beschriebenen Seite bestand. Den Erhalt dieses Dokuments mit der Namensliste würde Peck später als jenen entscheidenden Hinweis in Erinnerung behalten, in dem sich erstmals die Puzzleteile zu einem sinnvollen Ganzen zusammensetzen ließen. Noch hatte er Zweifel, ob das wirklich ein belastbarer Beweis und der endgültige Durchbruch war, aber immerhin passten auf den ersten Blick alle Indizien zu seiner Hypothese. Zuerst mordet der Mann im Innviertel in Oberösterreich und später wandert der Schrecken hundert Kilometer weiter nach Westen, wo der Killer seine Mordserie fortsetzt.

Peck las die Liste zum dritten Mal. Die Namen waren nicht alphabetisch geordnet, sondern nach Datum der Versetzung. Aber im unteren Drittel der Liste war klar und deutlich folgendes zu lesen:

Herbert Moser, Unterrichtsfach Technisches Werken.
Abgebende Schule: Bundesgymnasium Ried im Innkreis.
Aufnehmend Schule: BRG Hallein.

Verwirrt klappte Peck das Notebook zu. Von Ried nach Hallein. Das Datum passte. Und auch das Unterrichtsfach. »Löcher in Holz bohren und Blumenvasen töpfern«, hatte es seine Frau genannt, als sich Peck bei den Mosers im Wohnzimmer aufhielt, um Heddas Buch abzuholen.

In Pecks Kopf rotierten die Gedanken und ließen sich in keine vernünftige Ordnung bringen. Herbert Moser, ein biederer Sechzigjähriger, Nickname Herby. Vor seinem geistigen Auge erschien das Bild des Mannes. Hohe Stirn, schütteres und streng zur Seite gekämmtes Haar. Und die abgewetzte Schnürlsamthose sowie das rotkarierte Wollhemd.

War der Biedermann Herbert Moser der Serienkiller? Peck konnte es nicht glauben. Und was war mit seiner Frau? Karin Moser hatte er in positiver Erinnerung, als durchaus attraktive und intelligente Frau. Wusste sie etwas? Vielleicht alles nur Zufall, sagte er sich … ein harmloser Werklehrer und eine harmlose Versetzung von einem oberösterreichischen Provinzgymnasium nach Hallein im Salzburger Land. Aber immerhin. Ein Anfangsverdacht.

19. Kapitel

Peck sprang auf und holte sein Handy aus der Hosentasche. Hedda, dachte er, das war die einzige, die ihm jetzt einen Rat geben konnte. Schließlich kannte sie Herbert Moser seit vielen Jahren. Kurz bevor er das Büro verlassen wollte, klopfte es und Carmen Christiansen stand in der Tür.

»Sie sind rot im Gesicht«, sagte sie statt einer Begrüßung.

»Und was bedeutet das Ihrer Meinung nach?« Peck ärgerte sich und holte sich seinen Mantel aus dem Schrank.

»Erregung, Ärger oder Wut.«

»Warum habe ich jedes Mal, wenn Sie mich ansehen, das Gefühl, dass ich von Ihnen einer Analyse unterzogen werde?«

»Rot zu werden ist keine Schande. Auch nicht für einen Mann. Als Psychologin weiß ich, dass sich Erröten willentlich nicht unterdrücken lässt. Es ist ein authentisches Signal, das ehrlich auf die Mitmenschen wirkt.« Sie lächelte. »Also kein Grund zur Sorge.«

Einen Moment überlegte Peck, Carmen von seinem Verdacht gegen Herbert Moser zu erzählen, entschied sich aber dagegen. »Sind Sie zu neuen Erkenntnissen über unseren Serienkiller gekommen?«

»Ich habe mich während der letzten zwei Tage viel mit wissenschaftlicher Literatur über Serienmörder beschäftigt. Das Problem ist, dass sich die Autoren zum Teil widersprechen. Auf der einen Seite gibt es amerikanische Bücher, die aus FBI-Quellen stammen und andererseits hunderte Veröffentlichungen von selbsternannten, deutschen Experten. Und alle sagen etwas Anderes.«

»Was sagt das FBI?«

»Dass es zwei Gruppen von Serientätern gibt.«

»Und welcher Gruppe gehört unser Mann an?«

»Der intelligenten Sorte. Jedenfalls bin ich zu dieser Meinung gekommen.«

»Intelligent oder gebildet?«

»Vielleicht beides. Und noch etwas könnte wichtig sein.« Sie zog ihren Mantel aus und warf ihn nachlässig auf einen der Stühle. »Ich habe versucht, mich in den Mörder hineinzuversetzen und auf diese Weise sein Seelenporträt nachzuempfinden. Ich glaube, unser Mann ist nicht das, was man als lebendes Monster bezeichnet. Einer, dem man bereits von weitem ansieht, dass er brutal und pervers ist. Eher vermute ich, dass er einen überdurchschnittlichen IQ hat und einen Job, in dem er sich dem Chef überlegen fühlt, von dem er aber unterdrückt und vielleicht sogar niedergemacht wird.«

»Woher glauben Sie, das zu wissen?«

»Das einzige Problem, das ich sehe, ist, dass sich unser Mann die Opfer offenbar wahllos aussucht. Verstehen Sie? Er bevorzugt keinen bestimmten Opfer-Typ und hat mit hoher Wahrscheinlichkeit keinerlei Beziehungen zu den Mädchen, die er erwürgt hat. Das macht es schwierig. Aber nach allen Erkenntnissen meine ich, dass unser Serienmörder ein Mensch mit geringer Selbstachtung ist … etwas gehemmt sogar. Vielleicht hat er auch ein körperliches Handicap.«

»Was meinen Sie damit?«

»Keine Ahnung … es könnte ein Sprachfehler sein oder ein anderes Handicap.«

»Eine körperliche Abnormität?«

Sie nickte. »Vielleicht ist ein Bein kürzer und er hinkt.«

Vor Heddas Haus war kein Parkplatz frei, sodass Peck seinen Wagen in einer benachbarten Gasse abstellte. Er wunderte sich, dass die Haustür offenstand, blieb stehen und rief ihren Namen.

Dann stand er vor der zersplitterten Wohnzimmertür, in die jemand ein Loch geschlagen hatte, groß genug, um hindurchzusteigen. Alle Fensterläden waren geschlossen, es roch nach Staub und abgestandener Luft. Doch da war noch ein Geruch, den er nicht zuordnen konnte. Er schaltete das Licht ein und prallte zurück. Großer Gott! Nicht nur die Tür, sondern der gesamte Raum war ein einziges Chaos.

Er stieg über einige am Boden liegende Bücher, schob mit dem Fuß den siebenarmigen Kerzenleuchter zur Seite und öffnete die Fensterläden.

Lichtstrahlen fielen ins Zimmer, in denen Staubteilchen flimmerten. Wieder rief er Heddas Namen. Keine Antwort. Er riss die nächste Tür auf und sah, dass auch im Schlafzimmer Chaos herrschte. Wer immer das getan hatte, er war gründlich vorgegangen. Der Schrank war durchwühlt, Wäsche und Kleidungsstücke im Raum verstreut, wie von einem Sturm verblasen. Zusammengeknüllt lagen die Bettdecken auf dem Boden, die Matratzen lehnten an der Wand.

Auch in der Küche waren die Fensterläden geschlossen und der bestialische Gestank raubte ihm fast den Atem. Er schaltete das Licht ein und taumelte einen Schritt zurück. Der Anblick der Leiche, die verkrümmt zwischen einem Tischbein und dem Kühlschrank lag, ließ ihn vor Schreck erstarren. Das trübe Licht fiel auf das schrecklich blutverschmierte Gesicht. Der Küchenboden war über und über mit Blut verschmiert, auch auf der Kühlschranktür waren Blutspritzer zu sehen. Es war eindeutig Hedda. Bäuchlings und halbnackt lag sie auf dem Boden, leicht zur Seite gedreht.

Sie hatte mehrere Stiche im Gesicht und ihre durchschnittene Kehle klaffte wie ein riesiger Mund, der zu einem tödlichen Grinsen verzerrt war. Da sie auf dem Bauch lag, war von ihrer Unterseite nicht viel zu erkennen, aber es sah aus, als wäre die Frau regelrecht aufgeschlitzt worden. Als er sich aufrichtete, wurde ihm schwarz vor Augen.

Mit einem Mal hatte er das Gefühl, als ob seine ganze Professionalität, die ihn normalerweise in solchen Momenten wie eine Rüstung schützte, von ihm abgefallen war. Peck lehnte sich gegen den Türstock und bot seine ganze Willenskraft auf, die schreckliche Szenerie zu betrachten. Unter ihrem Körper hatte sich eine schwarz eingetrocknete Blutlache gebildet, von der aus eine rotschwarze Blutspur einige Zentimeter weit verlief. Selbst seitlich wies Heddas Körper mehrere Wunden auf. Der Mörder musste wie ein Besessener auf die Frau eingestochen haben. Brutal und rücksichtslos.

Peck ließ sich auf einen der Stühle fallen und ließ dieses schreckliche und traurige Bild auf sich wirken. Wie lange mochte sie tot sein?

Was bedeutet das alles? Er verließ die Küche und ging langsam hinüber ins Wohnzimmer. Was war das Ziel desjenigen, der hier eingebrochen hatte? Hatte er etwas gesucht? Oder war sein einziges Ziel gewesen, Hedda abzuschlachten?

Wer zerstört eine Wohnung, schneidet die Polstermöbel auf, bevor er eine Frau ermordet? Er hat etwas gesucht, sagte sich Peck.

Einige Augenblicke stand er in der Mitte des Zimmers, dann ging er langsam zu dem schweren Schreibtisch, der vor dem Fenster stand. Einige Taschenbücher lagen verstreut auf der Tischplatte, ein Aktenordner und durcheinandergewirbelte Kugelschreiber. Die oberen drei seitlich angebrachten Schubladen standen offen, der Inhalt sah durchwühlt aus. Die unterste Schublade hakte etwas. Als er sie endlich heraus gezogen hatte, fiel sein Blick auf ein schmales Büchlein, das sich als Tagebuch entpuppte. Peck steckte es ein.

Einen kurzen Moment spielte er mit dem Gedanken, die Flucht zu ergreifen, ohne die Polizei zu verständigen. Sollte er Funke anrufen? Er tat es nicht. Peck holte sein Handy aus der Tasche und rief die 133 an.

Die Polizei kam nach zwanzig Minuten. Peck saß im Wohnzimmer und hörte zuerst schwere Schritte und eine laute Stimme: »Wo ist die Leiche und wo ist der Mann, der uns angerufen hat?«

Zwei Männer stürmten mit schneidigem Schritt ins Zimmer, einen davon kannte Peck gut: Ein paar Kilos zu viel, dünne braune Haare und ein breites, sonnengebräuntes Gesicht. Georgius Dolezal, Mutter Griechin, Vater aus Ottakring. Und ein

Arschloch, wie Funke stets betonte, wenn er auf seinen Nachfolger beim LKA zu sprechen kam.

»Natürlich unser Privatdetektiv, die Nervensäge.« Dolezal stemmte die Hände in die Hüften und wippte auf und ab.

»Was haben Sie hier in dieser Wohnung zu suchen?«

»Sie waren auf Urlaub«, sagte Peck.

»Woher wissen Sie das?«

»Indiz Sonnenbräune. Tatorte vermutlich El Arenal und Ballermann.« Er deutete Richtung Tür. »Wollen Sie sich nicht die Leiche ansehen? Sie liegt in der Küche.«

Inzwischen liefen weitere Uniformierte durch die Wohnung, gefolgt von einem in dunkles Tuch gekleideten Mann mit einem großen Aktenkoffer. Offenbar der Arzt.

»Ich war in einem Restaurant in der Nähe«, sagte der Mann mit dem Koffer zu einem der Uniformierten. Es klang vorwurfsvoll.

Peck erhob sich und sah zu, wie sich der Arzt dünne Handschuhe überstreifte, bevor er sich vor Heddas Leiche kniete und sie untersuchte.

»Was ist mit der Todesursache?«, fragte Dolezal.

»Nicht schwer zu erraten. Ihre Innereien sind regelrecht zerstückelt worden. Eine außerordentlich brutale Tat.«

»Wie lange ist sie tot?«

»Keine Ahnung. Ein paar Stunden vielleicht.«

»Und keine Spur von der Tatwaffe«, sagte Peck und erntete einen wütenden Blick Dolezals.

*

Im Stehen blätterte Peck Heddas Tagebuch durch. Die Schrift war klein und krakelig und er musste sich Mühe geben, alle Worte zu entziffern. Ihm fiel auf, dass das Schriftbild wechselte, einmal standen die Buchstaben zittrig und senkrecht nebeneinander, dann wieder schlampig hingeschmiert und auf der Seite liegend.

Die Eintragungen auf den ersten Seiten bestätigten den Ehrgeiz Heddas nach Bekanntheit und einer Karriere als Fernsehstar. Wenn man dem Text glaubte, führte sie mit einem der Privatsender Gespräche über eine Fernsehshow, in der sie und ihre hellseherische Begabung im Mittelpunkt stehen sollten.

Vier Seiten weiter fand Peck eine Tagebucheintragung, die das Datum Samstag, 19. September trug. *Heute habe ich Moser verfolgt. In den Wald. Er hat das Mädchen erwürgt. Er ist der Mörder.*

Peck starrte in das Heft. Er konnte seinen Blick nicht vom Tagebuch abwenden, als er sich auf den hinter ihm stehenden Sessel fallen ließ. Das war der Beweis.

*

»Mit dem korrigierten Autokennzeichen hast du ins Schwarze getroffen.« Funkes Stimme am Telefon klang erregt.

»Von welchem Kennzeichen sprichst du?«

»SL 198 LU.«

»Und? Wem gehört sie?«

»Das Kennzeichen ist seit achtzehn Jahren nicht mehr in Verwendung.«

»Und vor neunzehn Jahren?«

»Da gehörte die Nummerntafel zu einem silberfarbenen Ford Escort.«

»Und wem gehörte der Escort?«

»Halt dich fest.« Funke legte eine kurze Pause ein. »Der Wagen war auf Herbert Moser zugelassen.«

Als von Peck keine Erwiderung kam, fragte Funke: »Du bist nicht überrascht?«

»Ich habe Heddas Tagebuch vor mir. Wenn du das gelesen hast, kann dich nichts mehr überraschen. Mir ist jetzt klar, wieso Hedda wusste, wo Belindas Leiche zu finden war. Sie hat Moser verfolgt und wurde so Augenzeuge des Mordes.«

»Ich frage mich, warum sie nicht die Polizei verständigt hat.«

»Beruflicher Ehrgeiz«, sagte Peck nach einigen Augenblicken

des Nachdenkens. »Sie wusste, wo Belindas Leiche lag und ich bin sicher, dass sie damals schon von einer Fernsehshow und einem medienwirksamen Auftreten als Hellseherin träumte.«

Funke brummelte am Telefon, was nach einer Zustimmung klang. »Ich kenne Hedda seit vielen Jahren und meine Frau war sogar befreundet mit ihr. Deshalb kann ich bestätigen, dass Hedda von Profilneurose und Geltungsbedürfnis getrieben war.«

Peck erinnerte sich an den Jahrmarkt in Ried, bei dem er Hedda gemeinsam mit Braunschweiger getroffen hatte. »Weißt du, was Hedda einmal zu mir sagte? *Ich bin heute noch nicht die größte Hellseherin im Land, aber ich will es werden.*«

»Herbert Moser ist der Serienkiller«, sagte Funke, mehr zu sich selbst.

Peck dachte an das Mail, das er aus Wien erhalten hatte. »Ich habe hier den Beweis, wann er vom Gymnasium Ried ins Salzburger Land versetzt wurde. Und wir wissen, dass er zu diesem Zeitpunkt seinen Wagen um- oder abgemeldet hat. Wahrscheinlich hat er ihn damals verkauft.«

»Herbert Moser ...« Aus Funkes Stimme sprach Skepsis. »Während der letzten Jahre habe ich meine Frau einige Male in den Spiritistenklub begleitet, deshalb kenne ich den Mann schon einige Jahre. Er sieht nicht wie ein Serienkiller oder ein Monster aus. Eher wie ein biederer Spießer.«

»Trotzdem trifft das mit dem Monster auf ihn zu.«

Peck erhob sich und knöpfte sein Sakko zu.

»Was hast du vor?«, fragte Funke.

»Jetzt hole ich mir den Mann.«

»Soll ich nicht besser mitkommen?«

»Es ist besser, wenn du dich als Ex-Polizist raushältst. Ich erledige das.«

»Ich möchte auf jeden Fall vermeiden, dass die Ehre dem Dolezal zufällt.«

Peck lachte. »Du glaubst nicht, wie gut ich dich verstehe.«

»Nimm deine Waffe mit. Der Mann ist ein Killer.«

Peck dachte einige Augenblicke über die Bemerkung nach. »Und ich werde Braunschweiger verständigen. Sicher ist sicher.«

Peck fühlte, wie die Hitze in ihm hochstieg, wie immer, wenn die Entscheidung kurz bevor stand. Er wischte sich den Schweiß von der Stirn und fühlte, wie sich eine Denkblockade in seinem Kopf zusammenbraute. Sollte er Funke nicht doch bitten, mitzukommen? Oder die Polizei zu verständigen?

Er rief Braunschweiger an, der nicht abhob. Verdammt. Wenn man den Kerl brauchte, war er nicht erreichbar. Wahrscheinlich saß er irgendwo in einer Kneipe und trank das zweite Bier. Er wählte noch einmal die Nummer, dann sandte er Braunschweiger ein SMS, erklärte ihm in knappen Worten die Situation und beorderte ihn zu Herbert Mosers Haus. Mit dem Hinweis ›Aber rufen Sie mich unbedingt vorher an‹ schloss er die Nachricht.

Peck holte die Glock 34 aus seinem kleinen Wandsafe, eine halbautomatische Pistole für neun Millimeter Munition, die er bereits seit einigen Jahren besaß und steckte die Waffe in die Hosentasche. Sicher ist sicher.

Er zog sein Handy heraus, navigierte sich durchs Menü und stellte das Mobiltelefon auf ›Nummer unterdrückt‹. Dann rief er Herbert Moser am Festnetz an, der sich nach mehrmaligem Läuten meldete. Mit heiserer, gehetzter Stimme, wie es Peck schien. »Hallo!« Und nach einigen Sekunden noch einmal: »Hallo!«

Peck hielt den Atem an und drückte auf den AUS-Knopf.

20. Kapitel

Der Tag verabschiedete sich mit einem trüben Abendrot. Peck kurbelte das Seitenfenster seines Wagens nach oben. Vor einer Stunde hatte er seinen Beobachtungsposten bezogen, fünfzig Meter von Mosers Haus entfernt, das aus der Entfernung einen menschenleeren Eindruck machte.

Verdammt. Wo blieb Braunschweiger? Er rief ihn noch zwei Mal an, doch er hob nicht ab. Eine Stunde später spürte Peck die Müdigkeit in sich hochkriechen. Er zwang sich munter zu bleiben und ließ seinen Blick ständig zwischen dem Haus und dem Wagen hin und her pendeln, der vor der Haustür parkte. Er war sicher, dass es sich bei dem Opel Astra um Mosers Auto handelte. Wahrscheinlich hatte er vor mit dem Opel zu fliehen. Das würde Peck verhindern. Nach wie vor wirkte das ganze Haus leblos, nur manchmal hatte er das Gefühl, dass sich an einem der Fenster ein dunkler Schatten zeigte, eine rasche Bewegung am Fensterrahmen und dem hellen Vorhang. Wurde er vom Haus aus beobachtet?

Die schmale Straße lag menschenleer und still in der Dämmerung vor ihm. Von Zeit zu Zeit fuhr ein Auto vorbei. Ob sich Moser noch im Haus aufhielt, und, wenn ja, war er allein oder saß er vielleicht gemeinsam mit seiner Frau beim Fernsehen? Soweit er von seinem Platz aus sehen konnte, brannte im ganzen Haus kein Licht. Die Frage war wie es in den Räumen aussah, deren Fenster nach hinten hinaus, Richtung Garten, zeigten. Das würde er jetzt erforschen.

Peck stieg aus dem Auto und drückte geräuschlos die Wagentür zu. Der frische Wind kühlte sein erhitztes Gesicht. Mit raschen Schritten überquerte er die schmale Straße und lief gebückt die halbhohe Thujenhecke entlang, damit er vom Haus der Mosers aus nicht gesehen werden konnte. Vom nahen Bahnhof drangen Rangiergeräusche und eine unverständliche Lautsprecherdurchsage herüber. Weiter vorne zwängte er sich zwischen zwei Thujen hindurch, stellte erleichtert fest, dass sich dahinter kein Maschendrahtzaun befand, als es im unteren Drittel seiner Hose *Ratsch* machte. Er wollte in diesem Moment gar nicht wissen wo. Vorsichtig schlich er an den Büschen entlang, bis das kleine Haus vor ihm lag. Ab jetzt hatte er keinen Sichtschutz mehr. Zögernd betrat Peck die ungepflegte Wiese, auf der zwei Obstbäume standen. Er beschloss, das Haus einmal zu umrunden und kam dabei zu einer Hintertür und einige Meter weiter zu einem Fenster, das so hoch war, dass er nicht hineinsehen konnte. Pecks Blick fiel auf einen verrosteten Eisentisch mit grazilen, verschnörkelten Beinen und obenauf einem Gartenzwerg aus Plastik. Der Zwerg hatte eine rote Zipfelmütze und hielt einen Schubkarren in den Händen, die als Blumenbeet hergerichtet war. Peck stellte den Gartenzwerg ins Gras und trug den Tisch bis zur Hausmauer unterhalb des Fensters. Langsam richtete er sich auf und zuckte zurück, als er Herbert Moser erblickte, der dabei war, einen Koffer zu packen, der halb gefüllt auf dem Tisch lag.

Was sich in der rechten Raumhälfte, die im Dunklen lag, abspielte, konnte Peck von seinem Standort nicht erkennen. Das änderte sich schlagartig, als Moser das Licht einschaltete und Pecks Herz bis zum Hals zu schlagen begann, als er Braunschweiger erkannte, der, mit einem Klebeband an Armen und Beinen, an den monströsen Stuhl gefesselt war.

Wut stieg in ihm hoch. Doch sein Zorn richtete sich nicht gegen Moser, sondern gegen Braunschweiger. Verdammt! Der Affe war dabei, die ganze Aktion zu vermasseln. Vorsichtig hob Peck den Kopf und beobachtete, wie Moser mit einem Packen Wäsche den Raum betrat, den er auf den geöffneten Koffer warf. Sollte er versuchen, Braunschweiger ein Zeichen zu geben? Nein. Die Gefahr war zu groß, dass der Blödhammel falsch reagieren würde.

Peck spürte die Anspannung. Alles in seinem Körper bebte. Ganz ruhig, sagte er sich. Moser ist zwar ein brutaler Mensch, doch er ahnt nicht, dass ihm Peck auf der Spur war.

Außer Braunschweiger hat bereits Unsinn geredet. Zum x-ten Mal tastete er nach der Pistole und dem Taschenmesser, dann schloss er kurz die Augen. Als er sie wieder öffnete, sah er, dass im Hausflur Licht brannte. Es war soweit. Der letzte Akt hatte begonnen.

Er schlich zur Rückseite des Hauses, wo es stockdunkel war, sodass es ein paar Sekunden dauerte, bis er die Tür fand, die vom Haus in den Garten führte. Als er die Klinke der Tür ergriff, die verschlossen war, stand er plötzlich im hellen Licht eines Scheinwerfers. Verdammt! Er hatte den an der Mauer montierten Bewegungsmelder übersehen. Blitzartig sprang er aus dem Lichtkegel zur Seite. Hoffentlich hatte keiner im Haus das Licht bemerkt. Prüfend legte er sein Ohr an die kalte Türe. Kein Geräusch. Wo sich Moser wohl gerade aufhielt? Rechts neben der Türe war ein Fenster gekippt, das Peck mit wenigen Handgriffen öffnen konnte. Eine Minute später war er durch das Fenster geklettert und hatte die Türe von innen entriegelt. Jetzt besaß er freien Zugang zum Haus.

Vorsichtig, darauf bedacht kein Geräusch zu verursachen, tappte er durch den dunklen Vorraum, in dem er einen geflochtener Korb und Gartengeräte erkennen konnte, die gegen die Wand gelehnt waren. Auf dem Bretterboden standen Schuhe und Gummistiefel. Er blieb stehen, versuchte ruhig zu atmen und überlegte, wer sich wo im Haus aufhielt. Nur Herbert Moser oder auch seine Frau? Und dann war auch noch Braunschweiger im Haus, der in einem der Räume als Paket verschnürt auf einem Sessel saß.

Nach rechts zweigte eine schmale Stiege ab, die in den ersten Stock führte. Und wie zur Bestätigung hörte er Schritte. Direkt über ihm. Im ersten Stock. Behutsame, leise Schritte. Drei hin und drei zurück. Rechts sah er eine Tür, hinter der Peck das Wohnzimmer vermutete. Langsam drückte er die Türklinke nach unten und stieß die Tür mit dem Fuß auf. Es war eine Art Abstellraum, der außer einigen Gartenmöbel leer war. Er tastete nach seiner Pistole, während er Schritt für Schritt den

Flur entlang schlich. Von oben waren keine Geräusche mehr zu hören. Er blieb stehen und horchte. Keine Schritte mehr, nur sein eigener Pulsschlag dröhnte ihm in den Ohren.

Zwei Meter weiter öffnete er eine weißlackierte Tür und fand sich in dem hell erleuchteten Zimmer wieder, das er bereits kannte. Hier hatte er Moser beim Kofferpacken beobachtet. Und da saß Braunschweiger in der hintersten Ecke, gefesselt und an dem massiven Holzsessel festgebunden. Er hatte Peck den Rücken zugekehrt, sodass er sein Gesicht nicht sehen konnte. Schlief er? Peck legte seine Hand auf Braunschweigers Schulter, worauf dieser die Augen aufriss und ihn ängstlich anblickte. Peck legte den Zeigefinger gegen seine Lippen, nahm das Messer aus seiner Tasche und durchschnitt die braunen Klebebänder, die Braunschweigers Fußgelenke und Hände fesselten.

Unbeholfen erhob sich Braunschweiger und blieb wie angewurzelt stehen. »Meine Beine sind eingeschlafen. Ich kann sie nicht bewegen.«

»Wecken Sie sie auf. Warum haben Sie mich nicht angerufen, bevor Sie hierher kamen?«

»Ich wollte die Sache zu einem Ende bringen«, flüsterte Braunschweiger und man konnte sehen, wie schwer ihm das Sprechen fiel.

»Zu einem Ende ... das wäre Ihnen beinahe gelungen«, sagte Peck und drückte Braunschweiger wieder zurück auf den Sessel. »Bleiben Sie hier sitzen.«

Peck öffnete die Tür und sah in den dunklen Flur hinaus. Das Licht flammte auf und er stand Herbert Moser gegenüber.

Peck umklammerte die Pistole und hob langsam den Arm. »Es ist aus«, sagte er und versuchte, Kraft und Entschlossenheit in seine Stimme zu legen.

Im gleichen Moment stürzte sich Moser mit voller Wucht auf ihn. Sein Schädel traf Peck mitten auf die Stirn. Ihm wurde schwarz vor den Augen und taumelte einige Schritte nach hinten, bis er mit dem Rücken gegen die Wand krachte und ihm die Pistole aus der Hand fiel. Verdammt! Eine Sekunde nicht aufgepasst.

Etwas verschwommen sah er Braunschweiger aus dem Hintergrund auftauchen, der mit beiden Händen einen schweren Holzsessel umklammerte. Er wirbelte ihn schwungvoll durch die Luft und schmetterte ihn mit aller Kraft auf Mosers Kopf, der sich wie in Zeitlupe ein Stück zur Seite drehte und dann wie ein gefällter Baum nach vorne fiel.

»Drüben ist noch etwas von dem Klebeband.« Braunschweiger deutete den Flur entlang.

Peck zitterte am ganzen Körper. Er lehnte sich gegen die Wand, hielt den Kopf ruhig und wartete, bis das Geläute in seinem Kopf abgeklungen war. Als er sich nach der Pistole bückte, wurde ihm schwarz vor den Augen und er verlor beinahe das Gleichgewicht.

»Geht es Ihnen nicht gut, Chef?«, fragte Braunschweiger, murmelte etwas von stabiler Seitenlage und drehte mit geübtem Griff den bewusstlosen Moser zur Wand. Dann packte er dessen Arme und schnürte sie auf dem Rücken zusammen.

»Ich rufe die Polizei.« Immer noch benebelt blieb Peck eine Weile auf den Treppenstufen vor dem Haus stehen, atmete tief ein und aus und wartete, bis der Mond am Himmel aufhörte, sich in eigenartigen Schleifen zu bewegen.

Er holte sein Handy aus der Tasche und rief Funke an, der sofort ans Telefon ging.

»Wir haben Moser. Braunschweiger verschnürt ihn gerade.«

Lautes Schnaufen am anderen Ende der Leitung. »Hast du die Polizei gerufen?«

»Wollte ich als nächstes machen.«

»Es ist besser, du meldest dich bei denen.«

Nachdem Peck die Polizei angerufen hatte, ging er ins Haus und kam gerade recht, als Moser langsam zu Bewusstsein kam.

»Wo sind die Autoschlüssel?«, fragte Peck. Moser reagierte nicht. Braunschweiger griff dem Mann in die rechte Hosentasche, fischte die Wagenschlüssel heraus und warf sie Peck zu.

Obwohl sein Kopf immer noch brummte, bemühte sich Peck, Mosers Wagen systematisch zu durchsuchen. Auf dem Rücksitz fand er eine Aktentasche mit einigen Papieren, die er einsteckte. Im Handschuhfach lag ein alter Blutspende-Ausweis, den Peck durchblätterte, bis er auf den Hinweis stieß, der ihn interessierte: Herbert Moser hatte die Blutgruppe AB.

Noch interessanter war der Inhalt des Kofferraums. Zusammengeknüllt lagen da ein bodenlanger, dunkelgrauer Regenmantel und darauf eine Baseballkappe.

21. Kapitel

In Pecks Büro war es still, bis auf eine große Wanduhr, die laut vor sich hin tickte. Auf dem Schreibtisch thronte eine Flasche Lagavulin, die Funke mit den Worten »Zum Dank für deine Mithilfe« dort abgestellt hatte.

»Ich erinnere mich, als du ins Gasthaus ›Zum Wilden Mann‹ kamst. Ich genoss gerade mein Wiener Schnitzel, als du mit einem staubigen Aktenordner unter dem Arm ankamst und mich überredest hast, einen deiner unerledigten Fälle zu klären.«

»Mit mir gemeinsam.«

»Mit dir gemeinsam.« Peck nickte und tastete auf die immer noch schmerzende Wunde auf seiner Stirn. »Das habe ich jetzt davon.«

»Ich hab' Hunger«, sagte Funke. »Du hättest das Wort *Schnitzel* nicht aussprechen sollen.«

»Sophia hat versprochen, mit einem Gabelfrühstück vorbei zu kommen.« Peck sah auf die Uhr. »Sie muss gleich da sein.«

»Erinnerst du dich an Martin Kalupka?«

Peck nickte. »Braunschweiger hat ihn am Flughafen im Empfang genommen und dabei mindestens einen Zahn eingebüßt.«

»Kalupka kann ein lupenreines Alibi nachweisen. Wie geht es übrigens Braunschweiger?«

»Seit ihn Moser geknechtet und gefesselt hat, ist er ein nervliches Wrack. Er nimmt Beruhigungstabletten und liegt im Bett.«

»Was hat den Menschen bewogen, in Mosers Haus zu gehen?«

»Das habe ich ihn auch gefragt. Er wollte einmal allein einen Erfolg einheimsen, sagte er mir. Aus diesem Grund hat er mich nicht angerufen, obwohl ich ihm dies ausdrücklich aufgetragen hatte.«

»Dein Mitarbeiter kann froh sein, dass er noch am Leben ist.«

Peck griff auf seine Stirnwunde. »Ich übrigens auch. Und das

verdanke ich Braunschweiger. Du hättest ihn sehen sollen ...
ein regelrechter Sesselschwinger.«

»Du kannst tatsächlich deinem Braunschweiger dankbar
sein.«

»Herbert Moser hatte offenbar schon länger den Verdacht,
dass ich ihn des Mordes an Belinda verdächtige. Jedenfalls hat
er mir aufgelauert.«

»Aufgelauert?«

»Zwei oder drei Mal hat er mich beobachtet.«

Funke zog die Stirne kraus. »Davon hast du mir nie etwas
erzählt.«

»Moser trug jedes Mal einen langen Mantel und hatte eine
Baseballkappe tief in der Stirn. Ich habe ihn nicht erkannt.«

»Und woher weißt du, dass er es war?«

»Ich habe die Baseballkappe und den Regenmantel im Kof-
ferraum seines Wagens gefunden.«

Die Tür ging auf und Sophia betrat den Raum. Sie hielt ihre
Einkaufstasche in die Höhe. »Essen für die Detektive.«

Funke grinste. »Etwas heißen Leberkäse, vermute ich, resche
Semmeln und viele Flaschen kühles Bier.«

Mit einem fröhlichen »Voilà!« stellte sie die Tasche auf Pecks
Schreibtisch. »Grüner Tee, frischer Obstsalat und für jeden ein
hartes Ei.«

»Um Gottes Willen«, sagte Peck und strich wieder über seine schmerzende Wunde auf der Stirn.

»Du solltest zum Arzt. Deine Stirn gefällt mir nicht.«

»Ich bin gesund. Nur mein Kopf surrt wie ein Bienenstock.«

»Zeig her.« Sie untersuchte seinen Kopf. »Blutverkrustet,
eine blaurote Schwellung und eine kleine Platzwunde. Du ge-
hörst zum Arzt.«

»Ich lasse keinen Arzt an mich heran. Ich bin ein freier
Mensch.«

»Du bist ein freier Mensch mit Dachschaden.«

»Ich kann gehen und ich kann reden. Mit einem Dachschaden
kann man das alles nicht.«

»Du schon.«

Nachdem sie gegessen hatten, erkundigte sich Sophia nach Mosers Ehefrau. »Wie hat sie es aufgenommen?«

»Bevor ich zu Moser fuhr, habe ich ihn am Festnetz angerufen und wusste daher, dass er zu Hause war. Wenn sich seine Frau auch im Haus aufgehalten hätte, wäre alles ganz anders abgelaufen. Aber sie war bei einer Freundin in Gmunden.«

»Und sie ahnte nichts vom Doppelleben ihres Mannes?«

»Sie hat erst gestern davon erfahren, dass ihr Herbert im Gefängnis sitzt«, sagte Funke.

»Und, was sagt sie?«

»Sie hat es erstaunlich ruhig aufgenommen. Die Ehe war wohl alles andere als gut und sie erzählte, dass sie seit langem schon eigene Wege ginge. Ich glaube, seine Frau war ihm intellektuell überlegen und sie tat alles, um es ihm täglich zu beweisen. Herbert Moser spielte im Haus eindeutig die zweite Geige.«

»Wie ich«, sagte Peck und schielte auf Sophia, die sofort begann, die Augen zu verdrehen.

»Du weißt nicht einmal, wie man eine Geige hält.«

»Ich war heute früh im LKA und habe an der ersten Vernehmung teilgenommen«, sagte Funke. »Moser hat mitbekommen, sagte er, dass ihn jemand im Wald beobachtet hatte, während er über Belinda herfiel. Er hatte wohl einen Verdacht, war sich aber nicht hundertprozentig sicher, ob er die Person richtig erkannt hatte.«

»Er war nicht sicher, ob es Hedda war …«

»Genau. Dann kam die Fernsehshow, die Hedda veranstaltet hat, und spätestens als man die Leiche Belindas fand, kam Moser in Panik. Man könnte Hedda als ein Opfer ihrer eigenen Karrieresucht sehen. Moser ist bei ihr eingebrochen und fand in Heddas Wohnung Hinweise, dass sie es war, die ihn im Wald beobachtet hatte. Bemerkenswert ist auch, dass sich die Art und Weise, wie Moser Hedda getötet hat, wesentlich von seinen anderen Morden unterscheidet.«

Das Gespräch wurde jäh unterbrochen, als es an der Tür klopfte.

»Hereinspaziert«, rief Peck.

Eine attraktive Frau mit dunkel gelocktem, schulterlangem Haar betrat, unsicher nach links und rechts schauend, den Raum.

»Frau Dr. Christiansen«, sagte Peck. »Herzlich willkommen bei unserem Gespräch.«

Sie ging auf Peck zu und gab ihm die Hand. »Leider kann ich nicht bleiben. In vierzig Minuten geht mein Zug. Das Taxi wartet unten.«

»Wir haben Ihnen für Ihre Mithilfe zu danken«, sagte Funke und küsste der Frau die Hand.

Nach einem allgemeinen Händeschütteln ging Carmen Christiansen noch einmal zu Peck und drückte ihm einen flüchtigen Kuss auf die Wange. »Alles Gute und leben Sie wohl.«

Sie winkte allen zu, lächelte spitzbübisch und stöckelte hinaus.

Eine kurze Pause trat ein, bis sich Sophia an Peck wandte: »Sie ist weg. Bist du traurig?«

Peck räusperte sich. »Natürlich nicht.« Er warf Funke einen pflichtbewussten Blick zu. »Wo waren wir stehen geblieben?«

»Bei Mosers Frau«, sagte Sophia. »Sie soll die ganzen Jahre nichts gewusst haben«, sagte Sophia. »Ich glaube das nicht.«

»Es ist aber wohl so.«

Sophia schüttelte den Kopf. »Ich kann mir nicht vorstellen, dass eine Frau über viele Jahre hinweg mit einem Menschen zusammenlebt, der ein Serienkiller ist. Und keinen Verdacht schöpft.«

»Man glaubt es nicht, wie gut er sich tarnen konnte«, sagte Funke. »Moser war beliebt in der Straße. Er lud mehrmals im Jahr Freunde und Nachbarn zu Grillpartys im Garten ein, er ging mit seiner Frau ins Kino und ins Theater. Und als er noch in der Schule unterrichtete, war er beliebt in der Klasse und scherzte mit seinen Schülerinnen und Schülern. Er sei ein beliebter, guter Werklehrer gewesen und habe sich nie etwas zu Schulden kommen lassen, sagte sein letzter Direktor an der Halleiner Schule. Doch der Schein trügt, wie wir heute wissen.«

»Und er ist voll schuldfähig«, sagte Peck.

»Ganz sicher. Vom Kriminalpsychologen, der ein erstes Gespräch mit Moser geführt hat, kenne ich Details aus seinem Leben, die manches erklären, aber nichts entschuldigen. Moser wuchs in einem behüteten Haushalt auf, hatte eine ältere Schwester und nie eine besonders emotionale Beziehung zu seinem Vater. Der war ein eher zurückhaltender Charakter und Moser bezeichnete ihn als Weichei und schwach, jedenfalls im Gegensatz zu seiner Mutter, die er eine Respektsperson nannte und vor der er Angst hatte. Die Mutter war die Starke und sein Vater hat gekuscht, sagte er. Moser fühlte sich auch seiner Schwester gegenüber benachteiligt. Die durfte alles tun und er war immer der zweite. Man hat noch keinen IQ-Test gemacht, aber alle glauben, dass Moser ein intelligenter Mensch ist. In der Schule war er nur durchschnittlich und hat mit Ach und Krach die Ausbildung geschafft, um am Gymnasium Werken zu unterrichten. Während der ersten Jahre ist er ein Einzelgänger geblieben, auch wegen eines leichten Sprachfehlers. Dazu kam, dass er nach einem Sportunfall leicht hinkte. Moser war nie ein starker, selbstbewusster Mensch und so war es kein Wunder, dass auch sein Sexualleben verkümmert war. Das änderte sich, als er seine spätere Frau kennenlernte, wodurch er für kurze Zeit richtig aufblühte. Aber sexuell dürfte es zwischen den beiden nur kurze Zeit geklappt zu haben. Angeblich begann seine Frau schon kurz nach der Hochzeit sich nach anderen Männern umzusehen. Darum schaffte er sich eine umfangreiche Sammlung an Pornoheften und Videos an. Sex und Gewalt, das wurden seine Lebensinhalte. Der erste Mord, den er beging, war übrigens die Katze des Nachbarn. Einmal musste auch ein Hund dran glauben. So begann seine Killerkarriere.«

»Und jetzt ist sie zu einem Ende gekommen.«

Funke nickte. »Heute früh kam von Mosers Anwalt eine bemerkenswerte Aussage. Sein Mandant wird ein umfassendes Geständnis ablegen.«

Glossar (Österreichisch – Deutsch)

Abwasch	Spüle
Auslage	Schaufenster
Autodrom	Autoscooter
Beisl	Kneipe, Gasthaus
Bugsieren	schleppen, leiten, lenken
Bummvoll	Sehr voll, überfüllt
Durchhaus	Meist öffentlich zugänglicher Verbindungsweg zweier Straßen durch ein Gebäude, oftmals mit Geschäften oder Gastronomiebetrieben
Ergattern	sich etwas Rares mit List oder Ausdauer verschaffen
Fleckerlteppich	ein meist bunter, aus Stoffresten gefertigter, Webteppich
Frankfurter (Würstel)	Wiener (Würstchen)
Gabelfrühstück	Reichhaltiges, zweites Frühstück (Lehnübersetzung des französischen *déjeuner à la fourchette*)
Gfrast	Nerviges, bösartiges Kind (oder Mensch)
Großer Brauner	Großer (doppelter) Espresso mit etwas flüssiger Sahne (oder Milch)
Gschaftlhuber	Wichtigtuer, Mensch mit fast unangenehmer Betriebsamkeit
Gugelhupf (auch Guglhupf)	Napfkuchen, Topfkuchen
Hacke	Beil, Axt
Hallodri	Leichtsinniger Mann und Herzensbrecher, Schürzenjäger, Frauenheld
Holler	Holunder
Kukuruz	Mais
Matura	Reifeprüfung, Abitur
Pantscherl	Techtelmechtel, Flirt
Ribisl	Johannisbeeren (Ribisel in Südtirol, in der Schweiz Ribiseli oder Trübeli)

Ripperl	Rippchen, Spareribs, Kotelett
Schlagobers	(geschlagene) süße Sahne
Schnürlregen	feiner Dauerregen (Salzburger Spezialität)
Schweinsripperl	Schweinerippchen (Spareribs)
Topfen	Quark
Trumm	Großes, sperriges Stück
Ungustig	unappetitlich, ekelig
Vorhaus	Flur